王必胜◎著

作家出

写在前面

把近年的文字集束一册，其实是没有多大勇气的。

文章是自己的好，这句俗话，于我不大对路，总觉得自己没有那样的豪气和底气。不是谦虚，文章之道，深不可测，见仁见智，难定一尊。也是俗话说的，文无第一，难有标尺。所以，现如今为什么一些重要的评奖，多次被人们扒皮剔肉，诟病连连，最终虽不能说安然过关，但也没弄出个什么名堂，除了中国特色的官场文化影响外，与衡文的标准相对性有关。因为，你可以说有各种猫腻，诸多不堪，过程丑陋，但你说评出的文章或奖项，不是你认可的那种质量，那又应当是什么样标准？谁又能量化出一种标准？没有，也不可能。所以，客观上说，文章分好坏高下，近似一个无解的伪命题。评奖衡文，最终也不全是水平的竞争。旧时没有评奖，不比高下优劣，除了对这种搞集体福利心理陌生外，主要还是古人尊重事实，敬畏文字。还是老杜说得好，文章千古事，得失寸心知。心底流出，甘苦得失，如鱼在水，冷暖自知。千古之事，优劣好坏，运用之妙，存乎一心。对写作者而言，我手写我心，我表达我快乐，足矣。

因此，眼下这劳什子，有以上的歪理支撑，也算是敝帚自珍。重新翻读，即使多有平庸，也可宽容。于是，以四个专辑列出，谈世相，说文事，读书感受，行走随笔等。

因为是散杂之作，忽然就想到了这个书名《散简》，集散为整，集字为简是也。另外，散文，是宽泛的文体，书中多是这类；而简，作为形容词，有简单的意思，作为名词，乃先秦时期竹帛书简，古老的文本之一种。如此这般，一个名号而已。

作者识。

岁在乙未年伏天。

目　录

世相人影

文事杂俎

读往读来

行走风景

附　录

世相人影

文事杂俎

读往读来

行走风景

单　位

这个词，是在早晨散步时想到的。

一早匆匆出门，夏日流火，单衣薄衫，例行到单位大院里快步奔走。不巧在门口因换衣后没带出入证被拦，本来就厌烦这个三十年出入次次都得掏的证件，而这次又忘记了。门卫还挺较真，非得到传达室登记，报你的部门，从内网上查，搞得嫌疑人似的，一股激情全然消失，了无兴致没走多会儿就打道而归。又回到进来时的那个门口，想起刚才的事，就觉得，一个人的自由在一天或者一生中被减损了多少是没法计算的啊！这查看证件，于主事者来说，也许不无必要，为了安全计，或者显示气派，现如今这样戒备森严的还真不少。可是，哪有那么多的恐怖者，防得了小人吗?看别人的指令而行，处处设防，让你感到了人的被动与渺小，于是，就想到这个进进出出几十年的地方，是自己的青春和生命消磨的场所，人为的阻隔一些方便，心里不是滋味。大约是2008年，曾在粤西云浮市看到那个几套政府班子的办公楼四无遮挡，人们可以随意出入，令人敬佩也感佩，那不也是一个相当级别的单位吗？而眼下，越是大地方大机关越是森严壁垒。这些个名为单位的地方，让每个单位人都有多少纠结、迷惑以至不悦的事发生过。单位，在现代人眼里，究竟是什么？于是，就有这文章的题目。

眼下，你随便走到哪个城市哪条街道，单位是个瞩目的所在。那些挂着白底黑字或红字牌牌的地方，让人有种种莫名感觉，是敬畏、好奇、亲切，还是厌烦、不屑？人各有感，人心各异。无论如何，眼前你面对的就是，这门牌，这大院深宅，这道杆横陈，警卫守护的地方，就是这个名称的具体场所。在你的不经意过往中，就可能遇见到某个或大或小或显或藏的、称之为单位的地方。

单位，一个人人耳熟能详、大多数国人离不了的词。一个人人面对，然人人都并不一定能说明白搞清楚的词。

顾名思义，单，单元，或个人；位，座位或位子，字面上解释，一个人和一个座位，单位也。（辞典上解释为：位，原指佛教僧堂中僧人坐禅的座位。后指计算事物数量的标准，又称某一工作部门为单位）。可简单的望文生义怎么能同“单位”这个众人杂处、众声喧闹、熙熙攘攘、利害相较的地方有关系呢？据说，这并非古也非中，而是个外来语，究竟是东洋出产还是来自西欧，还是地道的国货，不太清楚。（佛教书《敕修百丈清规》曾有：“昏钟鸣，须先归单位坐禅”。）可是国外哪有这单位一说？至少，美国只有部门或者某学校某公司的说法。如此，这又是典型的国粹。二十多年前，作家刘震云写过的一篇小说叫《单位》，还拍成电影，说是“新写实”的一个大收获。小说把大都市一个外来寻梦者的心理写得活灵活现。那是体制内的诱惑带给寻梦者的刺激、无奈与尴尬。那是单位人或者公家人那一时期最为形象的人生求索和心理轨迹。

大千世界，芸芸众生，人生的选择相当有限。计划经济时期，单位就是人的工作和生存的全部依靠。进了好一点的单位，衣食无虞，就安身立命了。如同嫁人一样，自感幸福，从一而终，即使并非理想的选择，但也多是安于现状，那样的状态延续有年。单位于人是一种得到某些利益的场合，说白了与个人是雇佣关系，人多是一种被动的选择。所以，即使有这样那样的困扰，有不快和不满，有遗憾，为了少许的利益，人们往往愿意置身在单位或体制内的管束中，拥挤在哪怕是一个利与弊的交错的困局中。单位，这时如同一张有形与无形的网，制约和规范着人的行为身心，如果你进入了或可无以逃遁。

人是单位的细胞。人与单位的关系，说不尽道不明。有时能让你的潜能实现和你的理想展示，有时候，也只是在对你的欲望和权益的限制与诱惑中，进行着改造与消磨。是的，过尽千帆皆不是，我们所依凭的一种评价体系和价值标准，是难以就活生生的现实找出答案的。这单位，你说她是块蛋糕，是一个戏台，或者是一个大杂院，一个世俗的小社会，都不无道理。在单一的体制模式下，单位强势，人无所选择，更多的时候，单位成为一个人的恃护，为你准备了所有可以满足的东西，于是，你虔诚地为她执守、听指令行事，躺在她的肌体上坐享其成。这样的情形，是几十年来的基本面貌。人依赖单位，单位也对人进行着改造，有释放，也有桎梏。那年月，计划经济的日子简单，却也安适。单位除了人数规模的不同，级别稍稍区别外，基本是入了单位就有铁饭碗，在体制内待遇简单得没有多少区别。无论是事业的还是产业的，是体力劳动者还是脑力劳动者，在人们的心中，她如一尊神庙，人进入后成了半仙，有了单位就有了底气和身份。

我什么时候成为单位的人，自己也说不清。而简单的一生也只有三两个单位。早在十七八岁时，特殊年代的特殊情况，就上了班，那并不算吃国家序列的工资饭，但是，有几个人就是一个集合的组织，比如，有人管做饭，到时候还得开会、汇报，这是最早的单位的约束和单位的享受了。而今，我填工龄，从那时开始算起。最为明显的，成为单位的受益者，或知晓单位这个庞大老迈的机体上那么多的是是非非，那么多的累赘与沉垢，是后来一直待下去的地方。而且，一待就会老死于斯。其实，单位于我，更多的是从中看到时代与社会变化后的驳杂世相，其利其弊，或清或浊，亦明亦晦，不是在说大话，确实有些心得。

有时候，想象单位是一个人，或者像人一样有秉性脾性，有她的成长变化轨迹。想当年，单位一词是那样的单纯。人们对工作和单位的态度，是最能体现出时代特色的，那时的单位就是人一生所想托付和依赖的。而单位的头头脑脑们，一个个岂是了得，或有坚定思想，或有过往的令人敬仰的资历背景、学历才识，总之，胆识与才学加人品，使那些个领导者成为单位影响广远的引擎。而这时候，你的参加，是多么的幸运。想想，你一个年轻人，既没成家也没立业的毛头小伙，有幸成为一分子。那单位的名头让你有点自得自足，特别是那一个个都是老师辈的人物，无论是年龄还是资历，或者在业界的影响，把你当作小孩，称呼你为小某，即使吩咐你干这干那，你会觉得看得起你，也是抬举了你，你的全力付出和无私的融入都是应当的。而那细小的关怀，热情的关照，比如，对你的生活关心，对你的学业的提携，还关怀你的家庭，你的身体、爱好，都不是虚伪的客套，那是一种标准式的单位的人际关系，在一个大单位里更为难得。这单位的清新好风，单纯有如家庭式的，你可能没有想到一个大机关还有这样的清正。当然，也许这样的风气是由一个个具体的人表现出来的，或者说，这些你的同事，多是些清正的知识分子，多是在经历了社会人生的大起大落的变化，经历了人文的洗礼，革命情怀的熏陶，善良与正直，热情与透明，责任与付出等等，是他们的最显著的特征，抑或是单位的在那一时期的最为典型的精神特征。

单位，就这样把一个最常见、最为明澈、最为单纯的关系摆在你面前，让一个新来的、涉世不深的年轻后辈，感受到单位的温暖和单位的细致。记得早些时候常听到的一句话是革命友谊，家庭温暖，这个概括是那一时期最为明白的一种价值指向。而从中也体味到一个单位的本色。那单位的深度和厚实，也是从这些具体的人身行为上见出。也许你置身的地方，是一个有点级别和规格的场所，是的，同事中有延安时期参加革命的，有建国前就从事地下党的文化工作的，更有曾经影响中国文化事件的当事人，单位的名头是同这些人物的影响相关的。而那样的名头下，人际关系却也是单纯平常，和谐活泼，如同伟大领袖当年概括的：团结紧张，严肃活泼。没有后来那些森严的级别划分，庸俗的吹拍之风，低俗的官腔官味，无聊的江湖气。这简单而活泼的气氛，让一个单位的精神形象成为多年后人们的怀念和记忆，取决于那些有点身份的人们的修为，也与那个时代的风气正派相关。我至今印象深的是，第一次见到这些个如今看来是大腕级的文化人物时，一个狭窄长条的办公室（也就是十五六平方米大，如今这房子还在）从里到外的三张桌子上前后三人伏案于此，三人的级别和名气，让这个小小的逼仄空间，着实是对文化的一个挑战。那是三十年前的事，那时候的当事人或许认为这样子很平常，我当时的印象只是觉得，这里的工作条件也太拥挤了，而这个单位的人是太有涵养了。所以，我自己加入后，是在一个六七人的大办公室，支起一张小桌子，开始了这个新的单位的新工作。那时条件简陋得只有纸和笔，还是自己打扫卫生，物质条件有限，大家克己奉公，其乐融融。还有，几位如老大姐阿姨辈的人细心和悉心的照护，你面前的一切你和这个社会的联系就是一种自然的清纯的和谐的关系，一种实实在在的同志与同事的人际关系，没有什么多余的计谋与欲望，你可能的那些私心和算计，都被这些正直的简单的气氛消解溶化了，实实在在的也是最为珍贵的。所以，在个人的单位词典里，记忆中，她是让人长正气的地方。当年的加入，没有这个培训那个教育，你说历史他讲大道理，官话套话的学习，而是用最直观的身教，却让你学会自重，领略风气，见长本事，敢于担当，薪火相传，受用一生。

单位的肌体中，哪个部位是最为敏感的呢，或许是人际关系，是领导者或者有点身份的人的做派行为的影响。在良好的氛围下，置身于此，你面对着偌大历史气场的单位，你会谨慎于自己的行为，你会从好的方面规范人生的目标，你会为有那些善良亲和的人际关系而自豪，或许你会潜移默化地让自己传承着这种风习和传统。你会从长长的走道里看到了这个地方的深藏和实力，你会从宽大的图书阅览室里感受到她的品位和潜能，你会从那些过往的故事中感受单位的历史分量和文化的厚重，你可能会在厕所或饭堂里见到最高上司和单位掌舵人，随意说说几近为平常事；还有那些好心真率的同事，那样亲和的大头儿小头儿，以及那清正和善的人际关系，你对在这样一个环境，这样的单位里不觉得是一种幸运和幸福吗？

也许这样一种背景深厚，而单纯向上的人际关系，让你觉得，这大与小，专业与行政，不论何样的单位，都应当是头儿们有能力、有仪范，也有人格魅力，而基本群众芸芸众生者，无论是年长年少，多是潜心工作，热情友善，学有所成。几位在业界的名号也是岂可了得，关键是，那上面的风气正派，上者行正，而下者为效，蔼然一派文化单位的君子之风。这尤其是在有了强烈的对比体验后更是觉得那些清正纯朴的可贵与难得。或许是早年这个队伍的基本班底来自解放区。比如，那时候，单位的房子还是五十年代仿照苏联的机关样式，高大敞亮，走道都很长，但人员多，平均下来也很是狭小的，也好，上下级，诸多部门，都相互地在一个邻居式的地方办公，抬头不见低头见了，这就更是一种自律式的对领导者的要求。那时候，除了楼层的位置高好一些外，领导的办公地也宽大不了多少，没有秘书前面挡驾，也没有什么官职的叫法，像部队一样某长某副长称呼，并不流行。一张报纸出来，当天就在楼下的公告地方，有朱红大字对其评点，多是说不足，用语直率，不留情面，对事不对人，切磋研讨，吸引大家参与，成为办公楼的一道迷人风景。常也有这样的镜头，主审官也是单位最高领导层，可以一手拿着报样，一手举着眼镜，跑到你的办公桌前，还哈哈大笑几句，说你们再看看，我改的也许不对的，你们再看看啊，说话时的那个眼神是真诚的，不像有些人说话时那个飘忽而捉摸的神情，总觉得那不同之处在于，其出身背景不同，学历知识储备不同，而底气和实力的支撑点也不同。前者一类的问候，可能只是今天天气哈哈哈，而后者出言不拘，赤忱为怀，或可能说，你小子马虎不得也得负责啊。也许，门卫森严的地方，大院深深，而当事人，尤其是那个没有受到官场庸俗风气污染的年代里，单位的名头也灿然，有如光环，也是广告，而单位内部的也许不以为然，因为，那时人员也单纯质朴，知识分子是主体，业务上进是晋升的唯一通道，谁也不会想到这个光环下去渔利所获，而且也没有什么可以成为谋利的资本。何况那些干事者们对于所做的事情之外多无考虑，真君子自清正。更何况，那时候人员来源多是清一色的学校背景，单纯和单一的人员补充，起点高的文化学历讲究，不是后来的干训班党校，或者子弟接班、团队接收的知识背景所能望其项背的。

即使这样几近清高的单位感受，在急变的社会现实中，也有些不能自持。如今，对于事业性的单位，究竟属哪类性质的，是专业部门还是行政口，不免让人迷惑，也难分清。经常是，机构越来越臃肿，衙门式的管理，或者，行政化的味道，单位的性质越发不明确了。即使如此，单位的名头仍成为人们评价的标准，在近二十年内还被逐渐放大。如果到一个地方公干，上级的一个小兵就比下级的一个头儿受到重视，因为那是实权部门的大员。所以在有些地方，看重的是你来自哪个单位，为哪方神圣，单位的上下大小就是一盘不同的菜。权力崇拜，是见惯不怪的。你是有身份的某教授专家，或者曾经的荣誉称号获得者，没用，你与那个权力部门的某位有实权的人物一起，就可能成为附属、配菜，无论是主人们的安排和那些习惯了接受这种安排的人们，都可能把这样的场合当作一个习惯。某次与一位我所尊敬的大学名教授参加一个活动，也有上级某部门的一个年轻处长同往，最后，无论是会上发言，还是席间座次，都是老教授叨陪末座，尽管那年轻人几句官腔走板式的敷衍，并没有影响他成为主人们毕恭毕敬的座上仙。而且，每项活动都被打印出手册，名头顺序，食住行如此，让人认可于其安排的合理性。从资历和名气以至年龄上，他们是两辈人、两个层次的区别。当然，人家是一个文化推介活动，其重点就是让上级主管单位的人，为他们的效益提供帮助。这样的场面经历得太多，也曾多次被经历过，而单位的名头往往也被同行者们说道。我有时候也表现出不快，觉得自己也是老大不小的，在圈中也江湖了多年，至于非得要什么牌子吗？可是一想，是啊，你这个外在的光环不就是一种行来走去的名片吗，也可能是善意的利用，但却是管用的，你不也从中尝到些许甜头吗？名头利用尤其是单位的，甚至地区的名头，都可以成为收获好处的招牌。你不服行吗？你是抱怨这些人的势利，还是去较真这时风的不清。或许，这些不伤大雅还略微惬意的流俗，让兄弟哥儿们都有点身陷其中，说好说坏都难以较真。

可是，这积重难返，最后受害的是谁，也许是个很滑稽的问题。长期以来，某些社会评价爱把一个人的单位当作对这个人的形象评价。有时候因为某些利益，对直接管理的领导部门俗称为上面的人，高看一眼，这种特殊心态下的单位崇拜，让那些深宅大院工作过的人，滋生无限的优越感和自负心。曾听到有人说到谁是“海里的人”“院里的人”，起初不明白是什么话，后来解释说是“某某海”“某某院”的人，意思是那个地方离政治中心最近，那些人可能就不一样，单位的熏陶和历练使他或她有所成就，台阶高耸让他们有优势，另一方面，他们获取也可能多些。可是，见到过所谓高门槛大台阶某部某局工作背景的人，来势不凡，趾高气扬，让你觉得在扭曲的心态下的虚妄狂放症。这类人，被单位光环刺激和体制内惯养，自以为是，眼高手低，一旦放养基层，就不太适应，直接点说，一旦在往上爬的路上稍有不顺，或者，个人欲望没有立马满足，这类人就会怨天尤人，患上多疑症，废为人生残疾。

如今，人们的认同体系和价值判断颇受世俗化浸染。一所大学，人们关心的不是学校的学术地位，而是副省级还是什么级；本来那些名头不凡的教授，那术业专攻的专业，才是学校的魂，才是学校立足根本。单位也一样，不是说你的中央级别，你的身份归属就高或贵。一个单位的实力，往往看是否藏龙卧虎，名人大家辈出，而评价标准也多为同行和业界认可。同在一个城市，有些单位级别也因其所依赖的背景不一而有区别。就拿文化界来说，市级的出版社、杂志社显然低于部委级中央级的。虽不太合理，却也是现实。而这些杂志报纸也并非因级别低就没有实力，相反也许更为强劲和强势。从社会角度来说，你的单位性质、名头，各种渊源，都可能被拔高可能有误读，不是曾有“作协”被当成“做鞋”的笑谈吗？而最为实际的是，一个单位领导者的风度才学以及治下的能力，是人们所关注的。有时候，单位头头的名气，他的学历背景，他的才学识见，也许还有他的来历背景，都可能成为人们评价单位形象的角度和看点。越是为人们瞩目的单位，越可能成为敏感问题，因而，现如今人们对那些本当是学养可嘉，人格魅力可称道的单位领导，葆有敬重和期待，然而，事实并不都如此。

单位的声名，其实多是历史的积淀，是几代人的奋斗所成。从历史背景看，容易成为评判单位现实的最好参照。我自己不是一个称职的职员，但对于这个供职的单位，我倾了心力，自认为是有苦劳的。凡几十年，与国家和时代一道，经历了大大小小的风波，当然也是不平凡的时代和历史提供了众多的参照系，以一个旁观者和当事人的多重视角，或许可以在比较中看得清晰。比如，领导者素质和口碑，比方，清正廉明，勤政公平；比如，对于各种利益诉求的落实；比如，事关大众生活与利益的现实问题的解决等等。这也许是每一个单位人评价和认知自己权益的基点。如果对单位现状进行观察，一个很好的也很实用的角度就是，从过去的相关背景中看取，从历史的角度去对比。比方，同样是对于人事关系，会以过去优良传统，用人以德才，不搞亲疏，举贤避亲，不以派系划线，不因为常有走动跑官要官而获利的诸多标准，衡量一些人的做法；比如，可能从当年领导者的胆识，敢于负责，大会上点名批评不良的行为，不护短，更不搞吹吹拍拍、庸俗的表扬与自我表扬，而以为这在时下是多么的可贵；比如，敬佩那些无官腔没有架子，吃饭与民同乐，上下关系通达，不虚伪有真意的领导，比照时下一些人的特权作风，觉得有些做法已是倒退；比如，作为文化事业单位，作为专业部门，应当具备的德能之外是读书好学，说内行话，承续文化的血脉，注重文化素养积累，不是搞形式在行，空头政治盛行……也许，如今社会风气之下，像以上种种的单位乱象已相当普遍，而作为一个有历史传统，曾经的优良风气为群众所称道的单位部门，如果在你所经历的这个时间里，缺失了丢弃了断脉了，你难道不觉得痛心而不甘吗？或许因为你的爱，你自己也觉得人人都有不可推诿的责任，或者你可以找出大环境大气候等等诸多客观理由来。有时候，单位的历史可能就是一个包袱，成为观察当下社会现实不一定被认同的标尺，而看到那些本不应该失去的恰恰丢掉了，看看那些人文精神最为核心的诚信弃之如敝屣，想想这历史的包袱其实也误人啊。

社会的转型期价值观的变化，大浪淘沙，鱼龙混杂。九十年代后，单位在商品经济大势下的冲击下，难有矜持。文化单位的人文精神、人文情怀在不经意中消解变异，在急剧的世事变幻中，经常的人员更迭，名利的膨胀，价值观认同的失范，令单位的纯洁与清正，已成了难能的持守和期望。这不是危言耸听，仅从单位里最为平常，最能体现公正的两件事：职务和职称上，即可看出其清浊良莠。时下，这是单位最热闹的景观。平心而论，这也有两可之说，一是客观环境的大势造成，另一方面也与当事者公平正直与否有关。文化事业单位，这类事体多是上面给政策，而下面执行的好坏与否完全在于单位的觉悟。诸如评职、荣誉称号、特殊津贴等等，有些单位是按部门其实是按职务来分配的。虽有所谓的评审制度，参与者们可能既是运动员，因为这类称号和职级是有好处的，少有人主动地让贤，而又是裁判员，因为有关评委的组成也是在这些职位人士中挑选或认定，而且最终的决定也是由单位最高的权力者的划定，想想这也算是中国特色式的一景吧。评职称，是单位的基本群众特别是专业人士改善待遇条件的一个重要途径，也是上世纪八十年代以来单位最为头痛的事，至少文化事业单位如此。起初并不是这样子。开始评职称，约在三十年前，那时很注重基层的意见，看重其社会知名度以及学识能力，领导者也很谦让。记得第一批新闻文化的职称大约在上世纪八十年代中，有不少人都是没有职务的。而轮到我们稍晚一辈为职称考虑时，也是这不久。那时候，没有手机资讯不发达，人都还是谦谦君子，也没有多少人焦虑于这个名额有限而好处不多的事。记得在1987年五一节，我去湘西张家界开会，回来才听人说你的副高职称通过，就很平常地成了有高级职称的人。而如今，职务与职称，弄得人各有高招，各显其态，有时候为之生出不少罅隙。事件还没有开启，就已风雨满楼。单位越古老，压的人越多。五十多岁的人还在为副高而奔波，看到有的人也那么的容易，心里就不平衡。单位名头级别高，容易让各怀心事的人有所行动。某年，春节期间接到比平常年份多得多的拜年信息，我有点纳闷，觉得这些人平时熟悉，同事数年几乎天天见，春节从没有过这样的热络之举，而且，发类似信息的还有的人，更有点蹊跷了。

不久，单位在小范围内搞了民主推荐，才明白这些弟兄是未雨绸缪，好像真会有在这个机会中升级的。管不管用，得没得益，不得而知。但愿不是我以小人之心度人。有心人事半功倍，也说明竞争技巧无处不在。其他几次也类似，诸如评正高职称的级别，那是“十选一”的难度，也是信息不断，从未联系的人也有。因这所谓的“评二级”为职称中最高级职，又是海选，有资格投票的达百十多人，那你顾及得过来吗。就想，何苦啊，你关系好，你条件够，还用得着去信息（幸亏有了手机啊），去打招呼吗？你从来没有与某位老兄联系过，你从大老远（有人是在外派工作）来信息，你知道他就认了你这一个电话或信息帮你搞定了吗？还有，你反躬自问：你本来就是对这类东西有一搭没一搭，不是清高，是因为你看得太清楚了，你平日里又对那些人、那地方冷淡得几可谓无动于衷，你不去为自己找什么人，按世俗的潜规则拜码头，想想，这时候做这临时抱佛脚的事，不合你的脾性、你的处世原则。可是，你会为那些急切的也可能尝过此类甜头的人着想。是啊，僧多粥少，竞争激烈，生存不易，也得有这种本事，他抱一下佛脚不犯规越法，不一定合情却合理吧，何况大家都这样，人清高了就可能在起步线上矮人一级。而从单位本身来说，没有严密可行的措施，让公平公正不易落实，让守法者不放心，让庸俗成为平常。外单位的一位朋友也说过，他们单位最头痛的是职称。人在单位，职务职称两件事最不好说。倒不是非要那个身外之物，可是，人一到那个年龄，大家排坐坐，你不去使劲，你的脸面何以挂得住啊！职务多是上面的事，内部的事，说是暗箱操作不一定准确，但不会是像职称那样的张扬，那时候没有什么公示。职称评定名额有限，标准不一，公平难得，就有了托请和私下说项的内幕。也有朋友说，单位评职称是一场无声的战争，也是一个关系深浅的较量，或者一个利益的分配的均衡，这都是公开的秘密。如果单位名头大、级别高，可以自己主评，那事就更多。于是，大院里，信息电话，托请之事，烦不堪言。而这也成为一些单位常有的景象。现如今，这种不端之风，最受影响的是那些老大不小的人。因评职评级，为了那一票，他或她就到你的办公室送材料，其实也是公文式的，无非是认了门，给个印象，想当然的可能有你这一票，这多半也是在一个大院而从来没有打过招呼的人，可事后也许没有当届评上，或者评上了就是过了河，再见即使在电梯间见了，好像不认识似的。这样说并不要去找答谢，只是看出人在单位的生存法则（潜规则）是多么的残酷。身在其中的他或她，其心理上需要有多大承受力。特别是那些年轻当然也不太年轻的人们，时间不允许他们有丝毫的马虎，那样着急上火也许是其本能，但实属正常，要理解他和她。有时候想想，经可能是一本好经，出于对广大民生的考虑，可是被念歪了的经，其影响和作用就打了折扣，误了人，也为人诟病。面对如此，在利益的一塘浑水面前，单位是一个总阀门，她的公平与公正，有多么的重要！

是的，我们应当是乐观主义者，我们应当看到单位发展变化的主流，历史不会因某个人的缺失，某个时段的晦暗而倒退。单位如同一个人，其生存是有规则规范的。随着制度的完善，公正民主的落实，这类关乎个人利益的事，逐渐会在正常的轨道下开展。比如，考核晋级，比如，荣誉名称，比如，民意考察，比如，人事公示，让人觉得公正公平进步。可是，究竟在多大程度上能够让单位的大众满意，得到认同，恐怕不是一日之功。但人人心中有杆秤，群众才是单位成色最有资格的评判者。单位，就个人来说，是社会福利的分配与共享的场所，作为一级组织，又是行政意志和社会权益的实现者。然而，单位最为活跃的因子是人，而引领者是单位的头儿，是主政者。所以，社会对于吏治的严酷，已有了相当的规则。

尽管有爱或怨，出发点不一，有的单位成了社会的名利场，利益的竞技场，却是不争事实。在一个诉求多元、利益博弈的社会，人生发展，群体进步，单位还要存在。单位变得如此复杂、繁杂，不好言说，是因为进步阵痛的必然。如今单位属性不一，事业的、企业的、个体的、体制内外的，林林总总，难有一个合适的定义规范。她可以有宏大的理想主义目标，完成行政的意志，也可以有个人私密性计划的实现，表现为对个体生命的尊重。对于个体的渺小，她是强势，对于社会的庞大，她又是弱者。单位，就是这样，让你走进与走近，而她可以有承诺，但不会总是承诺，也许会让你在曾经沧海，千帆看尽后，有一个生命和身心的新体验，或许仅仅是一个不太满足的认知。在时下的这个转型期，在许多规则被潜规则化，如果你葆有一身清醒纯正的话，无论面对的是什么样的一个现状，清者自清，自得其乐，自适其闲。

单位，是社会的缩影，对她也许不能有多大的要求和苛求；她也是人生之驿站，一个生命劳作的停驻点而已；或者，是观察人生和世道的一个窗口，从这里找寻世道人心的斑驳景象。如此，对于她，也许应以是平常心态看待，若有若无，或近或远，草色遥看近却无。或者，面对单位的种种，面对纷繁的单位世象，你何不如潘岳所言：“逍遥于山川之阿，放旷乎人间之世。悠哉游哉，聊以卒岁。”

2014年4月

金台人物小识

题记：金台，是我所服务过的单位地名，传说北京当年有燕京八景，“金台夕照”为其一。前几年街道修整时，临街空地有人随意放一块石头，刻有“金台夕照”几个红字，虽粗糙，还很有人缘，也算是为这块古老风景定了位。

这里有条路为金台西路。可能这名字好，单位大院树木丛中，建一小小高台，名为黄金台，人们在大院里修有小园，取名金台园。附近的地铁站名也是金台夕照。当年燕昭王曾在这里筑黄金台招纳天下贤士，传为佳话。以此之名为大院的人物，其实是我同事们的素描，也算合题。

之所以写他们，因为朝夕相处，亦师亦友，也因各位又是文章行家或一方人物，他们身上的某些东西，或多或少，可为历史存照。只不过，我写的多为老人（有点资历），是退位或作古者。

简笔素描，点滴印象，谓之小识。

老　田

老田，原名田钟洛，苏北原籍，上海求学，五十年代初到人民日报社。老田，为大家习惯称呼。他主持副刊多年，任文艺部主任多年。“文革”前与“文革”后，都是文艺部的头儿。单位同事，外面作者，年长年少，多以老田称之。一是当年不兴别扭的官名叫法，那样子显得俗气；二是他的慈祥和厚道，大哥大叔甚至大爷似的慈爱，你没法去生分地叫个官名来。

老田者，笔名袁鹰，颇为响亮的文名。查资料，袁鹰散文，在当代文学史上留有专门的评述和分析。早年中学课本收有他的《井冈翠竹》《红军路上》，以及儿童诗作。在那时，袁鹰散文集《风帆》和一些诗集也是多次印刷及行销的。

他创作七十多年，作品达数十部，可谓著作等身。他的散文，写事记人，情怀幽幽，触景生发，内涵深挚。早年作品，如二十世纪五六十年代发表的上述名篇，有浓烈的现实感，细密的生活细节，充溢着对社会人生的激情思考。新时期开始，他正当盛年，创作了《十月长安街》《玉碎》和《京华小品》等意蕴深沉的散文，闻名一时。晚近的作品，侧重写史，回忆文坛往事，也不独是个人性回忆，展示的是不同时期社会文化的多重面貌。

他在新中国成立前加入共产党，投身到学生运动和革命文化工作，后从上海《解放日报》到了人民日报社，直到1986年离休。几十年的新闻经历，政治大报中的风风雨雨，社会风云变幻，以及人事的是是非非，对于他，万千风云心底过，一支毛锥写纵横。而晚年更是以冲淡平和的态度，看取人生。也许，这种经历，谓之健在的元老级副刊前辈，并不为过。他稍胖，一副富态之相貌，一副善良宽厚心肠，一种对生活和名利淡然处之的心态，总让我们后辈心生敬重。我曾多次思忖，在文坛，在报界，在单位，在官场，周围的人有谁的资历还可与他比肩，又有谁的文化风范可与之相匹？好像没有。就他参与的文化事件，他与多位文化名家和政界大佬的交往，翰墨之谊，也能说明。他的经历，可以说是一部活的新闻副刊史。

老田今年九十有一，精神头不错，说话仍然洪亮，也健谈，还幽默。虽耳朵有点背，腿脚因一次摔跤后没有痊愈，但九十高龄的人，气色和精神状态，不逊于年轻人。尤其是脑子清晰，记忆力不减。近年来，他常有忆旧文章问世。几十年的往事故人，他写来随心得手。他写作时，多爱用粗头钢笔，用力强硬，书写文字劲道有力如书法味道。他记忆过往，以史记事，史与情交融，文化名家的过从，政治人物的情怀及文章风貌，副刊作者的故事等，有着特别味道。

2006年，老田的一本《风云侧记——我在人民日报副刊的岁月》引起过不小的风波。在下一年的订货会上，有官员点了几本认为有问题的书名，其中就有老田的这书，点名了，这还了得，一时间此书变为禁书。那时，他却幽默地说，我写的文化的事，都是发表过的，犯什么禁，更没什么内幕爆料啊。他当然不解，也据理力争。了解实情的人，都明了老田这样的老布尔什维克人的政治觉悟，难道有让某些左视眼的人抓住的什么吗？事实是，有人或是杯弓蛇影，或有职务敏感，也或为了自己的利益，都有可能。而后来，并没有发现可以被禁的理由，武断者们或许没有看，或许根本没有看明白，落了个闹剧式的话柄。后来如何收场，有没有人来认错？不得而知，也不了了之，像以前此类事件的结局一样。官僚主义、法盲们的主观武断，总是没有人买单的。相反，这本书的影响扩大了，洛阳纸贵，找我代要书的人达十多个。这事，屡经风波的他，倒觉得不是个人的什么冤屈，持有一种平和的心态罢了。这本书中，他回首编辑往事，披露了一些重大事件的经过，有一些真相揭示，一些骨鲠在喉不吐不快的是非判断。如电影《武训传》讨论、《红楼梦研究》批判、“大跃进”“反右”“十年浩劫”“拨乱反正”等。一些文化大家，如冰心、夏衍、胡乔木、周扬、邓拓、林淡秋、袁水拍、陈笑雨、赵朴初、赵丹等人，老田写与他们的过从，谈他们的文章。书中也收集了一些珍贵的信件、手稿、照片，是一本好看的，有价值，可收藏的书。

去年秋冬，我们一帮老同事，多是他的部下和学生，聚集在他家为他过九十寿庆。当时，近二十人中年长的小他三五岁，年轻的也近花甲，多为他的学生和后辈。一圈人围挤在他那并不宽敞的客厅，按长幼齿序来说话，像单位开民主生活会，每人几句，怀旧、祝福之外，都说及老田的为人。回忆当年他领导部门的往事，说得最多的是他没有架子，亲和力，以及老辈文人的传统和作风。他不时回应，说不要评功摆好、像写简历搞盖棺定论似的，一如以前的谦和幽默。尽管大家都很虔诚，朋友聚会说一些开心话，老人家在开心之余也以本色感人。

这就是老田，他是谦谦君子，实实在在的又如田夫，他总是为别人想得多，低调为人行事。他在文坛报界几十年，曾任中国作家协会的书记处书记、主席团委员等，在新闻和文艺界都是有名望和声誉的。那天聚会时，我执弟子礼（他是我研究生的指导老师），我说田老师没有什么毛病，如果要挑的话，是人太好了，好得有些过分。对人都好，好人坏人都好。我向他深鞠一躬，并说了一句俗话，先生之风，山高水长。（此次有张宝林兄的文章《为老田祝寿》记录，见《新民晚报》网。）是的，正是他为文、为人，始终有一颗纯正清静的童心，善良地看待人和事，无论是写作，还是生活，善心美意，数十年不变，才在人们的心中占有重要位置。

近年，老田年事渐高行动不便，可是，却不愿意麻烦人、求人，哪怕是同事和学生，哪怕是小事、琐事。他们夫妻二老都年过九旬，夫人吴老师也因一次摔倒后几乎卧床，事无大小，老田亲力亲为，还照顾残疾的女儿。前年搬家，我们多次表示去帮忙，看他的一屋旧书和刊物，想打包装车多么难，可是，他却自己一本一摞地收拾。他每有文字成稿，亲自到街头自费打印，即使是我们报纸的约稿，也先找人录成电子版。本来一个电话让我们去取或者找人带来都可，可他不，专门去邮局寄出，其实，到我们办公室的距离不比邮局远，但他觉得那样子麻烦别人。对于生活，他清淡无为，无欲无求，他这样老资格的报人、老文人，离休老干部，仍然住着旧楼，一住三十多年，要不是最近拆迁，没有电梯的旧式老楼，他安之若素，每天上下三楼对他是个大难题，可他泰然以对，说习惯了，无所谓的。

他的爱心善心，修身修为，是人们熟知的。“文革”前，他将八千元的稿费交了党费，这笔钱当时可以买一个小院。他回忆说，我们夫妇两人工资完全够生活，家庭负担并不重。那个时候这笔钱大体上相当于三年的工资。当时想得也很简单，交了也就交了，也没有什么，当时报社其他同志也有过，不像我这么多就是了。这之后，常是有了稿费就交党费。在今天 ，这样的事，几乎是一个神话了。

三十多年里，我就没有见他生过气，不是几乎是没有，也没有与谁红过脸，批评过人，有时说点文坛的不堪之事，说点社会上的是是非非，虽有不快，但多是从善意的角度，一笑了之，或者为他人着想，不去为此伤肝动怒。有人说他宅心仁厚，有人说他老文人的风范，也有人说他是老好人。总之，他是一个宽厚的长者，他以一个老派文人，或者说老共产党人的做派，看人看事，对人对事，哪怕关系到自己利益之事，他也不计较，公事公办，严于律己。我曾感叹，在这样一个唯利是图、熙熙攘攘的环境中，追名逐利、斯文扫地不足为奇的大院文化中，他还能保有如此的清正，淡看利益，笑对生活，老田不是唯一，却是有他这样的资历的老人中也是难得的。

仁者老田。

先生之风，山高水长。

希　凡

希凡，即六十三年前那场“红学”纷争的“两个小人物”之一，原名李锡范，后写文章的笔名为李希凡。新中国成立初期的那场“红学”官司，主人公是李希凡和他的山东大学同窗蓝翎。因当年这桩“批红”的全国公案，因为领袖毛泽东的关注和批示，红极一时。也因此，几十年的文坛风雨，他和蓝翎吃了苦头。

可谓是少年出名，到我见他时已三十年过去。名声依然，却不是那样的为人所关注，至少，在我们大院里，他和蓝翎，都没得到特别的注意。那时，我虽刚来，也随大家以希凡称之，也是单位同仁都不时兴叫官名，甚至讨厌。讨厌的不仅是被叫的，而叫人的也讨厌，足见当时的风气。也是因为他的温和脾性，如此称呼更显亲切、和气，也拉近了距离。

我与他成为同事，确切地说同老田一样，成为他们的部下，时在八十年代初。那时，同事关系简单纯正，即便有过节儿不快者，有性格不合而生分的，有产生误会而心有芥蒂的，但总的风气是和谐，是明朗清爽的，体现在对人的称呼上，也如家庭似的亲切。直呼希凡，亲切中不乏敬意，作为晚辈的我们是这样看待的。刚开始，还有点不好意思，李老师或老李的也叫过，后来，大家都直呼其名，我也从众，不知那第一次他是如何作想。那时候，与他没太多的交往。刚到部门，工作也多是打下手，他也没有直接分管我。这样的叫他，我多是听同事们与他的关系亲和，几位年轻如我辈者像大徐、小蒋、大易们，都是如此。也许，这没大没小的，在那忙碌的工作中和那简单的物质条件下，更是合乎情理的了。或者，他本人一副菩萨的面相，有这样的心胸，同事们尤其是年轻者，就没有太多的顾忌和生分。

他是大运河的儿子，北方男子汉的大高个头，短发寸头，没说话前，脸上好像微有笑意，又细声慢气、抑扬顿挫的语调。偶尔去他那里，常常见他桌上散乱的烟头，或摊开的书本，或在写什么，编务事不多，话也不多。当时他是三人一间的办公室，在走廊的拐角处，三位都是文化名人，名头不小，也都是所谓的局处待遇。那时候的办公条件就这样，有级别没有特权，地方所限，都好像很正常，也根本没有太多的心思，想着如何得到改善，获得什么便利。一直到了1986年，他调走，都是在这个小小的狭窄空间度过的。三位大员共处一个二十来平方的地方，蜗居办公的情形，至今常想起，心中五味杂陈，不是滋味。

希凡以红学研究名世，而他更多的是研究现代文学，特别是对鲁迅研究下有功夫。那时候，我也对鲁迅和现代文学有兴趣，总想找机会向他请教点学术的事。一本他新出的论述鲁迅创作的专著《一个伟大寻求者的心声》，之前就翻读了好久。我的前同事田本相先生与他熟悉，田老师参与主编的《现代文学丛刊》要我写一篇希凡此书的评论，我就胡乱写了。本想给他看看，可是没有，我不是没有勇气，私心是算了吧，等发表后再告诉，不会有什么闲话，所以，几度到嘴边的话也就收回，只是拿着他那本书请他签了字而已。当时他有点奇怪说，你还读了啊。这让我没有再深说下去。我的文章发表后，不知他是否看到，全然忘了。这之前，我的毕业论文，是他作为评委会的主席，答辩通过的。最近，收拾旧书本，又见到了他作为主席写的评语复印件。三张人民日报社竖格的公文纸上，按规范，写有评语千余字，柔和不失潦草的字体，看出他的文字特色，字迹绵柔中也有力道，读这评语，看这字体笔迹，忽忽已三十三年，往事历历，可当年答辩委员中的顾行先生早已作古，这时光如刀啊！

希凡的穿着，典型北方大叔的样子，夏天爱大裤衩，或者，时兴的的确良短袖衣。一到大热天，空调不给力，他那有点发福的身子，总是手不离扇，一副京郊老农的派头，颇为随和。他上下班的提包有如一个购米袋。我很喜欢这样的随意，觉得不受拘束，也可节俭，还能装东西，竟也学着，多年后也是这个布袋式的行头上走东跑西地拎着，虽然我用的是可能比他那时还要低廉的塑料尼龙什么的。其实，那时候的人们，背包什么的多用帆布，皮革之类已属奢侈，对于老一点的人们，行头和派头等等，就更是没有什么概念了。

平时，希凡对我好像没有特别谈到专业，或者谈文学，偶尔有关于编发稿件的事，也是不痛不痒的，没见过他专门去说文学、说文学批评，说写作。那时，三人一室的局促，也不好太多闲聊。或许，“文革”中，他有许多教训挫折，也颇有争议，这文学与文学批评，成了他的一些难言之痛。虽然，已是新时期到来，而刚刚变化的一些动静，他还没有来得及清理，也许是在不断寻找行事和适应的方式。记得当时，他出版过几本专著。有的是当年红学书的再版，也有新著。他签名送了我。那时，部门有人出书，多是先送同事，签上名放在资料室各人名下的抽屉中，成了习惯。大家在收到后，也以不同方式表示意思。记得他给我的书，是部门中送人不多的。“文革”中，单位是个重灾区，闹腾得很猛，也许，他与部门的某人之间还有纠葛。我隐隐地感觉一点。因为，他不多的言谈，不爱串门，不太与同事说笑。常常看到的是，他埋头读写，巧用时间，研究写作，或许，这是他从“文革”风暴中走出来后寻找心灵沉静和安定最好的方式。不久，他去了新组建的中国艺术研究院任常务副院长。听说是王蒙先生点将，王蒙时任文化部长。之后，我们偶有会议上见面，问询一下，不太多问及原单位的人和事。他原本是一个沉静的人，一个书生、文化人，而早年的大名和“文革”与“文革”后的是是非非，他或许积郁了很多心结。所以，调离的时候，不少人觉得很是突然，也有些理解。

之后，再见他时，是退休多年后。再后几年，部门年关聚会，有人邀请他回来，虽离开了近三十年，面前多是新人、年轻人，他与我说到，你也退了，小王成了老王了啊。感叹时间的无情。见他过去那高大身形有了几分消瘦，听说有血糖高的毛病。那天，在老田家祝寿时，他也来了，因为血糖病，没有留下吃饭。

就说到他与合作者蓝翎的是非恩怨，因为他俩都是我的先后领导和同事，早晚相处，时有所闻。我不明白的是，如同一对恋人，相爱之后，发生口角，发生争执，难道必定水火不容，小打小闹必须上升到什么什么的高度，发了狠话，才会平服心气？合作者、同道、同好、同窗，这些难道都转眼为烟云，视为仇人吗。当年，李希凡、蓝翎的关于《红楼梦》研究，因领袖的批示，是1954年声势浩大的文化事件。他们有了荣誉，年少气盛，先后调入人民日报社。“五七”反右风暴到来，蓝翎被打成右派。之后，“文革”中，因为江青的原因，希凡被点将做革命批判文章，可是他虽没有完全超脱，也没有太多地介入，这段历史是非，外人不得而知，但我看到的是，新时期后，他们从当时的一室办公，至少还相安无事，后来希凡调出，而蓝翎任职，这时，不知何因，早先的同道成了分道的路人，之后，他们开文仗，生罅隙，令人惋惜。从旁看来，他们在我所知晓的四年时间，同室办公，没有公开的不快，之后，也许各自升迁发展，变化的环境和心态，成了他们矛盾产生的一些诱因，而终归何因，孰是孰非，不得而知，也不足为外人道。如今蓝翎已作古，而希凡也近九旬高寿，六十年前的文坛事件的参与者们，一个个远去的背影，让人生叹。其实也是没有赢家的仗阵。当然，有说他们的矛盾产生，也因为不同的思想态度和文艺观，比如右倾与左倾，比如保守和改革等，这些可以是我们认知他们的思想行为的一个参照，也未必就是他们晚年后情断义绝的一个动因。

也是在老田家的聚会中，希凡由女儿陪着，拄着拐杖，步子蹒跚。生命是可贵的，生命延续也是要去除一些任性而为的负载，或者，有损生命的外在东西。这不是什么大道理，但也不是每一个人都能做到的。作为高寿的长者，他当保重。

老 杨

同李希凡有“两个小人物”并称的另一位是蓝翎，原名杨建中，我们都叫他老杨。在单位中，杨建中与老杨，都有人称呼。而蓝翎就少有人叫了。在我们部门，多叫他老杨，年长他的直呼其名——建中。比如，老田、希凡、老缪、老英、老舒等人，多这样的叫他。

有意思的是，这当年颇有动静的文坛“两个小人物”之一，都与我同事，而老杨更长一些时间，也熟悉些。巧的是，他也是在那个逼仄的房间里办公，与李希凡、老缪一前一后，相处多年。

老杨与希凡，性格有相似也不同，他刚中有柔，多不苟言笑。他山东单县人，“五七”受难后，流放河南多年，大学、省文联都待过，在那里他努力做事，也得到一些认可，有多位知心的朋友。“文革”后，右派们得以改正，他回到人民日报社。错划右派时他才二十六岁，多舛命运，让他过早地饱受人生苦难。之前，我只是理论上或者说是文字上，见过右派什么的，而老杨给我补上一节活的政治课，说来滑稽中不免沉重。

其实，他也是性情温和，说话也多慢条斯理，普通话里带点山东或河南腔，不紧不慢。他身材不高，精瘦个儿，尽管饱受坎坷，身体还算结实，起码在我认识的二十多年时间，没有什么大毛病。不幸的是，2005年，他七十四岁，被可恶的血液病夺走了生命。

我1982年与他共事，与他的办公室一墙之隔。那时他刚五十出头，知道他是错划的右派，但身子硬实，行走快步，不像经历坎坷受过摧残的人。在部门，人们当他是一个文艺批评家，一个专家型的长者。那时，他是文艺评论组的组长。在三人一室的环境中办公，常伏案看什么或者写什么，桌子除了稿件和版面纸外，收拾得干净利落，这是他的习惯，一直保持到他退休离开。这一点在我们部门难得，包括女士们。而我等几位烟民一塌糊涂的乱象，常被几位大姐批评说，看你得向谁谁学习，多是以老杨的整洁为样板。每天，他不太多话，只轻松看下版面，或者，拿版面来我们房间里待一下，或是休息一下，到我们这儿聊会儿天。可以想到，虽然思想解放洪波涌起，每天都有新鲜的事，毕竟他过去惨遭折磨，底层生活打击，总会有阴影需要慢慢地祛除，尤其是心理和精神层面，当然，只是以这种思想行为方式观察生活，也以这种默默做事，不多言谈来调整。

然而，与年轻人一起，他却十分健谈。老杨住单位宿舍，走得晚，下班前后，常就过来与我们说几句，多是谈点闲话，或有时说说新闻，引发点话题。我有时想，对他以前的经历，比如打成右派后的一些遭遇，有些兴趣，但也不便直说，也有其他参加者如大易、小丁等，也偶有问及，他只草草带过，说得多的是古典戏和北方的一些戏曲什么。他这方面很在行。恰那时多有这类节目演出，在副刊版面中，又多有涉及，他就借题发挥，说一些掌故和逸事。或指点版面文章中的一些人事、史实、引申出的编辑外的话题，再就是讲述一些历史，让我们听得饶有兴致。他有时爱抽上一支香烟，我们同室的大易和我，见他来后就陪他，有时也有老烟民老蒋，几根烟枪，吞云吐雾，高谈阔论，常是评点和斥责文坛怪事，世相流弊，谈笑无拘束，对烟有四人，不觉时光已晚。

1985年时，我们办公条件改善，搬到另一个楼里，就有了两人一室的宽敞。他与大易共一室，与我正好对过。这时我们往来多了。当时，部门改组分工，我和大易又成了他的副手。虽然，评论组的工作是文学艺术各个行当，杂而广，这个并不算个多大的职务，对于他这样的名头和资历的人，都能随遇而安，我们努力而为，也算尽职责，这就有了更多接触。他对版面上是能放手的多放手，多是重点的指导，抓大放小。记得为了活跃选题，他提出多发一些微型的评论，让读者有看头，不搞高头讲章式的，也不搞学究或学霸式的。为此，开了一个专栏，我记不得了，是以秦犁还是秦力的笔名，每人轮流一篇，对最新发生的文化界怪事和热点，发点议论，三五百字为宜。他带头写过多篇。这个栏目，很抢眼，坚持了多年。他认为多发些批评，批评就是要点批判精神。这很合我们的意思。不多久，袁鹰到离休之年，他接任主任。几年的领导行政，他以开明政策和放手的策略，无为而治，却也有声有色的。他几乎只是在大样上，用毛笔指点批示，选题什么，校订之事，他多务虚，信任下属，放手放心，各位都勉力而为，评论版面和文章渐有起色，而到了“八九风波”后，没有说得出的原因、或许是可以理解的原因，他停职了。

他虽历经坎坷，生性严谨，甚至于有些执拗，比如，他勇于承担，那时新闻宣传的压力无形中增大，动辄有框框，对口径，常常因版面的事受到批评，他多自已承揽。他反感的是，以势压人，对一些权威高层，尤其是代表个人意见的那些所谓的上头，他却并不另眼高看，却有一种本能的防御。记得有些事情，弄得上级常向他求解。他有时执拗得近乎是成见，至少，在对人事的看法上，曾经对有些年轻人做派有微辞。或者，要求过严。他虽不多话，一旦打开话题很健谈，尤其是历史知识丰富，见地独具。有一段时间，他研究三国历史，隔几天就与我们谈读书感受，东扯西拉的，很是开心。

我有时感觉，他对我很关心。不知是我好脾气，还是因为我听话，至少，我有事无事安坐于室，看些杂书好像不太浮躁，有点像他喜欢的多读书，有定力，坐得住，他认为这样才是一个编辑应有的，或者才是干点事的条件；或者我也写了点文字，还算是个爱写作的人，也许是习性相投、言语投机或可能的是非观接近，我明显感到他对我的善意好心。及至他赋闲后，还常从楼道的另一端他的办公室，穿行数个房间来同我神侃，或者，到楼道中开水房接水时，到我这里坐坐。那时候他已免职，我们没有工作关系了，是师友和朋友之谊。所以，抽一支香烟，闲说几句。我发现，他也不是真抽，吐出烟气，仅是从中体味一下休闲的快乐，或者，体味一下与他说得来的人之间交流的快乐。

也是因为信任，他有时在我面前随便直言，对一些人，也作评点。比如，对某出版单位某人，某事，他直言其不屑，这时，我觉得对人的成见和苛责，也只有他才会那样。偶尔评点一下某人，某事，他爱憎分明。在那个时期，一些左的行为很有市场，搞得人与人的关系扭曲，作为一些还在台上的人物，他们当然是看菜下饭，以权相人，以位取人的，或者，他们本来就热衷于官场文化，也不会真的为文化事业计。然而，在老杨的眼中，容不得这种的权势下的文化畸形存在，容不得廉价的文化交换变为正常。他对一些人和事，只要不感兴趣的，常爱翻一下旧帐，也好，让我们一些不知情者长点知识。有时说到他不喜欢的某人某事，嘴一嘟噜，做轻视状，然后，手一甩，离开。此时，我想这老杨头是很可爱的。

他当了主任，不太看重这是个官位，有几次开会，他都不愿成为主桌上的神仙。多次的推掉有关的会议。也许我们那时年青，那时的晋升之路简单正当，人们对升职、晋级，平和淡然，也没有什么过多的关注。他的任职，在部门显得十分平淡，这符合他们一辈人低调的生活态度。但是，他反感的东西，直言不讳。他在部门很少专门开什么会议，有的会也只三言两语，切入正题，传达什么的，能免就免，能省就省，没花架子，以一种实在方式屏除空洞多余的东西。或许，他从过去的经历中吸取了什么，他有时很是拧的，不管不顾，有时还有点意气。这样也包括成见，任性和宽厚，严厉与随意，都可能是一对互为矛盾的掣肘，是一个铜板的两面。

晚年，老杨从工作中退位后，有多部专著问世，特别是《龙卷风》一书，对打成右派后遭遇有重点记述。然而，他与李希凡同窗之谊，文字之谊，在后来，因说不上的原因，也不知什么时候，就成了对头，成为路人。据说，关于当年文章的署名，关于如何被划为右派等等史实，他们都在各自角度，火气十足地申辩与反驳。一个打入地狱般多年，蒙受不白之冤的人，找回一些事实和尊严，究诘当年的一些人事，是可以理解的。他是以为有些事要在晚年总要有些说道和梳理的，于是直挺挺地出场。但是，能否达到理想的效果呢？道不同，不相为谋。但有些事，过去的再去辩驳，当事人都有各自的认知，少有他证，就成为弄清真相的困难。老杨的脾气性格决定了他无论后果如何，他想做的就会做。如果，生命延续，他也会的，只是天公不仁，他再没有机会了。

老杨得病后，不长的时间就很严重，我去医院时他已不能说话。看他难受状，默默地为他祈祷。一代杂文大家，数十年都纠缠于与人与历史的不解之缘，他临走时也没有安生，不能不是一个悲剧。尤其是，他改正归来后，写作著述丰富，职务工作顺利，精神心态都向好，只是遭逢后来的政治风云，他无疾而终，他当然不甘，更不愿看到某些现象的荒唐重复。

在部门以至单位，他以说话办事率直，得到认可，他曾经在党员代表会上被推为兼职纪检书记。那时候，这类兼职是由群众推举的，荣誉是真正民主所得。他走后，受单位之托，我有幸为他撰写唁文悼词，翻看了他全部的档案，看他人生中也有几次检查，年少气盛，性格使然。让我佩服和感动的是，他用毛笔工整地写有两万余言的自传，虽是完成组织上的安排，可他写得认真，富有理性和逻辑，有对自己的认识，也有他认真的倔犟的坚持。

他的杂文，在当代文学史上享有位置，其风格有如鲁迅，是一个有思想深度的杂文家。因为一篇并未刊发的文章，他被打成右派，实在是一场闹剧。1956年，他从一篇已经在《人民日报》上引起反响的辽宁某厂女工之死的报道，和有关评论中，看到官僚主义作风危害，就写了杂文《面对血迹的沉思》，投稿北京某文艺杂志上，文章并没有发表，却被编辑部的有心人当右派线索举报回单位，于是，有人如获至宝，他惨遭十多年的迫害。因文罹祸，在当代史上他虽不是最早者，但伤害之深重，在我们大院算是屈指可数的。杂文惹祸，他却一生不悔，著作还是以杂文为多。八十年代后，他出有《断续集》《金台集》《风中观草》《龙卷风》《了了集》《静观默想》等。他早年读私学，书法有童子功，曾在闲职时，写了不少的书法。我偶去他办公室，就翻看欣赏。一手蝇头小字，法度之外有变化，柔中藏锋，竖写直排，工整有型，让我领略了他的文字功夫，也见识他的书法功力。不是妄说，在我周围人中，老杨的书法少有人能及。可当时没有想到索要存留，大为遗憾。

一晃老杨去世十年了，他离退后，我们也从那栋旧式老楼十号楼搬出。十号楼的一些往事，在被改造的大院喧嚣乱象中，渐渐地褪色，渐渐地远去。可是，偶过那与他们一代老人共事多年的三层小楼，别有情怀，别有滋味，自然又想起他，和那些值得怀念的人和事。人的一生，就怕怀旧，也更怕伤离别、悼亡者的记怀。

缪 公

缪公者，缪俊杰也。这是他的同辈好友的叫法，也是外单位比如中国作协的老冯、老何等文友们嘉许给缪俊杰先生的称谓。

公之称谓，在我看来，是文友间的礼遇，尊重，亲昵，也古雅。公者，卿也。也可以想象到一个士者形象。这个名号，在我们部门没有叫开，相反，年长者们大都叫他小缪。我见他时，他四十六七岁，而且当文艺部头儿已是三四年了。这年龄，这位置，说小缪，不太叫得出口，所以，我们叫老师或多是叫老缪。

这很有意思，在我们部门的称谓文化，基本是平民化和亲密性。平民，是不叫官职，不分长幼尊卑的。老某老某的叫法最多，叫小某的少，叫大某的也有。叫小某不多，是因为与其没有特色的小某之称，还不如取后两个字，直呼其名，也亲切爽口。或如名字是三个字的，像我等，取后两字既亲切又好叫，另也有，三字只叫前两字，也是为了上口。这样一来就有点乱，但是，这种叫法体现的是平等，也体现亲和。单位称呼人名，不叫官职，是大众习惯和群体喜好结合，最关键的是与领导者的喜好有关，与民主氛围有关。彼此称呼，是关系体现，是叫者与被叫者的素养，也是一个单位或部门的文化风气使然。这真不是说大话。只要有心，看一下如今你身边的、你单位的人与人之间的称谓，很是准的。

缪公，是一个热情的人，也是一个激情中见细致的人，一个勤奋的写者。

可以说，对缪公老缪的了解，自以为在同事中过我者不多。我一进部门，就在他的领导下，凡三十年吧，即使他退休，我们也常联系，文字交往，出差开会都在一起的，更不用说楼上楼下的邻居。再者，他是我大学的学长，虽比我高出一辈人的年龄。他夫人宗老师的哥嫂都是我大学的老师。也是常请安见面的师友。这些机缘也就联系多一些。还有，我也学着写文学评论，读着他不少的文章，算是后学，同好，也可忝列同道。

他在部门其实是有很多最的。一是，最年轻的部门领导，在他任职时也就四十多点，他领导的人员岁数多有比他大的。在今天，这年龄虽不算小者，但在那年代而且是一个大院深深的部级单位，有好多建国时期的老干部、老革命，贤达云集。他曾说过，是当年胡耀邦当中组部长的任命，可见一斑。二是，他很早就出有专著，我说的是文学评论集。当年，湖南文艺出版社的一套当代著名文学评论家的丛书，他可能是最年轻的入选者，可见他的评论早为文坛认可，之后，他勤于写作，出了数本评论集。三是，他任职时间在大院同样职位中最早、最长，历经风云变幻，天有不测风云，他一直在原位上，个中缘由复杂。但是，也许就此，他保持了清正，滚滚红尘，看云起云收，虽不免惋惜，却能心定意闲，写自己想写的，说自己想说的，可以“阅金经，调素琴”，可以“惯看秋月春风”，安度晚年。四是，他是部门，也可能在文坛中，以文学评论为主却又多角度写作并有收获的人，文史研究早有《文心雕龙》专著，文学批评有个人选集和众多的评论集问世，散文写作两本域外游记和多本散文集，人物传记有“中国百家文化名人传”的《刘勰传》等两本，再是新近的四十多万字的长篇小说《烟雨东江》。集多副笔墨于一身，见其能量与精神。五是，他也算跨行业的先是新闻再是副刊的工作，新闻的敏感和文艺的情怀交融，他的文章，多是浓烈的现实精神，也有家国情感，个人情愫，民生情怀。看似平常却奇崛。试想，偌大的新闻文艺界，又有何人如此？无多。所以说，他是一个激情的写者，一个有众多收获的文化人。

我其实是拜他为师的。学长之谊外，他还是我的同窗李庆宇的研究生导师，这样我当是执弟子礼的。初见他，一副较深度的近视眼镜后面，我看到一个学者样的年轻领导的威严。他在直接领导我时，他工作和处事都随和简练，不是苛求和挑剔的人，对人对事，善意，和顺。那时候，编辑工作多是手工作业，没有后来的电子技术便利，所以，改版式样子，排字，他特别体谅我们的苦衷，版面要求从工作印制的方便来考虑，当然，在原则允许的前提下，他是好说话的领导。那时，物质条件简单，工作心气高，但领导也体恤下级，不搞命令式，不摆官架子，不因为自己是名人和有资历，颐指气使，也不因为有权就搞一些庸俗的关系，所以，几十年在他们这一代人影响下，部门或者副刊是清正和正气的，没有那种吹吹拍拍，官腔官话十足，文人相轻，内耗干架，把版面变成自留地，这种陋习至少他们那一时期不会被人指责。两年多前，我在未退位时的一次民主生活会上，我说了，如何发扬部门几代人留下的传统，我说了几点，比如，保持正气，超脱俗气，但最主要的是，清气和正气，因为那是一代人，包括我前面写到的几位大员们留下的传统。到我这里，做得并不怎样，虽没有责任让谁谁接续，但当年对我的耳濡目染，我不能不向我的后继者们说出，那是交底的良心话。后来，我略有反思，你真是老昏愚朽，现在还有什么标准，这是什么年代，有人听吗？听了你的能行得通吗?!

说到传统，其实是一种沉淀。那时候，思想解放，如潮如涌，报纸作为先头兵，作用不可低估。拨乱反正初期，思想讨论，如火如荼，文艺版面特别是“文艺评论”一马当先。这就考验着各位大员。领导敢于放手，敢于负责，编辑们，力图创新，殚精竭虑，做好工作。那时，批“四人帮”的文艺黑线，为一大批文艺家平反，报纸做了大量宣传，其中也有阻力，辛苦和困难并不为人知。这期间，老缪是部门具体领导，也是一线指挥，他的敏锐和担当，风风火火的作风，多年后被人们多次提及。我那时候还没赶上，听说他写有关评论、社论，组织研讨会等，有声有色。但后来，在我们共事中，我体会到这个传统是很有内涵的。不违背政治原则，却也要创新，有责任感的同时，也要有独立思考。不能等因奉此，唯上是从。后来，八十年代中后期，我也参与其中，曾经有选题讨论，一些重要的文艺思想的文章，引起了极大反应，我想，是与这个传统的延续分不开的。

老缪虽是部门领导，协助主任老田审看文化评论版面，可是那时，他没有单独的办公室，还兼做部门的党务工作，但那段时间他写作勤苦，几乎年年都有集子出版。到1985年后，我们办公条件改善了，他一人一室，可是，也是每天一早七点多就上班，而下班多是断后的几位。他的文章频频问世，我想是从早晚点滴时间挤出来的。

他真有这个本事，好像是在下班或休息时，他可以同我们说说笑笑，一会儿就回到办公桌前，铺纸开笔，文章就这样子出来。他这样写作多年不变，他习惯用300字的单位稿纸，垫上复写纸，用圆珠笔有力道地写，文章完成后，能留下底稿。这种方式，在当时电脑没普及时不失为一个选择，可对我们来说有点难（虽在1993年前，都还没用电脑），我最多是一张稿纸，要有完整时间才可静心写作。老缪则不然，这种方式，他得心应手。一是，他文思清晰，写来流畅快捷，他是文章快手，每有写作任务，都是提前完成（我是说的工作任务，比如评论员文章、社论等，是我们每年都有的）；再是，他笔力劲道，否则这三张纸的厚度，其力道不足难以掌握。三是，要有随写随停，可行可止的能力。这种复写式的写作，可以存底，但对我们至少我是不太习惯的。而他有这特殊能耐。或者，事情干扰，零碎时间，都不会影响他继续完成。他这种本事，是长期从事新闻工作练就的，也是他勤快的回报。说实话，我们想学是做不到的。现在，他不一样了，近乎原始的缪式写作法，早已成为过去。有了贤内助，手写之后，夫人宗老师录成电子版。新近出版的《刘勰传》，就是他们夫妇共同的劳作。写作中，夫唱妇随，琴瑟和鸣，颇有古雅之风，辛苦也成了甘甜。

老缪很随和，从不发狠和训人，包括责怪人。我们共事多年，几乎没有见他与人红过脸。我想不仅是性格，也是修养。不像时下有些人，私利多多，动辄训人，结果损人不利己。这些人，心态失衡，欲望太多，或者不自信，唯恐身份不被当个事，或期望值高，心理落差大。所以有人直呼，文化失范，斯文扫地，领导和主管是关键。按说，老缪最有资格怨天尤人，他可倚老卖老为自己谋取什么，最不济可以不去与他们玩完，但是，他们这一代人，有好脾气，可以与人为善，可以为了组织原则，而牺牲自我，几十年的教育，也让一代知识分子的个性融入共性中，但是，无论怎样评价，这种精神形象，影响和教育了后人。做人的底线和良知，是不能被扭曲和丧失的。

老缪热情待人，帮助过很多作者，天南海北，不同阶层的人都有。这也是一代老副刊人的共同点。在我刚到部门两年，曾患有急性肾结石，痛得无法忍受，也是在上班时间，他多方联系朋友，急火火地亲自把我送到西郊的海军医院。这急人之难，于他也是常事。重要的是，他多以一己之力，热情做有益的事。他是我见到的家乡观念最重的同事，二十年前就开始把自己收藏的图书捐家乡，先后数次，他曾经为此写过文章谈及。我有幸去定南县他老家捐建的“缪俊杰捐赠图书馆”参观过。他把藏书倾囊捐出，也有他的朋友支援捐献的，还有他自己专门购买的。这样倾力为桑梓做文化公益之事，我们少有人能及。麻烦不说，坚持数年，还打包托运什么的，当然，为家乡事也许有无形的动力，可是，谁人没有家乡，没有可以捐的书物什么的？所以，缺少热情，当然主要的缺少那个善心，我们都只能是一些嘴头上的家乡观念。

老缪的性情平和，其实也是有点急性的，同他出差或办事，他会提醒时间，策略地催促，宁可早很多，也不能晚一会儿，“宁左勿右”，刚开始你会不适应，以为是年长者的习惯。不是，是他多年规律生活形成的，也是同他做事麻利、守时规范相一致的，也与他们一代人做事准则、行事原则有关，减少失误，凡事预则立，保证成功。有些人拖拉、误事，视小事为有无，几为常态，而他的这一风格，也常为大家挡了不少的问题和麻烦。办事讲效率，合理利用时间，虽是小事，可以看出一个人的作风，尤其是在快节奏的生活的当下，或许是做好事情的一个重要条件。这真不是放言大话。

老缪是个细心人，细于观察、辨析，常从他那深度眼镜片后，辨是非，分曲直，立马为断。对人和事，宽厚之下有原则。特别是关乎观念和原则的，或者思想意识的大是大非。文坛政界，几十年风风雨雨，圈子派系，翻来覆去的，让你有很多的热闹可看，而这时，老缪或坐看云起，有时也不免议论吐嘈，即使不是在旋涡中心，也不会袖手旁观。他立场分明，即使私下聚会，也乐于参与。当然，多是议论，多是表达不快。每每对一些人和事，多从是僵化守旧，还是开放改革，看现实也看历史，这样一些本源立场上分析，对那些守旧僵化的，深为不屑，哪怕有成见或误解，他也坚持。他直言想法，多在大家闲谈中，乐意把自己想法托出，不隐瞒，也许是他的急性子的缘由，或者，义愤填膺，疾恶如仇。不这样，不足以表达。这样有人不喜欢，传出去，得罪一些人，但是他还是这样，从不在乎得罪了谁谁。当然，有些话题，重复多了，让你觉得说者的特别在意，容易让听者少了新鲜度，或者成了一个唠叨，而自己也不一定觉得。

两年前，他的一本书让我惊讶，就是故乡题材的历史小说《烟雨东江》行世。平时以抽象思维写评论的他，最多也是以散文格局展示他形象才能，没想到，潜心而为，不鸣则已，一下子拿出40万言厚重的长篇小说。人物和故事，风情和意蕴，都有特别的味道，文本也很舒放，语言也是讲究的。袁鹰先生已在序言中有生动评点。我以为，老缪以一次高难动作，宣告他文学能力的提升。或者说，他把文学写作能力，触伸到了一个更广领域，释放了他的文学潜力。他近年一些域外游记，也有精巧的构思，力避窠臼。不是我恭维，他是在寻找写作的多样变化，是一个老资格的作家晚年变法，变戏法式的，玩着文学，可以说，这找到了基本支点。文学就是一种爱好，尤其是晚年，随心所欲，玩玩文学，这不是贬义，也不是什么人都能做到的，不是先前的老缪所能有的。我就琢磨，也许他经年累月之功，会再上层楼，还会有更大收获。祝愿他。

刘虔

刘虔，是我没有任何职务的同事，他在部门二十年时间，除了当过支委外，基本是平头一生。我写他随意轻松。

在我所有同事中，他是可以胡说八道，也可以互相批评的人。比如，他每见我就要我戒烟，有十多年了吧，他双眉一皱说，真是的，你还不戒，你不知道那是损伤身体的啊！有时，他说我的文章，可以直说不好，可以说问题，在部门也是第一人。有时，我想这老兄有对我的关爱，也有直率可爱的一面。文人相轻，虽我们没有那种程度，但大家都写点东西，有谁还去太在意你那些小玩意儿。也还想到，我是他直接主管，他有没有当年邹忌借城北徐公游说齐王的策略，不得而知。反正，我们论文说诗，有时争一些没有答案的问题，说多了，他像乖小孩，反唇相讥也温柔，总之他说什么，我说什么，都可以无遮无拦，没有往心里去。就像我常在友人面前介绍说他，是青春派爱情诗人，是写玫瑰诗的诗人，焕发第二春等等，他多为一笑，或者补一句，真是的，他妈……哈哈，真是的，哈哈！

他年长我一轮，性格温顺、忒没脾气，不光对我，也是部门公认的好脾性。你同他说这说那，他什么都说好，会在表情上露有惊讶和羡慕：好文章，好美食，好风景，好版面，好书法，好衣装……说这些一脸真诚。他那个年龄，那个资历，恐怕没有第二人有那心态。他说好，称许，多是发自心中的，有羡慕，有认同，当然也小有敷衍，那不影响他的真诚。比如，他见到部里人，尤其是年轻人，发了文章，他看到了，十分地兴奋，要给我说说，与人为善，看他人的好。当然，他也有挑选的。他眼中多是光明一片，也容不得阴影和阴暗，他对揭露出来的一些贪腐者，疾恶如仇。他很是关注文坛的一些思想动向，喜好读书，可是真要说那些文坛的是是非非，他有如桃花源中人。其实，他的好、好、好的评价，只是一种策略，当然，也多是他的性格和心态使然。心理学说，一个人有情商智商之说，人的能量和心智是有定数的。尺有所短，寸有所长。这也难怪，他长期生活在一个较为简单和封闭的环境中，来自湘西南贫困山村，少时上学，工作在京城学校办刊，后到报社已是“文革”结束，中年后，先后有几位至亲家人遭遇不幸，生活的压力比一般人重，无形中他有着从书本中找安静，在诗与文中找到舒放的期望。加之，他是一个主观性大于逻辑性、有点浪漫气息的诗人，很早就把诗歌视为生活不可缺少的部分，几乎多是埋头于哼哼呀呀的诗歌情结中，是文学缪斯的魔力，把他的生活能力和文学的功力变成一而二、二而一的混沌。于是，他对世事人情的天然好奇和执著，多是一种文学表达和文学判断方式。我有时候怀疑，除了读书写作，他真的不知还会些什么。我其实是很欣赏他这样的。

他是六十年代初武汉大学中文系毕业生，他的同学曾是我的老师。七十年代末到部门，早我三五年。我见他的第一面是在部门资料室，他在桌上摊开《人民日报》，摘下眼镜，人略前倾伏案，双腿八字形，看着一篇什么文章，只听旁边的老叶女士笑对他说，你们诗人是怎么写成这种句子的啊，然后，是他似答非答地说，不好弄的，不好弄。原来，他的一篇诗发表在报纸上。那稍微瘦细的背影，和一个读自己文章的人，这形象存在我心中好久。

他是好相处的兄长，没心没肝的，不设城府。有时候说点社会上的新闻，他略微知晓也不全知，一脸的新奇也一脸的茫然，并不像在新闻大院里的从业者。更不用说部门的那些是是非非、单位的升级晋位的事了。这让我佩服，也好生奇怪。一大把年纪，却对于有些人热衷的关系、门道，他几乎不解。八十年代中后期，人事关系单纯得让所有人对上面敬佩，也清纯得你想有点歹意，也没有市场。后来，“八九风波”后，改组渗透，人与人，单位里、部门中，关系变得紧张，外来的与留守的，新人与旧人，身份与观念，有了新的分化与定位，有了考验。一些人的加入，也会在认清阵线与分辨是非上多了难度。可是他却无太多的掺和，心里虽也清楚，却不太能对付稍有难度的人和事。也许他本来就远离这些，不去自寻烦恼。按说他这老的资历，也历经了各种政治风波，也见识过单位和部门不同时期的不同状态，心中有自己的认知。可是，他多从善良愿望出发，埋头于他的那份事，写他的诗，有时也关注一下，在一些计谋和假象面前，犯点糊涂。出于大局，我不能说太多。他的好意，也让人无语。有几次他都问我，听说要让你去哪，或者，他听风闻后说那地方也好也不错什么的，以为我会接受什么。他的关心出于真诚，但是他也不太了解我的性格，我会看重那些吗，我如有兴趣还用得着等到现在吗？这些繁杂的人事，他是不会理清的，也没有兴趣于此。这就是一个副刊编辑难得的作风。他敬业，他善意地为部门着想，真是难有第二人。这样说，不是大话，也不是调侃。如今，视权力为上，以位置为荣，专业技术人士也为那个级别不择手段，为私利而丑态百出，生怕吃亏，连好好的年轻人也有人被拉下水，在我们身边也并非孤例。有人就说，哪个部门哪个大院不这样，越是大院深深问题越是严重。如此，更觉得像刘虔这样一名普通编辑，一介书生，清纯得近乎无瑕的人，多么难得。

就说这发文章和编辑之事，他遵守规矩，认同道理，无私心杂虑。写文章后，我爱动用权力给他文字加刀斧，有时，不管他的句式，就有点独裁，可是他有时认同，有时也坚持。这都没有什么，只是，在那时候，我们谁人要上文章，没有利用方便，就直接地安排，先得有程序的二审到位，即使如老田老缪蓝翎这样的领导，也是稿子写完发到我们编辑手中，征求下意见，可以提建议，也有修改过的例子。这种方式才会对得起版面，敬畏这份工作。之后的人们，都以为是人人怀珠抱玉，早把这样的敬畏抛诸脑后，想想，也不是哪个部门哪个人的事，这样谨严，对工作的敬畏，还有几个人坚持？呜呼。

说刘虔遵规，也不排斥新的东西，比如，高科技，现代生活方式。他维新、好新，也有赶时髦的心态。其实，在他身上有诸多的矛盾体。他学电脑，发邮件，玩微信，都踩着时间节拍，即使慢也不过半拍一拍之差，可是，多是不精只当玩儿的。电脑用得不早不晚，大约是十年前吧，一次收到他发的邮件，得意地说他刚学会，之后，多是有去不回。我真不知道，是机器有病，还是他对此不太灵光。去年，他竟然会微信了，我也受到鼓励，换了新手机，上了微信，可是，你微信他，却根本没下文。他完全是一种即兴式、激情性的玩家。他微信你联系你了，可是，去找他，不知哪月哪天，还是原来状态。他的手机也是，接通了没人应，或者，说一半了断了。时间，对于他有时候是个难题，比如，你说好了几点集合，他可能不准时，不是说晚了，而是早到得多。前一个月，去襄阳，大家集合于火车南站，他电我说，已到站了，而这时我们都还从家里没出发，他早了两小时，大夏天的，他何苦，说是看错时间。这些虽琐细，但是基本技能，对他来说，好像没有童子功的训练，好在，他心态平和，不急不躁。

说他属维新派，说他是个时髦老年，不冤枉。七十多岁人了，还一袭红上衣，牛仔裤，或多年都自己加工过的头发，乌亮而飘逸，瘦削的身材，行走如风，猜不出真实的年龄。我对人的衣着，时不时有些关注，往往从中体会人的心态，或者，对一些装扮有点不适、当有点过的，总难认同。不全是品位，是否合体，这体，是身份年龄，还是格调，不好说的。但是，至少是要分场合的。看到一些在这方面有着特别穿戴，爱晒新行头的人，我真不知道，他或她懂不懂搭配美学，颜色、款式，总有基本之规。当然，人各有好，与卿何干，不容旁人置喙。对一般关系的，是不会说什么，可是对刘虔兄，我可以直说，比如，有时不免劝他或者调侃几句，你穿得那样的俏丽、那样的高色调想干什么呀，那细腿的牛仔，还故意磨成旧样的，你俏些什么？也属于开他的玩笑之类。而他一笑了之，或者根本没有弄明白我的意思。你说你的，我行我素。他信奉的是，我快乐，我为自己活着。但是，他总还是能听我的一点建议的。不为其他，只为友情。

他是诗人，也有多部诗集出版，他还以散文诗的写作在业内受关注，成为一方诸侯。他也有多部报告文学出版。但是，他主要的是编辑，在部门他负责文学作品，几十年不变，为保持副刊文学的品位他和搭档老袁功不可没。这里说个大话，不避嫌，不免俗，《人民日报》文艺副刊，六十多年名称多变，改了又改，小二十多个，可是，能记下的又有几何。我放言，文艺评论五十年代的《红楼梦》讨论，八十年代的文学价值与文学重建的讨论，还有点声响外，而最能记留的只有大地，包括综合性的副刊和文学作品。提起副刊的报告文学创作，为人津津乐道。而这些版面，后来主要厨师是刘虔和老袁。

刘虔的诗作，突出的是爱情诗。这也是诸多诗人的重要诗题目，不同的是，他的爱情诗，从常见的事物，以哲理的营造来展示诗意，多以大地、玫瑰等意象，通过他绮丽近乎奇诡的语言表达。他何时开始诗创作，我没有考察，但是他对语言的锤炼，我很是有感觉，但不完全地认同，有时为了语言，而故作惊人之语，损害了诗意。他爱用一种不规则的句式，甚至是不合规范的语言，让诗朦胧也不朦胧，造成阅读的障碍。这一点，只要是我签发他的诗作时，都要与他讨论一番，有时候出于诗无达诂的理解，能将就则作罢，多的时候，就专制地进行删修，为了保护语言的规范，没的商量。往往他会十分惋惜地固执一下。

他很勤奋，外出时多带着一个软面记事本，随手记下感受，好多诗句也许是这样捕获的。多年如此，保持如今。这样的老派做法恐怕也没有人了。他对诗，几近痴迷，写不出来的时候，他说，茶饭不香，有点恨自己。我曾经说他是苦吟派，为赋诗句捻断须。他写东西很下功夫，但出手又小心，也就很慢。而这恰恰造就了他的作品不是粗制滥造，随意而为。但，这又有两说，你着实为了语言而语言，追求那种老杜的“语不惊人死不休”境界，是否有点胶柱鼓瑟，自我较劲？所以，我说他苦吟派是给自己下了套。文学技巧本质上是匠工活，但文学的最高技巧又是无技巧。文学与情感和心态有关，而少了放松心态，就可能损失了文学的情怀和灵性。放松为文，自由为人。这是我对刘虔兄的一点建议。共勉共好。

（注：此为“人物小识”之一，完稿于2015年8月20日）

好人许中田

上班前一个电话，是同事罗雪村打来的，竟不料，是老许，我们当任的社长许中田病故，在昨晚，在办公室里。真是天降噩耗，不敢相信。

怪不得昨晚（10月24日）十时左右，李辉来电话说我办公室里灯没关，他以为我去了办公室，还说，编辑部门前有几辆救护车，问开电梯的服务员也不知情，他顺便问我，可当时，我竟没有往老许这个病重的人身上想。

这七年，老许来社后，还算是熟悉的，偶尔也去他那聊聊，包括他刚来住在招待所时。虽他职务不断上升，不断地日理万机地忙碌，但我有空就去他处坐坐，像老友似的。他在到报社前，主管省里的文艺宣传，同文学界朋友熟悉，因长春那边仁发、未民的关系，我在他主政吉林省宣传部时就相识。调来报社后，他曾分管过我们部门，1998年春，我随他去了法国、意大利访问，再后来，他当了总编、社长后，工作联系更多了。他的家原来和我们一个楼，因装修的事，同他夫人吴老师也熟，这样的同事、部属，上下级，邻居，一干关系，与老许就成了无所顾及、无所不谈的朋友。

老许的身体一直不好，前几年做过心脏搭桥术，住过几次院，一个多月前，还到北京阜外医院又做过手术。秘书吴杰说，这次是小手术，疏通一下血管，很成功。我去探望那天在医院门口一快外餐店里喝茶，看他气色也不错。回想到也就个把月时间，他最终还是没有挺过来。

我生性怯弱，最怕那些正襟危坐的高官大爷，对所谓上司领导一般是敬而远之，不是摆老资格，也经历了数任领导，见过点风云，对那些当权者知根知底，谁人如何，有点自我认知。可老许则从开始我就没有这样“官人”的感觉。第一次见他，是在北京吉林大厦的一个聚会，就感到他没有那些人模人样的装和作，没有拿腔拿调的样子，温和可亲的近乎邻家大叔，后来他来北京成了我直接领导，更证实了这些。他为人处世，亲和低调，在与你谈话时，尊重对方，有时总是和气的神情，谦虚的语调，常听到他说自己出身教员，不太懂新闻，希望你们专家、你们大手笔别见笑。这些，也许是低调，也算开玩笑，他说的时候，心态是真诚的，从他那眼神中看得出来。

他更有一颗平民的心，同你说什么都能倾听。你任何时候有事找他，都不会生烦，会听你说完，也会让你感到他的诚意。这些也是我同事们都有共同看法。

在我的书架上，有他近年的两本新书，一是文集的四卷本，一本是他自印的毛边书，没有正式出版的怀念其夫人吴老师的“诗集”。前一本套书，是他近年来的有关文字的总汇，分政治、经济、文史各类，当时他签名赠我时说，这些东西不登大雅之堂，给你作个纪念吧。后一本是他为纪念刚去世不久的夫人，创作的诗。夫人吴老师一年多前因病去世，他以诗寄情，写了五六十首，有朋友劝他印制成册，送给一些熟悉的朋友，题目为《深深的海洋》。他说，一共只印了五十本。我有幸成为这少量的读者。也是在4月3日那天，我的日记中记下读后曾撰几句打油诗给他。我写道：“长调短句寄衷情，海洋深深百川容。情到深处语无力，爱在极致心相通；油盐柴米身前事，诗书琴画气相同。清明时节忆吴师，心香一瓣仰清风。”

最后见他是半个多月前，我要去山西出差。那天下班，我请吴杰约下，说快来吧，一会儿还有人约见，就急急过去了。看他杯中泡着一种参茶，清香入鼻。我还拐进他的卧室，看了看他写的一大叠书法。每见他时，都可自由放松地说笑，朋友式的家常寒暄，放下工作话题，舒缓身心，开开玩笑，忘忧解乏。那天，我还评点他的字，也顺便说到求他一幅作品。他说，等我再练练吧。我提到，上次给广东老作家程贤章写的“作家山庄”字，已刻完放置好了，还说请您光临指导，他笑笑说，好。没想到这成了永别。

就在这次我出差回来，想再去看他，一直没去成，怕他忙，他要去上海主持分社挂牌，去华南调研，几次下二楼时候，曾想同往常一样顺路去看他，终没有成行。

记起同他聊天时，我偶尔以首长相称，他爱说，岂有此理，还说我这老许头如何、如何，对头上的那顶官帽，他并不当回事，偶尔也流露，这活不是人干的，云云。记得去年8月，宣布他委任时在老干部活动中心的一席话，是动了情的。他曾说我这个人本事不大，但心眼好，我服从安排，拼一把老骨头。那次会上的真诚和坦率，为他赢得了高分。

想来，去年就在他任职的前些时，我们聊天，我问他，有人议论到您要调任党校，又说调往外地，此类消息多多。他有点情绪，说我这个时候还来看他，好多人都不理了。我听了一愣，也不好说什么，他也未置可否地应付我，也许是纪律，也许他多沉浸于这世道人心的不解与警醒之中 。当时情景我印象特深。我五味杂陈，他把我当朋友，令人感动，更主要的是，对他这样位置上的人，也有人变面如此之快。世道炎凉，人心不古，尤其是在这个貌似有文化的地方，令人悲哀。或许，这就是他曾说过的，这个大院啊，是“大院深深深几许”。

他有好的性格，平和沉静，对世事多是听命不争的，然而，原则上却是不让不弃的。七年的报社工作，在人们的心目中，他是好人，好领导，平民作风，亲民和蔼。好人的标准可以有各种各样，但好人是能与你交心，与人平等，给你以温暖和踏实的，不会因为你有过失或错误，给你小鞋穿。好人的平安，却被无情的上帝残忍地剥夺了。呜呼！

匆匆于2002年10月月25日上午，一个天冷略阴沉的日子

（注：此文是老许去世后次日，在日记本上草就的，后来写有《朋友许中田》，在《作家》杂志发表，并收入了其他文集。如今翻出原始日记，收入本书，谨以纪念老许逝世13周年。于2015年9月5日上午）

学 车

谚曰：人过三十不学艺。不晓得哪根筋出了毛病，一把年纪，被几位同事一撺掇，也去报了个驾校学习班。刚开始，还能对付，后来就腰痛背酸的，想想真不该赶这个时髦。如今有一说法，现代人必须掌握三种技能：一是外语，二是电脑，再是汽车驾驶。要说前两种，对年纪稍大的人，不容易（当然电脑打打字，倒没有太难的），而后一种，则属高级技工，是个熟能生巧的事，没有什么了不起。再说，前两年，学车的年龄又放宽了些，由原来的五十放宽到六十花甲之年，还可以去过过车瘾，得知这一消息，真有些喜出望外，想想这辈子早点晚点总还能圆了这开车的梦。

接下来就是考交规，朋友拿来一大本画上各种符号、各类图形的像杂志大小的东西，出于好奇，翻翻有些兴趣，有不少是平常见到的一些熟悉的图，可是想到要在短时间里把这些东西都记住，真不是件易事，何况还要面对考试。那几日，看书看图又问同事中早已过此关的，还真像当学生时考试一样的紧张。那几日，看马路上川流不息的车辆，看报章电视上说，北京的车辆已达饱和，持驾照者如何如何以多少多少的比例增加，在这紧张中又添困惑，我这是为了哪起，不是自讨苦吃吗？有先行者、明白人，半是安慰，半是劝说，到你这样的年纪的，学也罢，不学也罢，像你这样，有车坐就罢了，何必去吃那个苦。夫人先学一步，也故意地揶揄，你的大脑迟缓，小脑不发达，能行吗？东说西说，都有理，也自然。

仔细想来，时下做任何事，很难找到一个统一的答案。暗想，人嘛，还是听天由命而已，还是随大流而已，于是，稀里糊涂的，就考了。考交规是在一个冰天雪地的冬天。一大早，就把我们拉到东郊的一个教练场，八点钟正式开始考试，看那试卷上的百十道题，凭几天的恶补，也凭感觉，就猜与蒙，还算过了第一关。据说，那次大家多是临时抱佛脚的，也就那么回事，在众多的矮子里面拔了些个将军，我也算得到了个机会。考的什么，大多没了印象，但是那天五六十号人，坐在一个偌大的教室里，旁边有穿着威严的交警同志在巡视，好久没有经历这种场面了，那情景那阵势，真是此生此世不会忘记。

接下去就是真枪实刀地干活。那天，上了车，摸着方向盘，点着油门，煞有介事地，心存憧憬地，感觉了一个司机的神气。因是本单位的速成班，学员大都熟悉，几个人坐在一辆车内，拨拉两下后，说起了闲话，教练师傅是单位的司机，说话也就随便，不大顾忌。几位学员的年龄，算来就数我大。看到那些比我小一轮的小年轻，又暗忖自己干吗要吃这个苦头。第一天，熟悉挡位，感觉方向，想来三十多年前，在农村劳动时，玩过几天拖拉机，开过动力机，那玩意儿虽不及汽车速度，但基本的原理八九不离十，于是自以为是地，踩油门，挂挡位，扳方向盘，弄不了多会儿就有了那么一点感觉。记得刚开始学的时候是“五一”前，那时候的天气还真争气，我们又是在单位的院子里学的，大树的绿荫把太阳挡住后，坐在狭小的车内，也感觉不到什么燥热。五人一车，或在里面待着看别人练，或者轮流排着等自己到了时候再进车内也可，总之没有想到就那样顺利地开始了学车里程。

因是本单位的院子里划出一块空地，竖上标杆，就算一个教练场了。倒也无妨，可以前进，可以倒车，可以做在一些正规场地上做的活。这地方也是单位车队的属地，人来人往，熟人多，问：嗳，学车呢？答：唉！有时，看一些年轻的同事，故意地躲着，好像做了见不得人的事，什么名堂，虚荣心吧，怕那个笨样为大家所讥笑，也怕说，都什么年纪了，还赶时髦。好在几天下来，也没有谁注意，也没有谁有这个闲心。

同班的学友是男P和女Y，正好说要学车，有了这个机会，我替他们一起报了名。论年龄他俩比我小，论大脑的协调功能也比我强（顺便说一句，后来正式学开车后，人说会不会开车看你的大脑的协调能力如何。可见大脑小脑这说法还有市场）。两位同学也是每天按时到位，好在我们的教学之地就在工作单位的一个院子里，按时间排，每人在车上的时间可以自定。先是在车里原地熟悉，后就到院子里划出一个场地，学揉库、倒车、起步，来来回回，多少趟没有计算，但大约得十几个课时，反正这样子的上车下车，练了一周左右，课时够了，就找到一个更大点的地方，顶着初夏的骄阳，又巩固了些要领，完成了先期的任务。后来，我们正规地上了驾校。每天早去晚归，坐驾校班车。多少年在工作单位里住家、上班，无挤车之劳，无奔波之苦，享福而不觉。而一下子每天迎着朝阳顶着烈日，打乱习惯，还有些不适应。一天练完回单位，处理点事，就口干舌燥的，累得不行。心想，这自讨苦吃的事，还不知有何意义。

驾校的气氛紧张多了。第一天报到，也是每五人一车，有了新教练，分好后把大家拉到一个沙石滩上，那里是驾校的一个练习场，在这里重新熟悉车性。上来教练就来个下马威。一大排人，轮个地上车，要领是在规定的场地里猛打方向盘，熟悉方向盘的感觉。这个活算得上力气活，如果说，这之前多一些原地踏步的练习的话，那现在是进入实战练习，要上路，要考试通过杆考和路考才能毕业。

为了最后的冲刺，三四十位学员，冒着酷暑，在这里统一训练，以应付第一关的考杆。好像是五月上旬的天气，气温一天天在上升，练几下，就找个阴凉地歇歇，看着几辆教练车同时以一个姿势把这些有点年纪而心有不甘的人们拉到这个简陋的场地里，来回地转圈，来回地忍受着酷暑烈日的侵袭，也不知是为众车友还是为自己感伤。

驾校的感觉，好像是一个工地。汽车轰鸣，人声鼎沸，热浪袭人。过去，当农民时有所谓的大兴水利和农田基本建设，一队人马划出一个地，就是歇脚处，每天的活计外就在这里吃喝拉撒睡，一日三餐，而今又回到那个苦力时代。记得当时拉架子车修堤坝，看到汽车呼啸而过，心想，何时自己也过一把瘾，不想当年的奢侈之想如今已变现实，无形之中，就有了勇气和气力。所以，当我们那小小的教练一副威严的样子训大家时，实在说，我的那点勇气和心气占了上风。也可能是这样的想法，一番每天起早贪黑的学练，一周过去，也有了点窍门，也有了点进步。比如，跑单边、过八字、穿立交、起步停车、超车错车等等，都有了心得。而严峻的考试就过去了。

我不是那种学得严谨扎实的人，也不是那种灵气而慧根聪颖的人，只是稍稍琢磨一下，开窍之后就有些自得的。记得，在教练让做倒车练习，因长时间地重复一个动作，我们都有些疲沓而随意，我就提出可否改进方式，好在教练是一个年轻的小伙，对我们这些半老头子、半拉子文人们，也没有多大的要求，只是不要在考试中拖后腿，因为他们的效益与学员的通过与否关系极大，要太邪乎了，他的脸面无光，还要减少收入。年轻教练还算开明，知道我们能把握自己，我却因为自己的提议而有些自得。同去的Y和P看我敢与教练理论，也为我担心，因他们车上的教练说一不二，还训人骂人，每天都是一脸的坏天气似的。

看那些盛气凌人的教练，看那些威严而死板的教练，我庆幸我们的教练好脾气。也许看我们老大不小的，也许看我们不会为他丢失那份效益的，也许他根本就没有这么多的想法，只是，我们觉得交了这份钱，买罪受，买气受，心有不甘。听人说，要送点什么才有好脸看，可是，我们的那位小教练，除了爱好照顾照顾女士、小姐外，也没有让人看出有什么特别的。如此，我们还算幸运。

很快正式考试开始了，杆考过了是路考。早早就来到考场集合，点名。一大排交警来当考官，警服警号，显出威严，教练在每个队列前面，学校领导出席，像誓师会似的，气氛一下子紧张起来。因每次都有掉队的，大家更是不敢掉以轻心。我们是中午开始的，到我当儿，考官发出指令，让做了平时练过的大众动作，稍难些的是坡起，三五百米的距离，两三个动作，就完成了。然而，并不是都那样顺利，那样简单的考试也有人折了的，同去的一位本单位的，大家都为他担心过，这次未逃劫数。听说他在百米内，紧张得没有完成考官的指令，要求在规定的路程上跑出四个挡，他还急得熄火了两下，按规则，只好留级了。

半月后，我们领到了驾照，在众多的小本本中又多了一个。还不知，猴年马月才有车开。不过，现在你也算不费多大的力气，就把这个赶时髦的本本弄到手，即使束之高阁也心安，或者有了一个炫耀的资本了，至少，人前人后，我也有了本子。说不定，你在特殊的场合，还可以救驾，当英雄。

不知有没有人作过统计，你手里有多少个这样纯属摆设的本本，虽然，这个本本与其他的众多的本本相比，得来都要费点事，费点钱。现如今，做一个现代人真不容易，好多的事都受制于一个从众心理，学车，玩手机电脑，玩体育项目，还有什么的，你明明知道有些东西，离自己虽并非遥不可及，但也不是手到擒来，也不是都能适应的，至少，你受惑于众，在浮躁喧嚣的时风面前，也时尚了一把，你也就觉得自己年轻了，心里的安慰有了很大满足，这很重要，或许这是主要的。

补记：此文是12年前写的，那时候我已揣有四年的车本却几乎没摸过车，有感于当时的激情和赶时髦，学车得本之后，虽没有用场，足可以自炫，于是，就写了这篇东西。可是，就在不几年后，这车和学车的人，迅猛增长如蚁，不可思议，几乎每家每户每晚都在做着汽车梦。一时间，北京每月就猛增十万辆车，传为像往年北京排队购大白菜似的滑稽。到2010年底，只好摇号限购。而求购的人，逐月增加，现在已到了每250比1的难度，几近是个天文数字啊。谁也没想到，几年时间，中国成了实实在在的汽车社会，是发达的资本社会需要多年才能到达的快速。如今，说汽车成了公害不为过。有一朋友说，他特讨厌汽车，说无孔不入，无处不有。尽管这限那限，这车还是如同疯长的野草，一茬茬，铺天盖地而来，坊间，学车的人学车的事成了朋友间闲谈最多的话题。车多了，住地许多马路成了免费停车场，原来居家不远的一条很清静的马路，几乎被汽车堵塞办任何事都不便，一到夏天，路过这里，热气蒸腾，尾气弥漫，唯恐躲之不及。先前有交警贴条，有所收敛，后来，多了，法不责众，车多得吓退了交警。据说，北京已保有500万辆，有车本的人也达800万人之众。车多路堵，事故多了，而以前的开车新鲜劲到你还没有完全过瘾的时候，就成了麻烦事。这就是，物极必反，也所谓一个悖论：你拥有的或许又成了你的麻烦；上帝为你开了一个窗也可能为你堵了一条路。

我开车其实是在学本之后七年多的时候，因那时刚买了车，才有条件去尝鲜。我属生魂胆大型的，开始借一朋友的车练手，开到五环外京顺路的乡村小路上，那时的车还不多，新手上路也不要求贴个“新手”招牌，不熟练也没事，几乎凭着激情，不顾及细节 ，见大车货车也超，在路口也不收油。起初老婆陪着，她也有本，内行指导容易犯好人为师的毛病，开始两相无事，后来说多了，烦了，常有争执，弄得一点情绪也没有，开车成了吵架。得出的结论是，最好不能跟家人一起学开车。记得一次心急，竟争吵斗嘴，发狠话，互不相让，我把着方向，说再不住嘴就把你放在高速路上，这么一折腾，开车的快乐成了包袱。以后就没有专门地去练，更不让老婆跟着，但总得要上路的啊，于是，大胆地开出去办事。儿子也有本会开，第一次坐进我开的车里，看他那严肃的神情，随时像要夺权似的。好在，没有大的麻烦，有点小状况也是自己跟自己较劲，比如，倒车剐蹭，在阴沟里翻船，进车库出点小情况，好在走保险也是在可控范围内的。一来二去，拿本都十六年之多，跑了数万公里，也多是在市区环路内的闹腾，但经不住时间和资历上的积累，遂也成了老司机。现如今，我不敢说车技如何，但这便捷之处也不无得意和满足。你驾驭它，降服它，觉得谁发明的这东西真是伟大啊。

从实践和经验中总结，开车不光是个技术活，可熟能生巧，而主要的是考验你的心态，应变能力，你的心智和情绪。这还真不是上纲上线，往大里说。人只要一上车，你只是个活动的物体，你得要紧张起来，但更要的是放松，心态或可是第一位的敌人。你对周围情况的观察是关键，你前面的车，你周遭的突发事，一定要有所分析和预判。大胆与细心，二律背反，孰轻孰重，不好区分，但是，不可小视。有规律可循的是，如果前车老是在点刹，尾灯时不时亮红，或者，前车忽快忽慢，或左或右，你得警惕，不是新手就是莽汉，或可能有酒驾，远离或者躲开是最可靠的。再就是，要有几不跟，大车和出租车不跟，穿来钻去的车不跟，有新手招牌的不跟，车太新或者车太旧的不跟。这些都有可能成为潜在的定时炸弹。学车，是容易的，而开车，与教练教得好坏没直接关系，谁也不能说，年头长了你就是老手，就会游刃有余。如此，开车最是个不能言说，只可意会的活。学车的苦乐，可以成为人生的记忆，可以成为文学的素材，但开车也仅是一个方便的生活方式，说得大了小了，都无关紧要。这也许是过来人的一个领悟。如能对那些学车和学过车的朋友，做一个参考，就满足了。重读旧文，如上之感，算是补记。

补记于2015年夏天。

《文艺报》忆往

时下有所谓的信息爆炸，全媒体、自媒体时代一说，是的，人们接受和传播信息，如此快捷，如此多元，如此混沌，又如此的简单，超乎寻常想象。君不见，如同股市的行情盘面随时都在翻转腾挪，信息的更换也以分秒计，信息的覆盖无所不在，由此，对于新闻纸如何适应，如何生存，提出了挑战。当然，作为一份文艺类的专业报纸，《文艺报》如何吸引读者，如何在艰难的阅读环境中，求生存得发展，多有难度。

都说，人间要好诗，生活不能没有文学；有文学，也就少不了这份报纸。

我记忆中与《文艺报》的交集，是在上世纪的事。时间真快，遥想五年前，在北京国际饭店纪念文艺报创刊60年周年的事，嘉宾如云，讨论文学批评的诸多问题作为纪念主题，建言献策，热热闹闹，恍如昨昔。

记忆中，《文艺报》最早的印象是那份半月刊杂志，骑马钉的装帧，白色素雅的封面，阿拉伯数字的期数标识，给人以醒目而不失亲切，轻松不失厚实的感觉，集鲁迅字体的刊名更显得书卷味浓。她以理论和评论文字阐释文艺重要现象与走势趋向，也有一些文艺热点问题的评述与介绍。具体的栏目设置，因时间久远已然模糊，但突出印象是文学类多，艺术类少些，理性分析的文字多，新闻性的报道偏少。仅就这些，我当时觉得叫“报”，不太名实相副。但是我习惯于从那些众多栏目中，读到对于我所喜欢的作家与作品的评介，也喜欢那些即时的文艺现象与文艺情况的披露和报道的文字。其实，《文艺报》在粉碎“四人帮”后思想解放的年月，在文艺形势刚刚解冻，揭批“文革”的思想禁锢逐步展开的新时期之初，多以直面当下重大文艺论题和思想，独步于文艺刊物之林中。五十年代初，关于《红楼梦》的讨论，掀起了轩然大波，因为最高领导人的介入，成为一时谈资，也成为一段显赫的历史，凡几十年，虽“文革”停办，在她复刊之后，仍然给人们一种权威而神圣的印象。不客气地说，《文艺报》在新时期之初，是众多青年作者的文学高地，我开始学写作，就把杂志中的诸多文章当范文，虽然我到北京后最早投稿，记得是《光明日报》“东风”副刊，因为有一个刘姓学长在那里做编辑。而《文艺报》是我们文学青年必读的。那时，在图书馆，在书店、书摊，这份杂志很醒目地摆在前排。每每在这样的场合，我首先拿起的是她，也因为仰慕，想象着有一天能在上面发表文字。这个愿望虽然好久没能实现，却一直是我心中不大不小的目标，而在后来，更让我有幸成为她的编辑同仁们的朋友。

当年《文艺报》在沙滩大院，我没有特别地去拜访，那时候我刚步入新闻工作，编副刊跑文艺口，同文艺界联系多了，同文艺报纸的同行接触也多了，八十年代中，就有与《文艺报》的陈丹晨、吴泰昌、孙武臣、何孔周、朱晖、贺绍俊、张陵、潘凯雄等评论前辈或同道们，以及晓蓉、臧小平、陈明燕、沙林诸位跑新闻口或副刊的同行熟悉。记得几年后，忽然看到《文艺报》改半月刊为周刊，改杂志开本为对开的报纸，读到她时心中不免戚戚，一时还不习惯，觉得少了那份庄重和厚实。私下想，同是办报人，我更希望这份专业文艺报纸，雅致、机敏、厚实，耐读，可收藏留存，是文艺书报中的重武器、全盛宴。一段时间后，她办得风生水起，人气很旺，读者不乏好评。报纸栏目多样，说文谈艺，即时的重点作品述评，个案的人物采访，可谓“文武昆乱不挡”，文事新闻、文学评论、美术影视、书画副刊等等，各呈异彩，相得益彰，轻盈又厚实，动静相宜，有了评述与报道兼具，点与面结合的面貌，由于出版周期短，新闻性纪实类的增强，更有一种报告当下、即时再现的快捷，一些纵览文坛风云的特别策划，出于本报编辑记者的手笔，既有新闻时效的敏锐，又有专业性的沉实丰厚，渐渐地她“报味”突出，形成自己的路数和面貌，也为我们众多新闻和文学同行们所羡慕。

约在三十年前吧，我那时住在建国门桥附近，一日晚间，步行到附近的小羊宜宾作协宿舍孙武臣先生的家串门，老孙当时是评论部的头儿，朱晖是他的搭档，老孙健谈且嗓门大，说到兴奋处，以笑声代替表达，激起你的聊天兴致，他文事掌故也多，一口一个你的名字，让你感到亲切自然。那天，我说起一篇文章选题，他说，讲讲提纲，我记得好像是关于改革小说的内容，在他的客厅里，竟让我从头说说我文章的内容，当时，搞得我有点紧张和不快，心想，我来拜访聊天，你是不放心我文章水平，还是因职业习惯不忘工作，让我无语。文章在《文艺报》发表后，他说，你写的比说的好啊。殊不知，那么晚了，在那里同你说文章，情绪和心情会好吗？记不起最先向《文艺报》投稿的是哪篇文字，经朱晖兄和老孙还是谁了，但在八十年代内，我只写过三五篇小文章，最早的是关于张炜的长篇小说《古船》，后来是周大新的中篇小说述评等。但是，泰昌、武臣、朱晖专事评论的诸君，或约我写或催我动笔，才让我的文字成为铅字，也遂了当年学写作时的期愿。

如同人一样，报纸也是有个性的。《文艺报》的个性，是沉稳中见轻松，取决于她的办报思路。报纸的出版周期短，开本的大众化，内容的时效性，在及时捕捉现象的同时，深入研究理论问题。说是报，因为报道现实，快速追踪文坛事件，也无不可，而她常有深度的探索和理论的解读，又有刊物杂志的理性化色彩。她是报也非报，亦新闻报道亦理论评论，理论批评宏大叙事，报道特写轻松活泼，成就了这份报纸的大众性与专业性的结合。新闻是易碎品，但也是未来的历史。在当时的文坛这类报纸不多，《文艺报》是龙头，顺应那一时期热闹的文坛，改版后有声有色，为人关注。这个特点一直延续下来，只是，改版以来也近三十年了，现在的文艺形势和文化生态，特别是读者阅读的趋向兴趣发生了极大变化，有的是根本变异，文学不像那时期风光无限，万千宠爱，如此一来如何适应，是不可回避的，坚守和保持习惯的思路，怕是难以让更多读者关注。在全媒体时代，报纸要有时效，但与网络无时不新、无远弗届的功能相较，也是滞后的。专业性的学理性的文字是提升品位的一个重点，可是，报纸版面篇幅受限制，同杂志相比，专门化的深入和理论性的分量，在有限的版面是捉襟见肘的。报纸的大众化和新闻性，与杂志刊物的沉稳与厚重，可以互补，但也可能是双刃剑。

二十年前，《文艺报》刚搬到了文联大楼现在的办公地点，每有机会，去那个有点拥挤的办公室里转转，在文学部或者理论部，总有老孙兄、朱晖兄、凯雄、张陵，还能看到总在忙碌的绍俊等人，或者，向阳一面的泰昌先生办公室坐坐，找他的人或电话多，抽颗烟就抽身，而老孙和朱晖总是一种玩笑的方式接待熟悉的朋友，总见他们有笑料产生，对口相声或插科打诨，朱晖说再由老孙捧，常留住我及众多的来访者，开怀大笑，或引火烧身似的被调侃之后，没来得及说正事或者看一下诸位博学者们案头上的图书文稿什么的，就到了中午时分。这没有目的的造访，感受到的是文学的随意、亲和，或者一份报纸同仁们的随和、亲近。而今，这几位都离开了报社，而那份友情，文学热闹时代的编辑们轻松活跃的相处，深深地印在我心中。每在读到这张报纸的时候，就想到他们，想起那不再有的时光。

谨以此文献给《文艺报》60周年纪念。

（秀娟女士来电要为他们报纸60周年纪念写点东西，于是有了这篇文字，原题为《文艺报往事点滴》，于2014年5月）

读·看·想

——关于报纸和电视

一

有朋友问，你们办报的人现在还看报吗？这话问得蹊跷，细琢磨，这话也问得有水平，办报的人不看报，这才是新闻。报人不看别的报，也许对自己的报相当自信了，天下新闻一大抄，报纸还是自家的好。报人不看自己的报，只缘身在此山中。就像是市场上有些商贩不享用自己的商品一样，也许这个比喻是不准确的。这可能只是一个个别，但无论哪种，都反映出，面对铺天盖地的泛滥成灾的报业大战，谁会有耐心去看那些对你没有多大用处，或者说，根本没有什么用处的报纸嘛!

老实说，一张报纸让人眼光注驻十分钟，就不错了。眼珠子停留二十分钟，就是优秀。我不知他人如何看，现在的报纸，尤其是那些号称大报集团报的东西，真让人觉得有新闻的，有可读性的，你如果以我这个标准去衡量，十有八九的是没有人捧场。这就是我要说的，现在的一些报纸患了“新闻贫乏症”，报纸报纸，新闻纸，在一个新闻资讯十分发达的时代，少新闻，忽视新闻的报纸，是很难在竞争中占上风的。通常看到的是，新闻被挤压到配角的位置，或者，以一些貌似新闻的东西充斥，让新闻纸变成了工作性的总结文件集纳，也并不鲜见。问题是，还有不少的报纸编辑记者们，听不得或者根本缺少读者观点，自我陶醉在这种杂志化，搞宏大的选题，把新闻也做成耳提面命，高头讲章似的东西上，一张鲜活的新闻纸，一份本该散发着生活气息的日报，却没有一点亲和力，实在是少了在热闹的报业大战中的竞争力。还有一类的现象是，报纸的专版猖狂，一份达四五十个版的报纸，各类专版占去十分之八九，一些广告类的专版，堂而皇之地成为报纸的主打版面，新闻只是可怜的少数派。

足球世界杯期间，一张地方性发行量不低的报纸，每天早上出了个早报很抢手，价格便宜，更主要的是十几个四开小版，读到了想要看到的新闻，随手扔掉也不可惜。这就是很有读者眼光的新闻运作。那几日，特别是双休日，我赶早用两毛零钱去买这份早报的时候，我想，何必把报办得那么宏大，那么臃肿。世界杯偃旗息鼓，这份报纸不知是否停办，我以为，它当时的红火，会给我们提供一些改革的思考。也许有人会说，我这是小家子意识，报纸现在发展是扩版，而我还是唱前朝曲，不合时宜。我只是说，办报也要因地制宜，也有个朴素为美的问题。要不，走着瞧。

是的，现在的新闻、信息、资讯发达，电视电台互联网等等如火如荼，让新闻这块大蛋糕再分配的时候，快捷和实在就显得尤其重要了。

二

新闻是什么，报纸以什么为主，这是个常识，ABC，可就是对这些常识的忽视，让一些报纸缺少了读者的人气。你看，一张报纸上，公文性的长篇大论，占去了一大版或者几大版，新闻的东西挤在小小的地方，有时候，本来是一个很容易出新闻的东西，却变成了一个经验总结式的报道。有人说，现在要提防伪新闻，一些缺少基本要素的消息，也占据着报纸的版面，这种东西可以说就是一种伪新闻。

比如，有地方出灾祸，甚至是很大的惨剧，而新闻记者倒也很快地予以报道，这一点比起以前的故意不报或者晚报，造成的议论纷纷甚至是不好的影响，要好多了。但读这些新闻的时候，也只有灾情惨祸的简单介绍，哪怕是百十来字的文字，也少不了当地的官员，什么什么人的名字，这不止一次是这样的了。当地的父母官，应当在这人命关天的时候，冲在前面，哪怕是去献出生命，可是，这个时候，对他们的名字的提及，并不是为了这条新闻的权威性，本来救命于水火，解民之倒悬，是党性良心对官们的道德要求，是普通百姓在关键时刻对为官者们的一丝要求，也是领导者们施政为民的题中应有之义，而把他们的头衔在这时候提及，把他们的大名在这时候提及，并没有什么好的效果，读者关心的是遇难和遇险者的名字，而不是那些到场的官员谁谁，本来发生在所辖地的灾难祸害，你不去前线，第一线，现场，说得过去吗？这种灾难新闻，最好是提到受难者的名字才好，像航空事故现在都争取在第一时间里提遇难者的姓名了，是个大的改革。这些好像曾有上面领导批评过，而我们经常看到的是，无视这样的新闻应当给予读者所想要看到的东西，比如事故的灾害的程度，处理的情况，当事人的生命如何，而不是领导者们的姓甚名谁，经过数十年跟党走忠于党的平民百姓，自然会相信这危急的关头有地方的领导者的身影，不会怀疑党的领导者们的与百姓心连心，只是我们的新闻报道囿于旧的思维，往往生怕不提及地方领导者的行动，就会造成负面的影响，其实，这种习惯思维正是把领导者的形象，给了不应当有的人道主义的践踏。往往见到的是，这种以领导者的官职大小来排列新闻的主次。从人道的角度来看，人命遭逢不测，如果提及这些人的名字的话，是一个起码的同情心。可是如上所说，真不知是有意的安排这新闻的写法，还是记者们的习惯思维：新闻的老套套，唯官是先。

三

说到报纸的杂志化，这是一大通病，唯恐报纸在理论色彩上，在重大的论题上，不讲政治，不讲理论，不讲方向。于是，报纸动辄是公文式的文字，有时候，本来有意义的选题，也变成公文式的处理。不是说公文不好，公文与新闻不是一回事。比如，有不少报纸，在阐述有关重大的方针政策时，常常地以专版，专刊形式，组织和刊发一些座谈会、笔谈式的，以及署名文章，非要注明其头衔身份，注明单位，这就有些画蛇添足了。人们读报是看你对某一事件的态度和看法，不是你作为什么人在发言，你的来头，当然，那些统领大政方针的文章除外。现在有的版面拿一些人物，其实是拿一些单位来装门面，其实，这样做适得其反。职务并不是对一件事评判的标准，把那些单位名头标上，把那些头衔署上的文章，常常是让人望而生畏，第一感觉说，这是做官样文章。更何况有些人也是因为其单位的名头大而跟着著了名。一位经常被拉去装门面的朋友在同学聚会中作为谈资时诉苦说，还不因为是看中了我们的单位，否则，我们什么也不是。这有点清醒的自白，足以让我们导演这些场面的人们深思。也还是这位朋友说，其实，老百姓读报，就不管你张三李四王五，就看你说了点什么，你写出了点什么，拉大旗做虎皮的，还是一种形式主义的东西，是一种懒惰习性，更是一种官本位的思维作祟。

还有动不动就署上知名、著名，让读者被动地接受你编辑的给定。如果，这样的著名货真价实，倒也罢了，往往多是注水肉似的著名者，不光是别人大为不知，连本行本业也不知哪山哪庙的神仙。就说著名者也有个著了什么名的判定。有歌星著名，有球星著名，有科学家著名，有官员的著名。刘德华与杨振宁，邓稼先与麦当娜，布什与泰森等等，不一而足，要说著名也是事实，但不同的人群中不同的价值判断，但社会的公共价值判断却是客观的存在，当你在版面上和报道中插上著名与否的标识的时候，你就把一种自己的价值判断限定了。你就应当在一个更大范围内去认定。而这，往往是我们不少的媒介所容易忽略的。

四

电视对公众的新闻导向起到举足轻重的作用，电视的泛文化化，可以让新闻进入到文化的层面，进入到理性的层面，但如果走样了也可能进入到肤浅的低俗的层面，这已不是什么危言耸听的事。

电视节目一些娱乐性的内容，往往打着文化的旗号，其实最难寻文化。一些益智，开心的节目，据说是很受大众的欢迎，好像除了一些低能的知识外，没有什么让人觉得有文化的。当然，看到主持人风光无限地呼风唤雨，我们不应当泼冷水。但总觉得用一些带有投机性的题目来赚到观众的收视率，让一些小儿科的知识题，来赢得观众和市场，让过多的商业行为来包装所谓知识性的娱乐性的节目，真担心有人打着文化的旗号，而走向反面。

还是回到新闻上吧。

电视的派头在新闻媒介中是最大的了，经常看新闻的人，如果仔细听新闻，稍加注意可以看到一个《新闻联播》中的经常性称谓，一条新闻完后就播出出处，有某某台的或是中央台的说法，我就不明白，也许是我的孤陋寡闻，也许是我的吹毛求疵，这个播法总有些自视其大的意思，本来人们就是看你中央台的节目，你还说什么中央台的，弄得好像收看的不是中央台似的。其实，你就简单地说是本报消息或本台记者采写的不就得了，非要重复或者是强调中央台的不可，从语法上说，这在指代关系上，是逻辑不明白。你现在是代表中央台在播新闻，可你自己又说什么节目是中央台消息什么的，把自己游离于所播主体之外，总觉得有些别扭，或者是故意的。这样，在称谓上总以为中央台的这种说法是与地方或者某某台相对应而言的，潜意识中就有一点感觉良好，当然，也许我这是小人之心，但愿是以己度人。不过，中央媒介也不是就此一家，在其他中央级的媒体上，再也没有如此一说的。没有看到什么其他媒介上，把发表或刊载自己编辑记者以外的人所撰写的文稿再注明，比如说《人民日报》的文章，其记者编辑的文章也只有署本报记者而已，也不是特别地标明《人民日报》记者等等，其他的报纸也基本上是如此，这种称谓，虽是出于习惯，总觉得有些老大的意识。是的，你是中央的，别人是地方的，你有这个荣幸，但你也不必事事都这样有意地强调，没有必要的。只是别人听来，有些多余，但愿仅仅是多余的一解。

还有，新闻媒介往往有很大的便利，自己对自己的所作所为，利用方便优势，进行评价和总结。这就要有了另一个问题，比如，正确地运用可以扩大其影响，让新闻的作用发挥得更大，而相反，则只能给读者或观众留下笑柄。这一点也时有可见可闻。

比如说，一个节目，一篇好文章，一个好头条，在媒体来说，也是理所应当的，工作应当追求高标准嘛。这早就是雷锋和王杰时代的标准，是时代的精神，可是，有了一个好的节目，有了一个好的版面，有的媒体就不惜代价赤膊上阵，找一些人，再做一个节目，吹嘘一番，好像没有经过学雷锋同志似的。我证我，自己证明自己正确、高明；表扬与自我表扬，有意地进行自我吹捧，习见于一些媒体中，特别是一些电视媒介最为严重，这种不正之风蔓延生长之势，不可低估。做节目，为获取好名，这固然没有什么不是，只是，听不得别人的批评，也不容许别人的批评，这是不正常的。新闻的监督，对别人是件易事，对自己，却难于行得通。如果新闻媒介都没有了批评，不知这个社会如何开通这批评的渠道。

2003年3月

低碳离我们有多远

都在说我们要低碳生活、零排放、节能减排等等。不知何时，这些新鲜时髦不乏陌生的词语，成了流行语。明白不明白的人，有意无意地在说这个词。生怕我们不低碳，而对别人不好，对自己不好；生怕不低碳，我们成了反面角色。当然，也有一些低碳的行动者，或者说，是这些环保志士们，默默地、真真切切地在那里做着有益、有效的事。

问题是，我们往往都是着眼宏大，大而化之地关注了，或者，多是说在嘴上而并没有落实。或者，多是“事不关己，高高挂起”，看别人环保低碳，而自己则是一种懒散的习气、官僚作风，让本可以低碳的，变成了浪费，本来可以做得到的却不去做。

这不，即使阳春三月，外面风和日丽，而办公室里，单位走廊，空气燥热，达二十九度之高，而且，多次问及单位有关部门，能不能把暖气阀门关上，根据室内温度调节一下，让我们不至于那样热燥，都有点难受了。几度问询，一环环去找，答不行，就这样子地设定了。大的开关没有人说去关，小的也没有人来管。被高热的我们，只好一面是暖气，一面是吹空调。如没有记错，这样子的经历，就在今春四月来之前凡数天。有几次去商场也热得单衣薄衫还汗流浃背。这样子的高碳不节能，这样子人为的春天里的夏天温度，没有人算账，消耗了能源，排放废气什么的，与己无关，成本如何，没有人知！有时候，气恼地想，这要是他们家，绝不是这样的。

其实，这环保、低碳的事，与我们的关联，比比皆是。办公用的笔墨纸张，无数的复印纸，有用没用的复印，一大张几个字，浪费耗能的账，又有谁去算过？单位发放的一些书籍，也是值多少钱，还有成套的，每年都有几次，美其名曰是学习，可是，领来后，又有几人问津，多是往那一扔，没开封就当废品回收。当然，也有人翻看了，不是内容多重复，小报抄大报，下级抄上级，就是多为报纸杂志上的文章汇编。这类假冠冕堂皇之名而行浪费和不环保之实，时下泛滥有加。还有，现在通行写字笔，方便是方便了，可是，那笔没有笔帽用不了多久就干巴，不出水，有时写着写着就着急上火的。我抽屉里大概有十数甚或数十支这样的笔。有的是单位领来的，有的是会议上发的，多是用不了一两次，出不了水只得换笔芯。扔了可惜，再用更浪费，干脆就搁之为废物。其实，这种用手上下按，因为没有笔帽密封，一旦干涩不出水，只能换芯才可用的笔，设计是有大问题的。可是，这样的笔还在生产，还在各单位里分发。有没有明白人，能不能改进一下，或者，这种笔不要在干燥的北方销售。小小的事，很少从节约方面考虑，从适用性方面着想。办公室的不低碳，最为严重。说到底，是不是管理体制上的弊病？

还有，在聚会中，人们时兴送名片，多年不衰，现在是名片越做越讲究，名头越来越敢写。有一次，一位朋友申明他没有名片，也不喜欢名片，说为了环保，为了节约，倡议大家不用名片。他说，用一小纸片写个电话，或者，把电话记在手机上，不也行吗！事后，有人说，这是环保人士的惯用方式。名片，浪费又不环保，这是他的话。听他一说，本来不爱用名片的我，更不大愿意用名片这东西了。一次到某单位去，正好遇见他们搬办公室，看到那么多的名片，散落在地，像大街上的小广告一样的遭遇，真不是个滋味。听说，那位朋友还多次写文章说，为了环保，能不能弃用名片。这个提议是有价值的。可是，好像没有多大的效果。我曾开玩笑与他，最好有个代表或委员在全国“两会”上提个议案，效果可能就好些。不知这个说法有没有人应和？

低碳是为了节约，减少成本，为了生活得更有质量。我们得多想点法子。大的环保之举，大的低碳行为，以一己之力，可能难以为之，可是，身边的事，举手之劳，从小事做起，或者，为了我们自己的生活质量，科学发展观的落实，改变你的陋习。你认真地做了，你主动地做了，定会是有益的。何况，积腋成裘，聚沙成塔，为了这个资源日益受损和缺少的地球，人啊，当扪心自问，我们低碳了吗?!

2011年5月

杂说“大国家风”

国有威仪，家有家风，自古亦然。

这是一个特殊的时代，都说盛世清明，国家的影响日益强大，领导者的威望不断攀升，国力也在世界的排名中靠前。所谓大国威仪，盛世风华，清明气象，为众所热议，并非是自我的标榜和陶醉。那么，在这政通人和、清明盛世之时，谈论大国家风，从家风看国事，从家庭风气说到世道人心，很有现实意义。

家国意识，民心向背，风范礼仪，不是小事，关乎一个时代、一个社会的精神走向，甚至于社会进步的程度与高度。万物皆有本，大如治国，小如持家；大如文明国粹之传承，小如家风品行之涵养，都是源自有故。古语有言，高台，起于土丘，巨大，必是细小构成，反之，千里之堤溃于蚁穴，不积跬步不至千里。所以，作为偌大社会的一个小小细胞，家庭的风气，家庭的教养，小则是家传代继，香火赓续，大则是国之兴废，民族盛衰之要。风与气，字面意思是一种自然现象，流动而变化，一种无味、无色、无形的东西，然而，之于一个国家，一个社会，其风习，是德行，是教化，是传统，更是立身固本的必需。要而言之，家庭的风气，是社会进步的晴雨表，引申为一种引领和传承，凝聚为一种精神的脉流和情感道德的教化，似不为过。

风气，之于社会家庭，可以说是一种精神的积淀和人生的修为。家风，传承着精神，涵养着德行。优良的家风，是美德的积淀，是善良和诚信的传承。儒家倡导的仁、义、礼、智、信，无论作何种解释，但是家风德行的培养，修身立志是其基本内涵。中华传统美德尊崇的是，做人德善为先，待人诚信为先，行事勤俭为先。这里，首先是做人，是修身，是诚实和守信。祖先老辈人，视家风、家教、家训为立家行事之本，修身齐家治国，他们的人生理想寄予着点点滴滴的个人行为修养，身心言行的修为。不以善小而不为，不以恶小而为之。人的出生无法选择，而后天修养，是成就德行修为的关键。无论王子贵胄，还是庶民百姓，在做人行事方面，从最为起始的家风德行上，开始了漫长的人生之旅。悠悠中华民族，泱泱史书典籍，记载着无数仁者贤达的家风家训，但诚实和善良是有关家风美德的书籍中的主题。“孟母三迁”“曾子杀猪教子”等故事，至今在诸多国学课本中收录。作为系统性的家风、家训的文字，有明末的《朱子家训》，近世的曾国藩的家书，现代的有鲁迅“关于我们怎样做父亲”的质询，傅雷的家书，以及丰子恺的教子漫画，这些至今为人们传颂。注重人之初始的启蒙教育，从家庭角度，述说家道风气对于后代晚辈成长的重要，修身养性，立言立心，方成良才，可堪重任，于人生有用，于社会也有益。

其实，现如今，人们对于家庭风气的重视，不只是教育方面，或望子成龙的思想所致，也寄托着对当下传统精神缺失，人文精神淡漠，社会价值体系失范的一种忧虑，特别是官场腐败，官二代们不良，富豪大款的不堪等丑恶孳生，反腐高压态势下，不断揭露的各种“老虎”“苍蝇”的恶行，直接影响了人们对社会道德及官场人士品行的重视。所以，普通百姓反映强烈的是呼唤重视家庭风习的建立，呼唤传统美德的回归，呼吁深挖社会的腐败毒瘤。这只是一种无奈的善良愿望。而从家风德行的培养建设的另一角度来看，我以为，不能忽视时下对于公职人员、政务人士基本的“家风”德行的教育和约束。虽然有众多的党纪国法规定等，可是，层出不穷的损害大国家风的丑闻，败坏大国大党的声誉。当下人们时兴一个词是顶层设计，家风德行，也要有这样的规范和设计，也就是说，手握重权的官场人士们，自上而下身先士卒的修为，更为重要和迫切。如同一句歌词所唱的，中华民族是一个大家，在这个家庭中，位高位权重者，担负着引领社会精神，整肃社会风习，振纲纪、明纪律的责任。家庭的风气，放大点说，就是大国家风，就是领导者们的自我形象，就是执政者的德、言、行、能，上面的自我形象的如何，浩然正气的建立，至关重要，甚至于是最为主要。高位者如薄熙来、令计划等腐败分子的出现，影响极为恶劣，也表明从自身肌体建设的角度，检讨体制的漏洞，十分重要。

风气，不只是个体家庭的，风气，影响最大的是社会层面，如同，旷野广袤中的风，其流动性、随意性、穿透性，其振幅和流量，都是大于角落和边角的。“天地之气，溥畅而至，不择贵贱高下而加焉。（《风赋》）”当年，宋玉与楚王所议的“大王之风”，虽不可类比为其风有高下官民之分，却可以认为，高台大风的威力与影响是绝然不可忽视的。那么，我们有理由说，大国家风，应当是一种清明之风、罡风正气。从局部到全部，由上而下，其势能和影响才能形成，或许眼界高远一些，思考深厚一些，上下都有担当，找寻到关键所在，才对得起这个火热的时代，这个清明之世。

2015年6月

何期泪洒江南雨

同事徐怀谦英年早逝，太突然了。8月22日下午，我从青海出差回来，在路上得知他的噩耗，不敢相信。之前恰有熟人电话问及，我都一如以前所说，他没事的，有些好转，真没有想到他会如此走极端！是啊，谁能想到呢，一周前他还在部门的例会上诚恳地表示，这些时他病魔缠身，休养期间大家对他的关心和帮助，深表谢意。会后，在我的办公室还对我说，他编辑了一些稿件，可以用一阵子，说过几天西北的朋友让他去那边采访，写点东西，可排解一下吃药看病的紧张情绪。看到我的笔墨纸张一大桌子，我们就说到书法，我建议他用书法来辅助治病，转移一下注意力，或许对恢复身体有帮助。看到我写的一幅鲁迅当年悼念民盟会员杨杏佛的诗的字，在近期《散文选刊》上发表了，他说杂志已看到，说我写得像那么回事，并与我同好这首诗的内容。没有想到，这次谈话，竟然成为最后一次聚晤。

鲁迅悼杨杏佛的诗是：岂有豪情似旧时，花开花落两由之；何期泪洒江南雨，又为斯民哭健儿。这里用来纪念他庶几暗合我意。

他出事时，我没在现场，但那双眯缝的眼睛，那个冷峻、不苟言笑的神情，永远在我记忆中定格。

怀谦怀谦，如名字所示，谦谦于怀，抱朴怀谦。他生于齐鲁农村，求学于京城未名湖畔，有仁者名士之风。可以说，他是一个有着众多优点的年轻有为者，一个激情而勤奋的写作者，一个对工作十分敬业而执著的编辑，一个与人为善、仁心厚道的同事，一个内向却颇有主见不乏豪情的青年人。这多年，我们工作配合得默契，远的不说，近两年在他负责的文学副刊上，每在重要的宣传节点，像建国六十周年纪念、建党九十周年、民族团结的宣传，以及最近的“与雷锋同行”的征文，等等，文艺副刊都积极地配合。每次活动最后都有文章结集出版，并得到一些好的反响。他热情地联系作家，寻找最好的写作对象。我们共同的认识是，不敢说最高水准，但求最好的态度和最豪华的阵营，打“名文”“名人”牌，就有可能提升文章和版面的质量，这些看似按部就班的工作，却在他和文学编辑室的努力下，完成得很有声势，成为报纸副刊的一个亮点。作为一个有着二十三年工作经历的资深编辑，他热情扶持新人，保持了《人民日报》的优良传统。去年纪念辛亥革命百年，他编发了一个普通作者的《山高人为峰》的散文，获得了中国报纸副刊一等奖。河北丰润的农民作者田详年近花甲，有很好的古文底子，怀谦认真地同他交往，他写来几篇文章，都很有分量。特别是在报纸副刊中，注重人文情怀和求实精神，契合了人民的报纸这个重要的使命，他对杂文随笔专栏，倾力而为，注重现实生活大众话题，多说民生，多解民情。这样，常规式的宣传有了活力，有了内涵，接了地气人气，保持着大地副刊多年来为读者喜爱的品位。

作为一个农家子弟，他对中国社会底层保持着充分的热情，对平民百姓心理与精神的相通。他上世纪九十年代曾去河南挂职两年，这段生活他常在我们交谈中提及，并成为他关注现实改革、对普通民生和平民生活的特有的情怀。去年，他参加了中国作协组织的“南水北调作家采风”活动，走村到乡深入基层，回来也就一个月时间，创作了近万字的报告文学《南水北调进行时》发表在《人民日报》，他以丰富的细节和丰沛激情，描写了国家重点工程的建设者们辛勤贡献，特别是对广大的库区移民、动迁老乡们的大义情怀，以及遇到的难题，进行了充分的展示，可贵的是对工作中的问题进行了提示。作品受到各方关注。在全国报告文学“精短作品评奖”中获银奖。他编辑工作中，对偏远的地区和基层作者格外关照。他自己的多部杂文随笔，也寄予了对社会改革和民生进步的重视和关心。

他的勤奋成就了他，这几年，几乎每两年就有一本书问世，在报刊上开有专栏，为时下活跃的青年杂文家。结集的有《智慧的星空》《生命深处的文字》《静默是一种语言》《酷的脸》《心安何处》《拍案不再惊奇》等。在当下不景气的杂文创作中，他的如许成绩十分难得。他的杂文，以畅晓平实的事例讲述生活和人生的道理，承续了鲁迅一代大家们，激浊扬清，关心民瘼，说真话，弃官腔套话的风格，其题旨既有对现实的针砭、对人生的感悟，又有从历史深处找寻人生论题，描摹社会世相，贬褒分明，尖锐明快的特色，被誉为一个有个性、有情怀的杂文家。

他是一个对生活充满热情的人，每每在外，带上他的各式相机，短枪长炮，进行拍照。他有各类摄影行头，为捕捉美好的瞬间，他爱在大自然中寻觅流连。那年在承德茅荆坝，我看到他镜头中多是聚焦于花草鸟虫的特写。秋天的美景下，他流连于一棵少见的香杨树下，良久聚焦，也许，大自然成为他心中的一个神圣的钟爱。有时候，作为同好我们谈摄影，说书法，而这种文人间的爱好和习气，恰如他在同事罗雪村给他的速写上，题上当年文化名人邓拓的一句话“书生习气未能无”。一介书生的做派，一种文人名士的气息，是他气质的本源和本来。这不是装的也非学而能得的，与其天然本性有关。我曾开玩笑说过，文化单位如今难见这种文人气息了，如果最后一个人文主义者尚存有矣，可能就是你了。这不知是个人的还是时代的悲哀？

他的文学功底和学识，成就了其工作。在编辑岗位上，他兢兢业业，认真负责。副刊上的文字，涉猎广博，学科类别多样，他细心工作，有很好的校错纠偏能力，所以，每有版面的大样，只要他过目，我都十分放心。他对作家们熟悉，不只是一些同好的青年人，也有很多老一辈的大家。这几年，他并不受文坛这派那家的影响，对学有所成、业有所专、历经苦难，或被冷落的有成就的杂文家们，很是关心。他力推这些有成就而少露面的大家们的作品，在报纸版面上体现出文学大团结的局面。他与不少作家交谊较深，这些年，参加文学活动多，为人谦和，给人以深深的印象，也使许多相识和不相识的人在第一时间内，悼唁感怀，形成了一个不大不小的事件。

不幸的是，他今年胃病严重，吃药过程又有了神经官能系统的紊乱。他对我说过，每天失眠，说自己得了抑郁症，我没有想到他有如此的严重。而且，这病也是近期内才严重的啊！最后一次听他说，他对自己治疗没有多大的信心，是在两个月前。那天，他穿着紧身的黑花衬衫，人有点消瘦，我说，你得注意点营养啊。他却说吃中药胃口不好，药不管用的，还说治不好了。我以为平时低调行事的他是一句玩笑的话，所以没有引起重视，现在想来深感不安。当时，我还劝说这种病不是个问题，深圳女作家李南妮也曾有同样的病，以亲身经历写成了一本《旷野无人》的长篇纪实，影响一时，由此使得病情有了排解。我还说找来给他看看，让他放开心态。可是，他太执著于病的严重，有点不可自拔。平时里他内向，却也常有些玩笑，虽有文人名士之斯文，却也有一些文学人的天真和执拗，有时，他不平于现实中的个别乱象浑浊，也觉得这个世界有爱与真诚的可贵。他是一个理想主义者，对人对事多宽厚而善良，却不能对待自己的那个病魔，那个本来可以找到更多排解通道的抑郁症状。

当然，我们会想到，他这样年轻有为的作家、党报编辑，家庭幸福，工作顺利，同事和气，身体也不至于导致大问题，为何走了绝路。当然，他所遇到的难题，也许不经历者不能解释，他的期望和愿景在几经挫折后，有点不能自持。也许，有些客观因素他会想到，但他没有想到突然出现的某种变故，让他曾经的期待，茫然无措。在常人看来，也许这些都太正常的了，而他作为当事人，有着敏感的和可能有的内情，他太不能排解而郁结于内，终成不幸。于是，他的行为成为不可理解的一个事件。当然，听网上说，他曾有过的某些言说，如是，他或许是太想以自己的行为，唤起人们的注意，身体和精神的，单位的或者社会的。他天真时说过对世事的不公、对黑厚的痛恨，对周遭庸俗的不屑，为此，他当然可以愤懑，可以为不平不公而抗争，但他太不应当以这样残酷的方式出现。

一个写作杂文的人，一个对鲁迅杂文有着特别爱好的作家，他是把笔和文字看得太无用了，或者他太沉迷于理想主义的天真中，当世俗和市侩，以及阿谀奉承，专业部门官场衙门之风盛行，瓦釜雷鸣的不正常世相下，一个杂文作家遇到了众多的难题时，他郁结于心，一个注重精神性的人，执拗于此，或许就走了极端。他写过《以死为证》的文章："死是一个沉重的字眼，然而在中国，在很多情况下，不死不足以引起社会重视，不死不足以促进事情的妥善解决。"难道他真成了这种思路的行动者？而这又有多大的作用呢？逝者已已矣，而生者多珍惜。

他决绝而逝，网上很快有了反应，先是有要求的，迅速行动，几乎是连夜就有了多篇文字，同事中的老少男女们都写了，有人就问，他如何得到如此的荣誉，我也不清楚，可能有人为了多方面的考虑吧。当然，觉得他这个人才，以如此的方式与大家与生活告别，实在是一种巨大不幸。当然，也因为在这样的一个单位里，从来没有，至少在这个时间段里没有出现在职的年轻人有如此的决绝之举，走这种说不上是妥协还是抗争，是明白还是糊涂的不归路，令人痛心。因为损害的是你自己和你的家人，而你所怨所刺所砭所斥的人和事，以更为冠冕堂皇的理由仍然继续着。所以纵有千万理由，也不至于逞意而为。当然，这样的世俗之见，也只是我们的好心好意而已。总之，无论是身病，还是心病，无论是主观，还是客观，他的去世，在叹息之余，也有隐隐的不解，甚或不公不平。

我其实与他很晚才有些熟悉的，本来他1989年左右到来之后，我们也没太多工作上交集，是点头之交，不卑不亢，非亲非疏，也不因为年龄的差别他恭敬有加，恰相反他对我多是直呼其名，在他这同辈中并不多见。1997年，我曾写过一篇文章《称谓》，专门说称呼中见风习人情，很是称道这直来直去的。因为部门乃至单位中，太流行这军队式的呼官叫职的，过去清新君子之气荡然无有，特别是部队的人多了，就把这个习气膨胀了，走路前呼后拥，序位而行，曾是大院的一道风景。见面时这长那长的，看到有头儿过来，点头哈腰，俗不可耐。偶有电梯门口，专门的人去为那些长官们开门，挡行，而主角也是一脸的快意，每在这时，多数人嗤之以鼻。文化单位本来的风气，不知何时被一些人给毁了，斯文扫地，雅气无存。这一点，在以后同怀谦的交往中，也多听到他的不快。

我与徐怀谦联系多起来，是他成为我所负责的一个版面头儿后。虽然，工作都是按部就班的，不会有多少反复之事，不会有多大问题，而我印象最深的是，他反感社会上以至单位中的一些歪风邪气，他虽不明说，其态度和做法，让我对他有所认识。他是可以更早些去申请正高的，像常见的人们那样，走关系，认门子，他的学历、资历、能力，可以说不比那些以此法获利者们差，但他没有，甚至于还谦让了一回。那次正高职称评选中，他就让另一年长者先上。我是当事人，为此，还觉得他关键时候是宅心仁厚，解了部门的难题。他可以有机会在职务上去找领导，也是一些大院大单位的潜规则，他也没有。他可以不写那些思想锋芒锐利的文字，作为六十年代晚期的年轻人，他是清醒的，其思想的成熟和对社会人生的看法在他的杂文随笔中可见一斑。也许，他有点清高，有点闲适，有点书生，但从我对他的了解中看到，他真应了他所欣赏的邓拓的一句，书生习气，才有了这不能不说是悲剧和不幸的结局。

鸣呼，一个有才华、有见识的勤奋作者，一个有影响的杂文家、一个好编辑，如此的英年早逝。我们不能责怪他的选择，但令人扼腕的是，无论如何，他可以有更多的选择，本来他不是那种没有责任心或者激愤不端的人。

无言，沉重，悲怀。愿他的死给人们以警醒，借我们曾谈及的鲁迅祭诗“何期泪洒江南雨”，唯有小文祭灵前。

怀谦，一路走好。

2012年8月

世相人影

文事杂俎

读往读来

行走风景

打量南北，杂说京沪

一

当今文坛有没有一个派，不好说；当今文学界的某一类创作，能不能从一个地域来划定和规范，也不好说；叫做什么派的，或者冠以什么味的文学，能不能带来经济效益，增加“卖点”，收回成本，或者推出一个作家，成就一方人士，也不好说。人说，当今文坛是杂语喧哗，诸神亮相，跑马占地，大小鬼争位；又有人说，当今的文坛，是老树新枝，小树奇葩，杂树生花，群莺乱飞，目迷五色，各领风骚；还有人说，文坛最耐不得寂寞，没有的要叫板呼唤，有了的就应声鼓噪，献媚市场，推销促销，应有尽有，不一而足……因此，提出文化和文学的“南派与北派”“京派与海派”等等，好像太专门太学究太迂执太形而上了。也有人说，眼下文化进入大一统，世界变小，地球村，人类意识，说派分党，好像太局限太狭小太具体了。

当一个热闹的文坛，没有主调，众声喧闹，荤素全席，鬼神共舞，用一个传统的话题来梳理，是不是太那个，又太不那个了。所以，面对开放多元的文化时态，面对文学的“五胡之乱”，说京派海派，说南方北方，是个难题。

如果说，有一种文化现象发生学曾在过去备受关注，以研究海派风格群体为其课题的话，而今这活儿很少有人去干，因为他所面对的多是一些个难以诠释、难以作解的，说清楚恐怕也并非三言两语能打发的问题。所以，说京城沪上，说南北东西，这派那派，虽话题老旧，却好像“白头说玄宗”，恍如隔世。

不过，设若数典寻根，从老辈人那里找根据找说法，何南何北，把京畿沪上作为有特点的地域文化现象来评说，自上辈人上上辈人就开始了。近现代以来，不少学者为此撰写专文，最著名的有鲁迅先生的《北人与南人》、林语堂的《北方与南方》等。在我的印象中，过去说南北的异同、南北的划分，多是以北京和上海为轴心为圆点，辐射开来。所谓南北之比较，多是从北京与上海的比较，北派的代表是北京是所谓“京派”，而南派的代表则是上海，是所谓“海派”了。如果说，南北文化是凝铸了华夏文化的基石的话，而京派与海派则是她的集中体现。

近年里，理论的思维变得是一种奢侈。君不见，这种从地域特色的区分和关注渐次淡漠，论者们连过去多为提及的文学以至文化的群体性，也少有涉及。这是因为，当今文化呈多元驳杂状态，繁复的文学景观，难以用地域特色和风格流派来梳理，各种文化取向大多呈现出一种外向发展的趋势。碰撞与交融，糅合，成为当今文化或文学的一大走势、一大潮流。在本土文化同外来文化的交汇成为时尚的时候，当不同的文化风貌竞相展现，各种文化潮流风行的时候，所谓“山药蛋”“荷花淀”等某些区域性划分，并不全是人们认识当今文学现象的一个坐标。

还是那句名言，不是我不明白，而是这世界变化太快。所以，在一个开放的时代，一个现代化文明进程期冀着同世界接轨的社会，文学和文化，成为开放宏阔的形态，吐纳八方，本土文化的区域性在现代观念的冲击下，也由内敛聚合变为外向收取。一个民族的文化如此，一个地域的文化如此，甚至一个群落的文化亦复如此。

如果我们不惮固执、吃力不讨好地对这派说三道四的话，我们难以脱开既成的定式，也难得走出前人的思路。所以，我们的话题只能是“打量”南北，“杂说”一下京沪而已。

二

如果我们沿用这个“派”的说法，我倒觉得不妨以南派和北派论及较为确当。鲁迅先生当年曾由海派与京派论争，而谈到北人与南人的异同，说到文化的地域性和地方性。今人余秋雨、杨东平诸先生也曾说到地域文化的不同形成了人文精神的差异。那么在当今文化与文学的发展中，南北相较，异同何在?

诚然，在诸多先贤同侪中，论及北方南方，忘不了拉出法国哲学家丹纳所言立论，文学的种族、环境与时代的三要素，决定了她的性质她的面貌。当天阔地远、大漠落日、古道孤烟的苍凉，同征夫泪、羁旅情怀、金戈铁马、号角连营，发为心声，融会为文学，是一种高亢昂扬、感天泣地的诗篇；而小桥流水、杏雨江南、风行荷上的物华风情，造就了一种婉转曲致、神秘诡谲的文学魅力。前者有急公好义豪侠之气，而后者多是阴柔细绵的纤巧。这大致成为数千年来两种文学的基本特色。在今天的文学中如果单是从其风格情态来看，仍然是北方雄浑与南方的绵邈，父辈大江东去的浩气豪气，同绿杨荫里的灵动和清丽曼妙的区别。

但在文学最本能的意义上，北方长期以来的重教化的功用，入世情结，帝王之气，挥斥方遒的政治意识，又使得文学具有老大不掉的经世致用的入世之风，每每在“致君尧舜上，更使风俗淳”的理想中，寄寓着文化的功用意识，寄寓着高歌豪迈的人文抱负。而南方的文化民间性的特色，重商的传统，致使文学的娱乐性突出。这曾经为众多论家所涉及的文化特色，至今仍然是我们考察这两种文化、两种文学的基本点。

也可以说，在当代文学的发展中，我们看到的是，由传统文化衍生出来的南北文化差异在今天仍复如此。我们还看到，从北方的文学领地上，那边关的诗情勃发，那黄土地上征服大自然的心声，那中州大地上人们对历史的诘问，那关中地方对民族精神的开掘，都无一例外地把当今文学的社会性功能发挥到极致。这无疑形成当今北派文学的主力军。而从南方文学的方阵中，我们也不难找寻如上的文学景象，可是，南国变化流动的生活，多化为文学精细的情调，廓大荒寥的背景，在清新而轻盈的文化因子中，多浸润出风动幡转的哲思，数千年来屈子行吟的奇崛浪漫和六祖惠能的禅意高妙，把南人坚韧顽强、精细覃思、生生不已的精神，糅合到文学的情致上。北方的文学多是内容上的气势雄浑，所谓燕赵多慷慨之士，临风悲歌，壮怀激烈，萧萧水寒，成就一世文名和英名；而南方的文学则在情调和形式的精致上，多变化和创造。当然，这就是相对而言。当一种沉郁浑然的文学之气象，与另一类阴柔蓊薆的文学风格，出现在不同地域方位的同时，我们看到的是，婉约和豪放的区别，透过表里我们看到的是文心文气的不同。与此相类的是，北方的文学注重的是传统，是宏大的规模，鸿篇巨制，从司马迁的史传传统到明清四大古典小说的大场面，都是以宏阔的篇幅和纵览生活的笔力，宣示了北方文学的思想的穿透力，而南方的阴柔清丽、神秘而狡黠的气韵内涵，在灵动精致上，留给历史的是清幽峭丽。以散文为例，北方的游侠孤傲的灵魂，与南国的“夕阳下的小女人”情调，最显明地划出了自古以来“秋风胡马塞北”“杏雨春风江南”的不同。文学北派南风，千年以降，在最基本的风格上，是一阴一阳的比照互补，是一种对比中的美丽。

这数千年的南北文学的传统风格其变异十分的沉滞迟缓，也就是说，在基本的两极风格中，北派与南派，基本葆有着原生的文学情态，这也应和着所谓文学发展的时代性、人文传统和地域特色的说法，而在一个信息时代，一个新的文化精神观照下，这种老大的风格，也同我们今天对文学本体的理解发生变化一样，不可避免地有些许的变异。这个变化和变异，也增加了论者们专门从地域性考察文学的难度。没有了过去那种泾渭分明的文学分野，没有了过去显见的差异。更不用说，在同世界文学的一体化进程中，东西方文化的撞击和交流，改变了传统意义上的封闭性，也发展了对文化的认识。

幸也，憾也，不太好说。

三

京派文学如果作为一个专有名词，她的存在更多的是研究的意义，换句话说，所谓“京派”，早已名存实亡。京派文学，我以为，从老舍一脉就走向式微。北京作为文化重镇的人文内涵，作为首善之区，其政治文化中心的地位，在文学的认宗立派方面，占有绝对的天然优势。这容易造成一种错觉，无论京派是否还能成学立派，是否还有继承者，是否还有代表派别和学说的真功夫，在某些习惯思维者那里，仍把她作为一个流派来信奉。

所以，如果说京派曾作为历史上一个文化现象存在过的话，而今这个文化的流派已成为零散的碎片，作为文学更是没有一种特定的内涵，缺少代表特有的文化内涵的作品和作家。仅是那种写地方土著生活，或者描绘京城都市的斑斓光影，是不足以构成文学特有的阵势的。另一点，主要的是，如今描绘北京大都市文学或文艺的，其主力军都是一批新生的作家们，他们对作为北派文化的代表京派文学多是从逆反的思维出发，如果说有所继承和借鉴的话，是它的戏谑性和幽默感。在同样描写都市生活的文学中，京城的作家们调侃味浓于沪上作家和南方作家。同样，首都的权威意识，天子脚下的皇都意识、政治情结、自负情结和老大情结等等，熔铸了京城作家们的敢言敢写的勇气。当代文学史上的最主要的几类文学现象，都少不了北京作家的参与。说京派的不复存在，还有一点是，首都的文化人大都是来自外地，从出生来说，南人居多，而在京都实际上是两拨人：一是属于北京市辖，这类人又多是本地生长，从地段上划分是地道的京派骨干；一是生活在北京，而工作在中央机关，纯“北京意识”弱少，他们从五湖四海来，大部分是南方人，对北京本土文化不熟悉，相融也太难，而且这类作家创作生产力也较旺盛，无形中对形成本地文化流派是个耗散。目前，形成京派文化的合力业已消散，尽管京城文学当中，曾有过少数的创作集体，也出现过共同创作打响了的作品，比如，运河文学，但是，由于缺少相近的文学主张和文学实践，人员成分纷杂，也就难以再现一个流派的成绩。

相对而言，海派沪上的文学相似性更多一些，或许是南方文化的相融性强，或许沪上的文化内质本身的凝聚力，也或许作为地域特色的上海城市文化更为显著更为单质……尽管在海派文化的传统中，个人性的操作较之北方来说更为单纯，可是作为一个群体的文学现象，上海的都市风格和情致，尤其是写当下城市生活所展示的文学面貌，是其他地方的作家们所不及的。上海的文化传统不及北京深厚，但开埠以来对外域文化的汲取，则是其他城市所不及的。

上海文人的机敏和精细，干练和潇洒，能够在逼仄的题材里完成漂亮的活计，冲破亭子间意识、走出城隍庙的意识，俯瞰文坛急于功名的心理，在大上海都市气象中，不免透示着文人的小家习气。沪上的文学运作多是不张扬不叫卖的，却往往因了操作的精到而能得成。有句流行的话是，北京人看所有的人是外地人，上海人看所有的人是乡下人，确实与否，不去管它，但清高和自负作为人与生俱来的陋习，而在上海人那里通过这样流行语更为彻底地得到揭示。文人相轻，往好的方面说，是一种动力。上海人也许因了物质方面的优越而在文化方面也有睥睨大千、目空万物之概。群体意识、圈子意识，相对而言，上海人要少一些，可是作为一个体的保护意识，则相对其他地方又强烈些，极可能发展为狭隘的“保护主义”、封闭主义和老大思想。同北京相比，上海的老大是一种不容忍的老大，是力图平分天下的老大，而北京则是一种先入为主的老大，是自我欣赏的而疏于较真儿的老大。所以当一种文学现象或一种文化的景观出现时，北方与南方，总能闻到唇枪舌剑的火药味。

还有，作为一个略微称派略微成派的群体，北京往往容易推举出领衔人物，往往自觉和不自觉地寻找出精神领袖来。这或许同王朝时代的文化遗风有关，或者是一种战术，当然还取决于团队意识，不同的是上海更注重单兵作战，或者是没有首领的为自己而战。

如果说文坛有“战火”的话，在当今文坛上，居于南北两大文学重地的北京和上海，算得上是“战争”的发源地。这几年的讨论，虽正面冲突短兵相接的阵地不全在这两大阵营。然而，很多的导火线是从这两处引发的。因了这北方南方的“冲突”，文坛的许多话题才有所深入。在这样的“战争”中，北人和南人在地域上的概念已不复存在，而且也并不多为地域而战，为阵地而战。不过，相互间的地方意识，多多少少地化为壮士的一种精神动力。

北方以她的阔大苍凉，仍然肩起当今时代文学的主导，她的传统文化精神毕竟成就了她的主体风格，而在走向新世纪之时，她仍然是雍容大度，高视阔步，在没有指令下完成一种首席官的任务。在某些人看来，在她的羽翼下，京城渐渐修炼成一个精神朝拜地，所以，当一些文艺作品需要得到指认的时候，进京或“晋京”，就成为自然而然、平平常常的事了。而南方利用地远心偏的优势，默默地积蓄着力量，等待着爆发。上海则更是进可以攻，退可以守，与大者比肩，与小者同道，寻机张扬自己。也许这种制约与融合，求同与存异，皈依与背离，成就了一个多元化、无主谓、少权威时代的文学发展。但这些，于文学于文化，对耶非耶，不太好说。也许，这种对文学的所谓地域方位的划分权当一种理论的阐述，一种文人的庸人自扰。

1996年7月

品位和风骨

——关于当下散文创作

不管作何解释，散文受到关注，是时下文学不争的事实。也可以说，当下的散文创作，可谓泱泱大势，花开四季。凡二十多年，在所谓文学风光不再、边缘化的情势下，散文却保有方兴未艾，高歌猛进的势头。仅从它的巨大的产量，还有它的规模宏大的作者队伍，以及众多文学刊物上的栏目，包括一些专门性的散文刊物，林林总总，其数量是可观的。而且，从文学的年选、选本、选刊看，散文也占有很大的市场，有很大的销售量和读者群。

据统计，散文的量，仅出书一项，每年都可与长篇小说比肩，达三千部（集）之多。当然，这里是指具有相当的文学性的散文作品。然而，散文最容易成为一种四不像的文体，成为各种文学垃圾的袋子。所以，在这样的，既有无限的量的虚高扩张，又有来自评论界对其提出的散文创作纯粹化的要求之下，这里，不能不提出，散文创作的品位和风骨，这也是一个支撑散文创作可持续发展的问题。

品位，是指精神气质、品性和德行之类，而风骨，则是灵魂，是气质之上的一种骨气。如同人，少了就会得软骨病，没有了或缺失，如行尸走肉。故刘勰在《文心雕龙》中有专篇论及。在刘勰看来，文章风骨者，“故辞之待骨，如体之树骸，情之含风，犹形之包气。结言端直，则文骨成焉，意气骏爽，则文风清焉”。

散文的定义，众说纷纭。与其进行定义，不如在与其他文学门类相比较中认定。她是文学园林中一株奇花异树，如果把小说比作牡丹，雍容华贵；杂文比作玫瑰，瑰丽冷艳；诗歌如同月季，妖娆灵动；而散文就可视为桂花，不事张扬，香气袭人。或者，多是暗香浮动，其气清雅，其味浓郁，其形高洁。而这，盖源于其风骨与灵魂。

读一篇好散文，我们不满足于其知识的丰富，文献的广博，不止步于其语言的华丽彩饰，不流连于情感的充塞。我们更为看重的是，她的思想的分量，她的题旨的深挚。我们从盎然诗意中看到人文精神，我们从鲜活的纪实场景中看到文化源流的磅礴气象，我们从人物故事中看到了生命精神的传承蕴含，我们从游走行旅中，看到了自然与人生的牵连融会，或者，我们在文本中，得到的是精神指向上的感悟。我们喜欢这类散文，是因为作者超越语言和故事之上，深刻的精神生发和意义表达。我们从中得到了关于自然、人生、文化、情感以至生命，诸多方面的形而上的精神滋润。这就是文字的力量，这就是文章的精神气度和思想的分量。

散文创作是没有题材限制的。所谓花鸟虫鱼，世上万物，无所不包。而在散文的题材面，亲情、历史、生态，以及游历、读书之类，成为散文题旨的几大方面。时下的散文创作中，亲情散文，历史的回思，思想者精神世界的描绘，以及关注日常生活与现代化发展，诸多现实问题，成为散文创作当下性的重要内容。当然，散文的创作风格和写作形式上，也有不少作者进行着多方的试验，也有试图在理论上言说。比方，有新散文写作、大散文的试验，以及在场主义等的归纳和试验。我以为如此这般，与散文创作风火强势相比，没有得到更多的呼应，也因为没有文本上的变化和出新，一切都是自说自话、自生自灭的现状。

所以，我们检视散文近年的创作，我以为，散文恒定的几大类题旨，延续了散文创作的基本状态。我们可以为许多书写亲情和逝去的人生、过往的历史的回忆之作，击节赞叹，我们可以追寻散文家们游历天下名胜，倾情于抒写者的见闻才情以及独到的感发，为那些华美飞扬的文字而倾倒。我们也可以触摸一些读书思考者们，阔论天下，纵横时事，一颗真诚火热的文心，为那些勇于进取，敢于担当的人文良知和人文情怀的描绘，而兴奋。所以，散文的高下，作品的分量，首先是在思想内涵上，在品位和风骨上，见出特色和斤两，也因此，成就了当下散文的标格和气象。

当下的散文，我们看重的是作品的精神内涵，是其风骨刚健的品相，是对社会生活中人文精神的生发和提炼。过去的一年，历史前行遇合了这样一个时间节点，这就是中国共产党成立九十周年、辛亥革命百年。“文章合为时而著”。在两个纪念时间中，作家们应时而作，却有自己的独特感发，有着个人化的主体精神的张扬。从过往的历史中，凝视和回望，有了党史人物和红色历史的重新描摹，有了对延安精神的深度阐释，有了对辛亥百年，那逝去的人和事的一种当下认知。无论是写人，还是记事，无论是群体形象的描绘，还是某个史实、某一人物精神的重新开掘和表达，在表述革命历史和红色风云时，散文的人文精神和历史情怀，凸现而高扬。这一绕不过的年代叙事，是历史节点中文学书写的重点，也让一些散文或者说红色散文，有了风骨，见了分量。特别是有着少共情结的几位老作家的文字，情感深挚，在期盼与寻找中，完成红色人物、历史情怀与时代精神的对接。像梁衡的《一个尘封垢埋却愈见光辉的灵魂》、王巨才的《回望延安》、项小米的《曾经有过这样一群人》可作如是观。唯有这样的一些作品，所谓九十周年、百年纪念，才显示出意义。梁文着重于一代伟人张闻天在庐山旧居的寻找，感叹于一个孤傲灵魂的晚景，也感叹于：“历史是一个公正的判官：历史的风雨会一层一层地剥蚀掉那座华丽的宫殿，败者也会以凭借自己思想和人格的力量，重新站起身来，一点一点地剥去胜者的外衣。”怅然千秋，一腔情怀，如泣如诉；王文则是从当年延安时期，领袖们的民主精神、亲民作风、法治思想以及个人的精神情操，一一再现。作为共产党人的精神源头的回望和凝视，是深重的人文情怀的呼唤，是对于民主和公平的珍视。另有熊育群的《辛亥年的血》、黄刚的《山高谁为峰》等，一代年轻作家们对于革命历史的精神眺望，写得情义充盈，寓意高迈，尤其是对于过往的历史和人物，如何承续其精神，如何在精神的方位上进行对接，是这类宏大主题中的人文因子。当然，不独是这类红色风云和革命叙事，散文的题材广泛，题旨丰饶，通过时下驳杂纷呈的生活风景的多侧面展示，通过心灵情感诸多层面的开掘，散文的当下性和烟火味等等，油然而出，丰富了散文的总体面貌。写凡人生活、市井人物，甚至于青春记忆、童年往事等等，从散文的整体面貌和精神向度上，有了驳杂而丰厚的灵魂，见出峻朗的风骨。

作为时下文学多产户，散文的铺天盖地，业界对散文的宽容，读者对散文的渴求，九九归一，散文在这个风云际会的时代，一切皆有可能。一个一切都在变异与发展的时代，散文是幸运的。所以，我们警惕散文过度地泛化，过度散漫而随意地轻唱浅吟，或小题大做，无病呻吟，造成了散文创作的误区和读者的冷漠。同时，我们也不必为抒写风云而硬性地高蹈升华，以宏大叙事为能事，从另一面隔膜读者也是散文的悲哀。而正是在这一点上，我们看好时下散文纪实、纪事的真切直观，直面和赤诚。这种非虚构类的作品，受人关注，也许正是散文精神和风骨高扬的一个佐证。

说到直面和真诚，我以为，从散文的纪实性增强可以看出其端倪。在众多的文化散文中，我们看到，无论考察地域，抒写故乡，描绘记忆，还是关于亲情母爱，关于家国人生，这类纪事写实的文字，几近是一种风潮。但，我以为，只有注入了人文精神的元素，注重人的精神世界的揭示，或者，对于所写的内容，不虚夸，不矫情，不炫耀的，才是最有品位和风骨的。比如，在贾平凹的《定西笔记》这个较长的文本中，广袤而开阔的地域方位，广大而粗犷的精神视野，结合真实而流动的生活场景，我们看到的是一个既边远辽阔，又沉静而滞迟的生活，其间，有黄土地上的人们坚韧中的固执，有底层生活中的放荡而正直的秉性，有自由生命状态下的无奈与渴求，也有原生态文化的粗鄙、结实与纯朴。重要的是，描写一方有着特殊文化意义的山地风貌、人文景象，而作家潇洒纯朴的笔调，几近田野笔记式的写实文字，成为时下散文的一大景观。也许多年前这类散文被当作大文化散文行销多年，也见惯不怪，了无新意，而老贾这种不惮其重复的再续此道，表明作家的自信。但他遮蔽了许多主观情绪的表达，而以细致的描摹，证实了他心中的定西——这块文化、生命、自然的大地上，活跃着无限可亲可爱的自由精神因子，也为我们现代化发展提供一个较为特殊的乡土文化标本。这可能是散文最需要与大地、与人生、与自由生命，对接共生的东西。另外，老作家袁鹰的《发热年代的发热文章》，从另一方面，直面上世纪五十年代热昏者们的、精神狂热者们的行为，反省作为参与者的精神救赎，文章发在《上海文学》上，没有引起多大的注意，但一代过来人的自觉与自省，当年种种热昏的作为，读来令人扼腕。历史的进步和精神自强者的自省，成为散文家思想层面的可贵的表达，使这类纪实回忆的文字，平添了分量。还有，刘亮程的《树倒了》、冯唐的一组写日常生活的散文，都是在对生活真实的描绘上，显示其性情，虽细琐但不低迷，虽日常小事，却也有微言真谛，有着别样的精神内涵。

散文，这个文学品种，业已有了既定的写作路数，即对于生活和人事的真诚描绘和书写，却难以在写作上有多么的新变化。所以，当我们试图在总体上找寻一个年度、一个时段的此类文学特色时，即便是有些微的发现，我们也会欣喜，也会着重地举荐。若当如是，这散文的风骨，就是我们对过去一年散文精神品质的认定吧。

（此文为《2011年最佳散文年选》序）

散文几个关键词

散文的收成如今仍可视为丰年，她仍然是各门文学样式中的大户。当然，散文不如小说、纪实文学那样某部作品可叫响一时，或常有研讨造势，但其成绩也是可观的。或者说，在每年盘点时，不能不看到她承继了以往的能量，在读者中仍葆有极大的热情。

好像有人说时下是个命名的时代，人们热衷于命名，在文学中也如是，概念上去分解，定义上去说道，文体进行划分，但总是界限模糊、阵线不明、语焉不详的。时下，文体的分类越来越困难。有的只是划出个大概，欲知其所以然只能靠个人的体悟了，或者在莫衷一是的比较中去测度。比如，纪实文学与报告文学的关系、杂文与随笔的关系等等，就没有人能说得清。散文的特色或者说散文的定义呢，同样，在文学的诸文体中，也是不太好界定的。有人说，她是博采众文体之长的“多面人”，长袖善舞，或许就是其所长。

我们不说定义，那是个弯弯绕的线团，我们也不太好说今年的散文特色主要有哪些，因为，散文的年度总结，我以为每在这个收获的秋季，岁岁年年去说，有些困难，即使在一些选本中得以展示的，未必就是代表了年度的最高水平，就是了不得的作品，更遑论，一个人或几个人的视野也是极为有限的，还有众多人为因素。

所以，每看到在这个时候，有文章搞所谓的年度盘点，挂一漏万地提及某个作品，归纳某些特色，总是有点担心的，也是老套的令人生烦的事，虽然自己不得已也做过，这种期望对鲜活的现实进行理论框定，其说法与做法也像一个瞎子摸象似的吃力不讨好。所以，这里选年度作品，也是有些忐忑的。只是，我们秉持往常对于散文的大致的概念，这是：一，人文情怀和精神向度，就是说，作品不是纯个人性的故事和书写，而是有着大众情感的关联，让读者有共鸣；再，她表达方式的有意味，就是说，令人咀嚼、有吸引力，或者文字上老到精致，或者气势上的整体效果突出。虽然这样说也是一个虚质，可是，你让读者引人入胜了，读后有嚼头，就算是好的作品。

对散文年度的面貌，与其归纳什么，或列举出哪类作品的优长，不如换一种思路，用关键词来表述，对一些问题作些梳理。

思　想

散文不直接以叙述和提炼思想见长。思想即主题，她不是直接地展示主题。或者说，散文的主题不好以简单的归纳法来要求。固然，思想是一切文章的灵魂。但思想是内在的融合，是肉，不是皮，是风骨，不是外表，是质地，不是形状；她不耳提面命，不是高头讲章，不是热闹地紧跟社会时尚或政治情势，不是主义与问题的随从。

散文的思想是潜在的、隐性的，是和风与细雨，润物无声的状态。隐藏、内敛、细微、机巧，在文章的内涵上，给人以张力和激荡。

散文可以从所呈现的人情事理中，渗透书写者的精神情怀，让阅读成为巨大的精神享受，得到共鸣与应和。其主题或思想，不因为她隐匿地表达，或者轻盈地渗透而缺失。不因为她的精巧细致，不因为她的风花雪月和个人情感的表达，而减少其主题的厚实与深度。

现在的问题是，有多少散文在思想主旨上让人感动，撞人心扉，启人心志，令人感同身受而共鸣呢！

没有思想的文字是六神无主的躯壳，没有力量，没有深度。而时下，散文的思想有如稀薄的空气，难以捕捉。不少纪念性的文字，不少赶时髦的歌颂体的文字，不少纪游式的报道文字，其内涵苍白，内蕴寡淡，难以卒读。这类文字，有，等于没有。

当前的散文，不缺少机巧的表达，缺少思想的呈现；不缺少场景和客观景象的描写，而少有人的精神世界的开掘，人的灵魂深处的触摸。散文可以散，可以信笔而书，可以笼天地于形内，挫万物于笔端，然而，其风骨和灵魂是首要的。

情　怀

为人者多情怀，为文者亦然。无情无义，其人不可交，其文味同嚼蜡。

文字的鲜活与沉寂，有味与乏味，关涉到情怀。情怀是大爱，是善，是真，是文章的内蕴品质，经典远播传扬的关键。缘情而文，作文之法则。文章者，境界之不同，亦是情怀的高下之别。情怀高致，其面貌可爱；高情大义，其风华自雅。

关怀弱者，敬畏自然，尊敬长者，感念生命，尊重历史，敬仰人文等，情怀使然。书写生活，记录思想，追慕前贤，期待来日，形诸文字方能显现出高下优劣，其区分也在于是否以情感人，以义达人。

散文在时下数量庞大，势头不减。君不见，各类纸质媒体仍为大户，各路作者老与少，有名与无名，多有染指，网络博客微博，壮其阵势。但，如若仔细分辨，鱼龙混杂，或可以滥且乱而名之。如没有节制任意而为，或以枯燥沉闷的东西占据版面，有些作者耽于自恋自炫，倚老卖老，矫情自负，不可爱、失诚信，令读者敬而远之，或生烦厌。信马由缰，无所节制，小题大做，无病呻吟，成为疏离读者的主因。

情怀是平实的风度，是高扬的精神气象，也是一种人情世态秉持的尺度。她不轻浮，不急躁，不自恋，不乖戾，不虚伪。

借用一句时髦的用语，作文要接地气。散文写历史、文化、民生，书写情感，励志抒怀。散文的情怀，实际上是对大地的书写，对民生的关注。作文要有温度，温度是情怀体现。与大地和大众精神相通，气息相求。观照平民人生，书写生活艰难的脉动，展示大众的精神追求和人生的期望，文章就能为读者大众青睐。

自　由

写作者精神是自由的。古今中外大家如是说。散文更是一种放松的心态下的文字表达。

我想故我写，我手写我心，畅快直接地表达，本真求实地还原。散文中有人，写人是主体，写别人或自己，可折射人生历程，可开掘精神情操。散文写人，真实朴实，不事渲染；不是炫耀，不是人物形象的标准画像。

散文是自由的文体。或者说是最自由的文体。散文的包容，散文的自由，成就了她的气象万千，不拘法度，她的写人、写史，记事、主情，写当代写过往，不一而足，只有让文字自由地表达，放飞心态，高扬自由精神，直面生活，亲近大众，散文才有大雅之作，才会体现出美文的品格，为大众所喜爱。

她可以近距离地捕捉当下文化精神，显示出书写者对社会人生敏锐感悟，可以荦荦大端地对于一个时代的万千气象进行文学描绘，可以对社会热点进行文学透视，也可以从一个新的视角对历史中的人与事进行打捞和挖掘；或可以精细地对某一社会现象进行切片似的描绘。她可以有宏大叙事的丰富，有宽大视野的开阔，有精致细腻的切入，有纵横捭阖的豪放，有小桥流水的委婉曲折，有情感激烈的辨识与争执，有情怀柔美的迂回与矜持。长河大波和小桥流水，都可视为散文的表达方式。

她不拘成法，无有规范。记，可以写史，秉笔直言；赋，可以赞人，也可弹人；长，可以洋洋洒洒，或以专题写类型；而短，可以是一个事件一剖面。长而有度，短而精微。主题广泛，写法多样。求真，探寻，辨析，释疑等，人生万象，花鸟虫鱼，喜怒哀乐，皆成文章。

自由，是随心，是放松轻快，是宽怀畅达，是不惧不忧。文字的自由，终究是心灵的自在、精神的自由、情感的自足。

只是自由放飞了散文的精神，开启了她的远行能力，但，如何让散文的自由转化为优质的文字，是当下散文不可忽视的问题。

常见的是，不少文字端着官员腔、公文腔的架势，主题先行，或赞颂辞式的，自恋自负，暮气沉沉，掉书袋式的酸腐气、八股调，令人生厌。或者，套话式的写乡情乡愁者，了无新意，这诸多散文的病灶，也破坏着散文形象。

散文自由地表达，切忌八股式、官腔式的贩卖，不居高临下地俯视，也不是拘谨地再现生活，丧失掉其生气和鲜活。自由是内在的，是心灵的，没有写作者内在的心灵感受，其文字是枯燥乏味的。

语　言

文学是语言的世界，作家是语言的魔术师；散文不是文学样式中语言的极致者，却也为大家高手们致力追求的文体。

为文有高下种种，但可从语言的精到或粗放，隽永或芜杂，文野雅俗来区分。语言不专是一个表达技巧，而渗透着作者的情感成分、才学天赋，语言的优劣精芜，是写家与大家的分水岭。

散文语言首先要精炼，流水账单式的枝蔓令人生畏。语言要有以一当十的效果。其次是精致有味。常见有些散文语言枯涩，叙事拉杂枝蔓，结构板结，写人平淡苍白如履历表，说理像论文式的干巴，记事如新闻式的浅近，其原因是缺少语言的灵动和张力。当年鲁迅、梁实秋、周作人、林语堂等大家的文章中，我们看到的不只是对于人生的特殊感悟，而雅致的语言和精致的情怀，令人回味无穷。有时候，一个形象的语言表示，就可以成为文章的一个文眼，比如，董桥关于中年是下午茶语言意象，足可以成为一篇文章的经典表达。语言是作品的面貌和气质。风华无限，意象峻拔，而情怀悠悠，可以吸引读者，可以成为经典。一篇作品，如果说情怀是其内修的话，而语言却是一个显见的外形，这也是散文大家们所看重的。

眼下，不只是散文创作，在文学界或多或少不太注重语言的修为，除了其写作者本身的能力外，也有在创作中忽视语言而随意作文的心态作怪。语言是一切创作的关键，而散文对语言要求更为严谨，对此，多年来却不太为人所警醒，一些散文家在语言上乏善可陈。重视和讲究语言，这本来不成问题的问题，竟成为散文以至时下诸多文学提高水平的急务，说来，多少有些滑稽。

（此文为《2012年最佳散文选》序）

写好你心中的风景

时序秋冬，一日清朗无霾，难得晨练时光，就沿街头一不大不小的人工湖疾走。石子小路时有缤纷落英，倒影斑驳，菊花清雅，修竹萧萧，更有弦乐悠悠，白首红颜，舞姿拳路，一招一式，兀自陶然，好一派闹市尘嚣中的闲静。因刚编完散文随笔年选，翻读诸多佳作，遂使人有了散文之心结，如此良晨美景，油然与这散文作些勾连和穿越。那湖光树影，秋风摇曳，想到的是“北京的秋”或“故都的秋”同题的诸多名篇，是梁实秋《雅舍小品》中的文字。那闲静虽逼仄的水面与树丛交映，小鸟啾啁，柳树牵衣，是梭罗，是普列什文，也是周作人、老舍们笔下的景；还有，那些亮眼的花草姿态与秋阳曦露，想到的是东山魁夷的画，是列维坦的色彩。那份秋的雅致和古意，让人联想到陶潜的诗文和谢氏山水诗的韵味。一湖秋光，满眼生动，睹之，品之，不禁回想记忆中那生气淋漓的文字和艺术。触景而论文，这散文之道，也如观自然之景，见情见性，说白了，优美诗章或者散文篇什，就是你眼中的风景再现，是你心中的情感表达，也是你主观的情怀和心绪的抒发。爱你所爱，才写你所写。

不是吗，证之我们眼前的诸多散文，无论是写事写人写景写心，无不是钟情于你所要表达的对象，是你的心灵直感和思想的文字外化。其实，散文是文学中的不可言说或者不可捉摸的一个物件，如果要非去解读和定位，我以为她是一个精灵，让你折服于她，留恋于她，倾心于她，或者受制于她的折磨。前些时，我为一套散文的丛书写序，就用了这样的一个题目，在此套用其名，也顺便抄录文章的几句：

> 尽管散文是一个没有确切定义的文体，尽管散文的历史是一个没有定论的悬案，尽管散文也曾不被某些作者所认可——有所谓雕虫小技、壮夫不为之说。然而，散文的生命是强盛而博大的，她是文坛一棵葳蕤的大树，是文学的一个精灵，无远弗届，无所不在，从古至今，林林总总，留下了众多精品，制造了许多经典。对于文化的传承，对于文学的发展，对于人生的精神引领，散文之功，善莫大焉。设若没有散文，中华典籍会留下多少空白和遗憾。自现当代文学实际看，散文成就了许多大家，也是各类高手们一试天地的园地。所以，散文这个文学精灵，游荡于文学的天空中，也裨益于社会人生，成为许多读者心中的所爱。
>
> 为什么，一个并没有明确的文本定义、杂糅了诸多文学样式之长的文体，一个亦古亦新的文本样式，在如今文学分工越来明确、细化之时，仍葆有相当的人气，在创作和阅读两个端点上仍然相得益彰，为当下其他文学形式所鲜见？因为她有轻巧的文本样式，灵动的文学情志，雅致的文化情怀，摇曳的文体风格。
>
> 散文的题材是开阔而多彩的，散文的写作手法是开放而不拘泥的，散文的语言是多彩而个性独特的。我们可以从中体味散文文本别样情致，领悟不同的人生和社会内

容。我们也可以从中读到，在文学王国里，那些亲情、友爱、恋情，这事关人生普通情感的诸多题旨，其丰厚的内涵和感人的情怀；也可从中体会到大千世界、浮世人生，所持守的人类基本情怀；我们还可以看到，这些人情世情，自然人文，如何在大家们的笔下，表达得如许精微、热烈、透彻。当然，那些高情大义、普世情怀，那些相濡以沫，危难与共，或者那些相忘于江湖，君子之交等等，不同的情与义，相同的人情与友爱等话题，在众多的作品中，有充分的展现和精彩的描绘，让读者产生共鸣。当然，作为时下丰富而轻捷地展示社会人生，书写时代精神与个人情怀的散文，在更广阔的视野上关注现实，展示民生，描写情怀。这些是散文这个精灵为人所喜爱的缘由。

以上是就散文的经典性要求而言的，是多年来散文的艺术要求。可是，如今信息发达，又有多媒体、自媒体时代之谓，让你从经典的殿堂里对文学有了更为广大和大众的认定，你会对散文的众多变化有认同而期待。比如，微博、微信的出现，更是把散文的味道和功能，发挥得迅疾而广远。如今，这微字怎可了得，其实不只是小而微，也是快与众的别名，成为当下人们沟通和表达时最便当最亲和的文字方式，于是，有微小说、微散文的说法。其实，这类文体很难归类，前几年的手机小说和时下的微小说基本是一样的东西，有故事人物也有情味，可以当做散文看待，而微信，无多画面和人物的面影，我以为就是一篇小小的微散文。积十年的既定习惯，我们的选本还是注重了文章的厚重，也许体量上的负重，影响了她的精灵般的灵动鲜活，对时下那些微信微博类的时髦文字没有顾及。但是，它们或他们，蔚然成气候，以微信为代表的这类新文体，其实就是一种新散文，许多是有味道，也见才气和性情的，表达的感悟有时也微言大义，见微知著。如若有出版家专事一本这些微字号的文学，说不准会大有市场。所以说，这个文学的精灵，其实已暗香浮动，潜隐于市，人们在微世界里找到了种种乐趣，得到了心理的倾诉，也让文学中有了新的身影。这里，仅就目光所及，顺手摘上武汉“清扬”的微信二则，见出这类微字号散文的新生面：“遇见一座城，像遇见一个人一样，等时，造势，得天地成全，春风马蹄之下，满城怒放，江湖夜雨之时，相对无言。谈论一座城，就像谈论一个人一样，黯然，谨慎，三缄其口。那么，亲爱的再见，知音零落，故人白头，萧郎陌路，世间再无黄金城。”“这座城市依旧妖气万丈，那些独睡过的人，抢眼的人，幸福的人，恸哭的人，一齐冲着夜晚拔出瓶塞，举起酒杯，妖怪们于是纷纷逃逸而出，在城市上空集结成云，如同蜃吐出气息，它们开始吐出梦境。那么眼下只有一个问题，到底是睡着的我们梦见了城市，还是睡着的城市梦见了我们?”这是出自于一个对城市的某些瞬间或某些人情方面有特别感悟的青年之手，语句自出机杼，虽还可严整，但随意轻快的文学表达，见出一个现代人的某种心境和感受。城市与人，是宏大的主题，也是当代人的情绪触点，从个人的认知角度，写来幽幽情致，一咏三叹，小资中见大端，会有很多的跟帖者。微散文，其文字要言不烦，信手拈来，以小见大，也有原生态的实感，加上即时性的传播，玩文学于掌中，这种新文体的辐射力和召唤力未可限量。或许在下一次当是我们关注的。至少，这些是散文这个精灵的又一表现形式吧。

（此文为《2013年最佳散文选》序）

散文这个精灵

尽管散文是一个没有确切定义的文体，尽管散文的历史也是一个没有定论的悬案，尽管散文也曾不被某些作者所认可——有所谓雕虫小技、壮夫不为的戏言，然而，散文的实际状况是它的生命是强盛而博大的。她是文坛的一株大树，她是文学的一个精灵，无远弗届、无所不在，从古至今，林林总总，留下了众多的精品，制造了许多的经典。对于文化的传承，对于文学的发展，对于人生的精神引领，散文之功，善莫大焉。或者，可以说，泱泱华夏文坛，散文成为一个飘浮于人生和社会之上的文学精灵，对社会和文坛的影响，不可忽略。设若没有散文，多少中华典籍会留下遗憾和空白。即便是自现当代文学实际看，散文成就了许多文学大家，也是各类文学高手们一试天地的园地。所以，散文这个文学精灵，游荡于文学的天空中，也裨益于社会人生。当我们面对诸多散文经典时，我们不能不以一种敬畏虔诚的心，享受着散文大家给予的精神滋养，也享受着散文佳作带给我们的阅读愉悦。

这就是，为什么当下文学并不太为读者所青睐，而散文或可一枝独秀，仍有不少读者追捧，仍有众多的集子和年度选本行销于世。在美丽的文学天空，散文的灿烂光影，灵动而优雅的姿态，装点出无边的景色。

为什么，一个并没有明确的文本定义、杂糅了诸多文学样式之长的文体，一个亦古亦新的文本样式，在如今文学分工越来明确、细化之时，仍有相当的人气，在创作和阅读两个端点上仍然相得益彰，为当下其他文学形式所鲜见。究其原因，除了她轻巧的文本样式，灵动的文学情志，雅致的文化情怀，摇曳的文体风格等等之外，我以为，这个文学宝库中，屹立着若许的文学精品，众多的文本经典，成就了这一文学形式有如高山大原般的风景。这些出自不同时期、有着不同风格的佳作，如同厚实的基石，构成了散文文本的经典性，妆成了散文世界的斑斓景观，也形成了散文这株文学长青树，其生命葳蕤、枝繁叶茂的一个原因。

于是，在浩繁而几近泛滥的散文选本中，人民日报出版社郑重地推出一套《百年散文经典文丛》，以七个不同的专题，收纳了三百余篇、二百余位作家的佳作，让我们从气势和规模上，感受到泱泱中华散文王国里，草长莺飞，洋洋大观；这条文学的山阴道上，目迷五色，气象万千。散文的选题，是开阔而多彩的，散文的写作手法，是开放而不拘泥的，散文的语言，是多彩而个性独特的，于是，我们可以从这数百篇文学名篇佳作中，体味到散文文本的经典气象，领悟到不同的人生和社会内容，其包罗万象，妖娆多姿，其情怀悠悠，风致卓然，让散文成为文学对社会人生最优雅和真实的表现。我们也可以从这个选本中读到，在文学王国里，那些亲情、友爱、恋情，这事关人生普通情感的诸多题旨，其丰厚的内涵和感人的情怀；也可从中体会到大千世界、浮世人生，所持守的人类基本情感和人生的原初情怀；我们还可以看到，这些人情世情，自然人文，如何在大家们的笔下，有如许的精微，如许的热烈，也有如许的透彻。当然，那些高情大义、普世情怀，那些相濡以沫，危难与共，或者那些相忘于江湖，君子之交等等，不同的情与义，相同的人情与友爱等话题，在众多的作品中，有充分的展现和精彩的描绘，让阅读产生共鸣应和。当然，作为时下丰富地快捷地展示社会人生，书写时代精神与个人情怀的散文，在更广阔的视野上关注现实，展示民生，描写精神，丛书选题也相应地以城市、乡村、自然、哲理等不同部分划分，有的甚至是相同的题旨下选同题文章，更有一种特别的意义。自近代以降，散文大家英雄辈出，几代人在不同的时空中，共同书写相同的题旨内容，它们被纳入其中，这虽是编辑的巧妇之作，却权当一次穿越性的文学同题竞技，其意义也独特，让读者诸君从这些同题目或同题材的展示中，更为深透地理解散文对于人生情感和自然人文别有情致的书写。同时，也可以体现出不同作家们的功力与魅力。无论是老者，那些上世纪初年驰骋文坛的泰斗宿将，还是后来者，那些晚出几十年后才活跃文场的新进后生，他们对于社会人生的感受，人各有异，着眼点不一，却能够在不同的背景上展示出自我，展现一个人独有的文学世界、一个人特殊的心路情怀。这种老与新、传统与现代，互为交集的文学景象，是很有意义的。作家们倾力倾情地写出心中的自然，写出变化的城市与乡村，写出现代文明下的精神求索，包括种种认同与抗拒，寻找和皈依，等等，无论是正面的书写，还是质询与期待，出于人生的一种大爱，出于对社会人文、自然生态等等，敬畏与尊重，在多姿多彩的散文世界里，其实就是打造了一个集合型的文学的人文精神，书写出一个整体性的人生世界。

对散文的经典性认定，没有明确的标尺，但读文相类于识人，大体是雅致、清丽，有品位有情味，方可为大雅之作。如是，这套书放在你面前，你可从容地品评，或许，你从这众多佳作中，看到了编辑们的心血，或者，你读它们，有了一次关于散文的有意味的文学之旅，那就够了。对于散文来说，丰富了我们的生活，增加了人生的某种见识，得到了文学的快乐，甚至也引发出阅读后的感悟，找到了自己的某些共鸣。这就可以了，编者也会万幸。文学也是有幸。

文学的经典，可以是恒定的，有时也是一个活的流动体，或者，它是在不断的开掘和发现中阐释其特殊的意义的。

2013年12月

有星无星也迷人

——2013年散文断想

说到散文，想到一句诗意，有星无星的夜晚，这散文的一年收成，大致如是。一个星光灿烂的夜晚当然令人神往，令人兴味无穷。但是，河汉夜空，不总是皓月清风，星汉辉煌的。有星无星的夜晚或也迷人，是一种沉静和默然的景观。

过往（2013年）的散文，在经历了前些年的花团锦簇之后，是一种沉静的状态，没有太多的亮点和新景。但也延续着多年来散文的几大文脉，一是历史文化的挖掘，写地域文化，读书思考，或者游历亲闻，这类多从历史中看取人文反思历史，多年来历久不衰；二是对亲情的书写，这是散文的题中应有之义，是散文最大的题材优势，同时，也成为散文的文体优势，亲情、友情的书写，是散文有别于其他文学样式，最可发挥和展示的。所以，亲情散文在任何时空下，都是散文的大户；三是面对生活的种种世相，社会发展中的问题，诸如自然的环保生态，诸如人文的习性情感尊严等，当下更为迫切而廓大的民生与社会问题成为不少散文的主打内容。四是一些节庆纪念成为散文家习惯的感怀触点。举凡此类，在散文的名义下，成为当下这类题材的集中现象。

这是就内容而言的，而在写作手法上，我以为，时下散文最为突出的是纪实性的增强，或者，写实类散文成为一个亮点。纪实性，因读者的喜爱，不同的文学都在倡导。小说和报告文学方面也分离出非虚构文学、纪实文学，引得众说纷纭，评价不一。而散文，这些年，也因为纪实性的增强，有了相当的分量。新近一些作品，沿习此路者是作者对自身生活状态的关注，是对于生活的底层与弱势群体的关注。也有从历史的关节点上切入，纪述人物，抒写大人物的功绩。比如，在革命叙事的作者中，像善于书写老一辈亲人或革命领袖生活与功绩者的贺捷生、梁衡坚持有年，前者写出《木黄木黄木黄》，后者有《文章大家毛泽东》。比如，擅长哲理书写人生的困境与无奈，剖析生命中精神层面的周晓枫，她的《齿痕》，比如，长期关注农民工的丁燕，写了一系列东莞地区打工者的文字，代表作有《女房主》，比如，李存葆的《乡村燕事》；比如，阿来的《瞻对：两百年康巴传奇》；比如，新人冯唐的散文系列。

新近的散文，我以为芜杂多于佳品，大雅之作少有。散文的概念是一个相对的内涵，包容太多，所以，当我们看到可以是杂文，可以是随笔，可以是小品，也可以是纪实的特写什么之类时，我们很难去纯粹地要求这一文体究竟是什么，如是，只能在这种杂烩式的文体中，宽容地允许她的芜杂与随意。也许，杂而芜成就了其鲜活的生命。

2013年12月

“鲁奖”之后说散文

这可算2014年的不大不小的文化事件：第七届鲁迅文学奖，吐槽之声不绝于耳，较之往届，更是严重。诗歌、散文、报告文学等都有质疑，弄得主办方没了脾气，孰是孰非，没了下文，也很没面子。有些批评头头是道，除了网上外，公开见报的不在少数。像《文学报》“新批评”上的文章，对诗歌、报告文学中的几部作品，从文本内容到写作方式，基本上是否定。现如今，读者公众是苛刻的，信息时代资讯发达，意见可随时随意表达，手指点击之间，或可能引起海量的围观，任何失当和瑕疵都可能被纠缠，也不会因为官办或有关方面的噤声而停止热议。一时间，对于文学评奖如何看待，如何寻找客观评价标准，如何完善评奖机制，回归文学本身等，坊间口碑，手机网上，议论纷纷，当然还有那些评奖背后的种种怪象，也时有所闻。

有人说，这是好现象，一人谔谔比众人诺诺好，说明文学的民主进程精进前行，说明文学本身没有远离大众，任何讨论都会促进工作的改进。我却不以为然，为什么总是在一些常识上屡屡为人诟病？为什么受伤的总是文学，而受迷弄的也是那些真诚而执著的文学读者呢？

“鲁奖”的散文类评奖，是评作品集，获奖的多是文集，或专题散文（当然还有散文、杂文与随笔一锅煮，为同一奖项，也待商榷的）。好像前几届也如此。给人的印象是，注重集子和长篇单本，以为数量上或是体量上的厚实，才可能有文学的分量。所以，评出的作品只是散文集，无形中就把这个标准定在长而厚的规模上，评奖只评作品集，这样一来，单篇作品，包括所谓的大散文、文化散文类长文，没有了资格。这里，把散文的范围定格在作品集上，而短制、精小，作为散文文体的主要特色，就可能被模糊掉了。好像报告文学也是如此。那些精湛深邃之作，并不一定是一部长篇的结构，并不一定是一部专著的规模。而另一种文学品种小说，却分为中篇和短篇参评，其标准只是以字数篇幅的多少来定。短篇小说，也不过三五万字的篇幅，同一些单篇散文、报告文学，在字数上差不多。这样，从文体要求上，评奖的标准就畸轻畸重，忽视了还有长为数万字的单篇散文或报告文学。这对单篇作品是不公平的，特别是散文，对其特色无疑是损伤，放任散文的长篇大论，为那些近乎于纪实报告、说理式的杂谈，或者小说般的虚构类的文字开了绿灯。可以明显地看到，在有些作品中，过于写实的回忆，过分渲染甚至于编造的痕迹，芜杂而不乏自炫的叙述，丧失了散文真实性、精致化的原则。这不能不是，好大喜长，没有严格的文体要求所导致的弊端。

其实，散文是以短小精致为其特色的，现代散文自文体分工细化以后，因其体量小，制作精细，意境灵动，为读者喜爱，为研究者关注。近代以来，文学有了明细的分类，散文的角色是短小精制，注重意境，情怀盎然。或者说，她是以小见长，见微知著，是短制，多性灵之作。我们看到，众多大家作品，书写人生感悟、世道人心，阐发生活情怀、现实感受，多是一些精制之作，在题材上自由不拒，花鸟虫鱼，风花雪月，贩夫走卒，五行八作，都可成为经典之作。鲁迅的名篇《朝花夕拾》《野草》《一件小事》等，梁实秋的《雅舍小品》，周作人、孙犁等人的名篇，也多是千字文，其内涵和分量也为人所共识。散文的见微知著，散文的以一当十，散文的四两拨千斤，恰是她的特色。如此一来，散文就不能光是以那些尾大不掉高头讲章似的文字来表明她的质量和成效。我以为，散文在有些人的误区中，是过分地强调了其题材优势的，好像以题材的大小轻重先入为主成为评判的标准。这就造成了一些散文多是历史的回忆、革命的主题、民生的诉求、个人的家谱和家族账单等等，让她有很多的负重，而成为纪实文学或者报告文学类界限模糊的一种文体。文体分类明细化，散文不是笼统的广义的概念。可是，散文在有些场合当成一种没有边界的文体。前几年的大散文、文化散文之说，丰富了散文的多样性，只是，过于沉重的理性情感，过分信马由缰似的随意书写，多为人诟病，没有太多的市场，也容易流于题旨上的“高大上”似的写作路数。影响所及，有些作者顽固地走着这种路子，但是，看重大题材注重历史文化，也要对短小精粹的作品，对书写生活事件中的现实情味、新鲜人事的作品，予以同样的关注。散文的出身是接近地气与呼吸民生的一种轻快的文字，如果说，史传诗赋随笔是精英文字，那么散文，是民间化的普罗情结，以其闲雅清淡的风格，而获得文学身份认证的。

当于此，我以为，散文现在变得面目庄重，情感粗疏，缺少可爱而温情，一些散文家总爱标举思想旗帜，打造史诗力度，宏大的视角，而少有现代散文名篇的真性情和烟火气味，情怀、性情、气味，这样一些唯散文而独有的，却稀少仅见了。十年前，曾为散文的减负，掉书袋的迂执，写过文章呼吁，题目是《让散文卸下包袱》，而今，我仍然以为，是散文的严肃面孔，是过分负载的思想要求和史诗担当，使她变得不太亲和，不太民间，也不太灵动，如此，她与随笔、杂文以至纪实类的报告特写等文体多有相近，也常相混淆，这样的不伦不类似的现状，造成了有些评奖也多遭非议，其标准难以客观到位。

时下，我们固然不能忽略那些表现了一个时期社会人生现状的作品，但现实生活中有困境与突围，有欢笑也有眼泪，有幸运也有苦厄，有收获也有焦虑，文学也要多方面地予以关注。不能不说，书写那些细致的人生情怀、个体的精神情感，有灵性和温度的文字，是我们更要看重的，或者更接近于散文本体的要求，可是这在如今散文的海洋中已为鲜见，在一些杂志报章中这类作品也不多，只是像《北京文学》和天津的《散文》上，才读到以上的文字，于是，我们既要风云叱咤的磅礴之作，也要风月清丽的性情文字，这样的文学阵势才是完整的，这样的散文面貌才是真实的。当下的散文后者是缺少的。

2014年11月

生态美文之魂

生态文学已成为一道别样风景。尽管其确切定义有多解，比如，它始自何时，其内涵如何，是人言言殊的。生态与文学的关联何在？生态文学的基本要素是什么?这些都是有志于此的人们所关心的。

时下，生态文学是一个闪光点。当一个社会自觉地以自然为友，自然生态的发展变化直接影响社会的进程，特别是，资源缺失、环境污染、生存危机等等，成为人们关注点的时候，生态自然的好坏，环境条件的优劣，诸如污染严重，气候变坏，灾祸危及人生，人们面临的是如何提高生活质量，幸福指数如何与GDP同步发展，这种新的期待与新的诉求，困扰着人们奔向现代化进程，于是，文学自然而然地把生态发展水平，纳入自己的视野。文学为生态建设，为环境保护，为自然可持续发展，张开了想象的翅膀。纵观全球，生态文学渐进受到重视，已成为一个新的文学关注点。

生态文学，其实是大自然文学，是书写人们在生态建设和自然环境中的生活状态、心情感受。她包括两个内容的：一是，生态环境成为书写的对象，山水田园，风花雪月，自然生灵，皆成文章，铸成大雅。“江南好，风景旧曾谙，日出江花红胜火，春来江水绿如蓝，能不忆江南?”是自然的吟唱，是生活的感怀，是风光的唯美颂歌。二是，忧思于自然世界的恶化对于人类生存的影响，所谓寻找“诗意地栖居”，所谓环境优化型的社会既要“金山银山又要青山绿水”，如何成为现实的一道难道。讴歌自然生灵，书写人们乐山乐水，忧思于大自然生态发展利用中，在诸多人为的因素下，风光不再，风华黯然。于是，就有了不少文人笔下，生态自然成为一时的主角，书写高山大漠，森林河流的治理保护也为一时之盛。社会呼唤文学的多样化，而生态文学的出现，更让文学的多样成为可能，有了一道亮丽风景。

正因为她的界定莫衷一是，她的历史状态和文本样式，也相应地难以归类，难定一尊。但是，对于优美的自然，倾情地讴歌，从中提炼出醇厚的诗味，纯美的文意，是一切类似的文学经典化的表达。如果宽泛地理解的话，生态文学可以说是“古已有之”。东晋时期的山水诗巨将谢灵运的山水诗，其清新的韵致，其闲适的意境，其婉约的意象，给人一种心闲气自华，一种牧歌般的轻快情味，从中你能感受到大自然的恬淡，感受到人与自然的和谐与亲近，“池塘生春草，园柳变鸣禽”，成为千古绝句。大约相同时期的陶潜老先生，以采菊东篱的闲情逸致，唱出了自然与人生的高致情味，其意象与境界，是自然生态的优美写照。他们或许是中国古典生态文学的集大成者。而美国的梭罗，瓦尔登湖旁的轻唱微吟，远离尘嚣，以自然为伴，以沉静自修的禅心，把文学的功利与社会的负累置之脑后，人生的旷达与疏放，成为作品透视出来的精神光点。还有，俄罗斯的普列什文，是一个大自然的歌者。他的《林中水滴》《大自然的日历》《大自然的眼睛》，以观察的细腻描写了大自然世界中生命的平凡与灵动、坚韧与高洁。高尔基评价说：“他的心灵与土地、森林、河流，结合得如此完美，在任何一个俄国作家的作品中，我从未见过。”帕乌斯托夫斯基评价道：“普列什文仿佛就是俄罗斯大自然的一种器官”，大到一片森林，小到一颗水滴，他都有熟悉而生动的书写。

所谓生态文学，其实是一种大自然的生动而沉静的书写，是一种自在自为的精神舒缓的抒发，是一种充满了善待自然、敬畏生物的思想和情感的提纯。因此，作为生态文学的倡行者和实践者，我以为，主要是，用一种亲和的态度，描绘出他心中的自然，以人性情怀书写他心中的自然风物。所谓“我见青山多妩媚，料青山见我应如是”；所谓“相看两不厌，只有敬亭山”。人文化的自然，是生态文学之魂。如同陶氏的“采菊东篱下”，悠然自得的优雅，如同梭罗的心闲神定的自在，如同普列什文的笔下，那些自然生灵，有如亲人似的悠游于你的身边，牵手于你的衣袖，或者，你以“亲人般的关注”，将自然“艺术化的方式，打动人心”。当然，还有，真正的生态文学作家，也要像普列什文一样做生态和环保主义的捍卫者，贯穿在身体力行中。

生态文学不仅是一种纯美的文学，她的厚重在于，既书写这个自然世界的优美和谐，丰姿神韵，也抒发人类对于大自然保护的一种责任，可见风物，也见人文，表达对于消失的风物和失落的生态文明的忧虑。也许，后者是当年陶潜、普列什文、梭罗们所没有想到或做到的，而凸现人文精神，为我们所处的自然生态环境进行文学的书写，是生态文学行之高远的灵魂与精髓。

2013年1月

地域、自然与文学

美国作家福克纳致力于家乡一个邮票大小的地方，于是文学有了“约福克纳帕塔法世系”。一方小小邮票的地方，成为一代名家的文学摇篮。马尔克斯的马孔多镇，作家精心构筑的一个文学世界，也成就了传世名作《百年孤独》。当年，法国的“百科全书派”的同气相求，巴黎“左岸艺术”同道者们的切磋和砥砺，产生了一大批艺术巨匠。鲁迅笔下的鲁镇，作为小说人物的主要活动地，演绎了人生众多的悲喜剧。这种或地域或人文的关联，是文学艺术的母本，成就了众多的文学天才和故事。

地域或者方位者，实际上是文学精神的聚集地、凝固剂。文学乃人的灵感激发，文学产生于创作者个体的精神劳动。但文学无论是巨篇还是短制，是宏大建筑还是抒情小章，无不打上地域的印痕，刻上大地的烙印，文学的地域性，文学的本土意识，文学的风习化，既是文学的根基，也是文学与生俱来的气味和印记。

中国文学是艺术流派和地域性较为强大的一支。楚地阔无边。细草微风岸。人口稠密，气象奇诡，神秘浪漫的楚辞应运而生；当伟岸的大山和峻急的河流横亘于世，在大漠落日、马鸣萧萧的气象下，西部文学的豪放油然而出。诚如有论者所说，南方北方，南人北人，其性情不一，其风习与心性有别。鲁迅所谓的饱食终日，无所用心，群居终日，言不及义，一定程度上表示不同地方的人的性情差异。地域成为文学永远不可回避的话题。山水诗在江南一隅，形成高潮，本有传承；七贤才了的精神取向在建安风骨中得到流布。即使是中国文学的现代性的流变之后，文学的地域与文学的乡土气味，仍然是其重要和主要的标识。华北平原上的荷花淀派、京东运河派的风情，山西山药蛋的意味，还有岭南文化、湖湘文化，即使是一个小小的岭南，也有客家文化、西关文化、东江文化、潮汕文化等等，其文学的流派和风格，都是在地域的怀抱中孕育生成。因此，文学的地域和方位，成为特色和独到文学一枚徽章与印记。

当然，地域对文学的影响，就其内涵而言，是客体与主体的相谐相属。其中包括，一是客观的自然，一是主体的人文。这自然与人文，相辅相成，相得益彰，成就和标示了文学的风味与品位。从文学发展史看，其影响与生俱来，越千年而不衰，成就了文学的风格万千气象，也将继续影响着文学的未来。

如今，这地域文化一隅，一方面继续延伸着越是地域性越可能是世界的评价；另一面，当今的地域更多的是从文化史迹、文献史实、人文印记中，去对应地找寻甚至挖掘其文学的意义。不过，这多年的提倡或者标榜，已经在圈内有些审美疲劳，当我们看到众多的贴着地域标签的东西出现时，总不免有所警惕甚至于不屑。也许，多年甚至经年的强调与解读，成了祥林嫂似的述说。往往，特色的重视或许成为一个负累，或者，重复为一个老大不掉而习焉不察的话题。

那么，在这种文学状态下，地域文学如何发展呢？其实，地域也好，自然也罢，我们所关注的是人与世界的关系，也是人本身在某种生活状态下的精神层面的东西。比如，自由的精神，现代意识下的生活态度，生命状态的自然与放松，或者个人命运与人本精神的关联。远的不说，近期茅盾文学奖的获奖作品《一句顶一万句》，中原大地上的数个农民兄弟，家庭几代人，因生活所迫，流浪漂泊，渴求的是与人的交往，在流荡与回归，在隔膜与交往中，琐细，负重，漂泊，等等，最为底层的生活样式，却有着较为自由而激昂的生活渴望，没有因为地域的阻隔，却显示出了一种远阔的生活场景与人生命运的多重性。有时候，地域只是表达文学内涵的一种方式，比如，历史、人文、自然，应成为一个精神的集合体。由此，文学与地域，文学的地域化，就变得复杂，变得混沌，文学就有了更为鲜活的品相。

地域成就了文学的广度和深度，但地域的标志，或许也会阻隔了文学的现代性的精进。因而，当我们坐在一个十分优美的客观场景中，我们品尝着文学的地域风情的汁液，我们认知着地域在文学的色彩和滋味的时候，也许，更为重要的是，剥开这被包裹的种种彩衣，让文学的地域成为更大的精神气象，或者是一个与时下人的生活关联更有内涵的事情。

2011年10月

关于“茅奖”答问

2011年秋，中国作协第八届茅盾文学奖举办。作协会刊《作家通讯》孟英杰诸位邀请几位评委各写感受，并发来手机信息，提示四个方面即：整体感受，获奖作品之特色，长篇创作趋势及如何改进云云。于是按题作答：

（一）茅奖作品的整体感受二点

其一，名人还是名人，名社还是名社。参评作品170多部，虽已筛选，还是有参差，还可分档次，还是不均衡。突出的印象是，名人不愧名人，名社不负其名社。这次的参评作品，名人，主要是八十年代就闻名文坛的，有不少。大雅之作，还多出于他们手笔。长篇小说之所以为众人关注，不独是因为评奖，不独因为她作者多，高手众，主要是她可以展示广阔的生活和塑造典型的人物，场面和内涵都是叙事文学中博大而深重的。因此，评奖的动作一开始就受到关注。就其内涵和场面而言，好多参评作品相形见绌。其二，故事题材和叙事艺术上雷同的多。比如，农村的，家族的，民族的，奋斗励志的，相似性，或者疑似的，多一些，而城市的、都市的，知识精英们的现代生活的，或者直面当下的，相对单薄和鲜见。还有，一些作品在叙事风格和语言表达上，多是浮泛和乖张，写来随心所欲，章法和气韵不讲究，也没有沉静而凝练的艺术节奏。这一点是大作品与小作品的区别之所在。

（二）五部获奖作品感受

欣喜的是本人在前二十名到十名的都投中了，最后五部也合我意。这五部代表着当下长篇的水准。《你在高原》以其厚实展示了时代生活的深长精神意蕴，是文学对于时代和人类精神的全方位思索。关于大地，关于人性，关于自然，也关于心灵。小说有如一曲精神长调，激昂而回环。《天行者》充满着温暖和担当，作为乡村知识分子的精神写照，她对于世道人心的精神褒奖是最可看重的。《推拿》在徐缓的调子下，把人在特定生活状态下的精神世界，描摹得十分真切和深入，揭示了一个社会，物质与精神发展和成型，相得益彰，共生共荣。《一句顶一万句》是关于民间世相的基本生活铺陈，也是对于民间人士心灵世界的机趣的关注。出走，还是回归？这两代人的同一行为，与民间社会的基本诉求，诸如说话，交友，以及寻亲，交际等等，有着怎样的关联和依存。小说的主人公一致在寻找中。对现代民间人士精神世界的关注，是小说的优长。同样，《蛙》是关于一个乡村底层人生的命运解剖，由此，开始对于生命，关于人性，以及冷酷的现实，温暖的人情，在那特殊年月里，这些有如童话和寓言的故事细节，对今天有着十分深挚的启示。不独是小说的题目，蛙，是由主人公的名字，蝌蚪长成之后而蜕变为蛙，人生蝉蜕，生活的重负，小说书写了民间精神负担者的状态，而书信体，戏剧文本的引入，使小说形式的追求上显得突出。其实，在进入二十的队列中，都可有实力争前五。比如，《农民帝国》《麦河》《水在时间之下》《遍地月光》，等等。它们的共同点是，小说的文本完整，在完全意义上的长篇小说叙事与艺术的饱满性结构，而且，在思想题旨上，都是厚实而恺切，对于所表达的生活，有着陌生化的精神阐述。比如，农民帝国，对于乡村生活，水在时间之下，对于一代艺人的成长历史，比如，麦河，对于土地的变化等等。

（三）如果妄说小说的大趋势，还不如说存在的问题或者共同的不足

我以为，有几点可说。一是，长篇小说的艺术风格上，文本追求缺少大家之气，大家之象。多是急火火，乖张之气，乖戾之气的多，写得心急而意躁，没有沉静而闲静的调子。再是，缺少陌生化的艺术处理，多是学他人，学洋式。比如，多见人物的神神道道，智力残障，或者，特异独禀，穿插其间，等等。有的开头的句式，还是马尔克斯式的，或者，塞林格式的，或者，福克纳博尔赫斯的，总之，都能找到所本之源，照葫芦画瓢的多。这类小说的开头句式，或者语句方式，要不老套，或者洋化。少有新鲜感。再是，格局小，多是些小中篇的架构，比如，家族史的，地域文化的，多也是表象，缺少新的角度来表现，其成色就有了折扣。

（四）如何改进评奖，好像没有新见

老办法，几十年如此，新办法一次，也没有出大的问题。好像正面的评价还多些。作为政府的奖，任何办法，任何改进，都会引为物议的。如果改进，建议增加一个读者大众奖。可以由作协的来负责。不会有什么麻烦的。大众读者奖，完全由公众评出。可能就会少了些人情的因素。再就是，能不能在出版社这一环上，有所节制或者说有点严要求。现在，产供销，几近成为一条产业链，成为长篇小说的一个利益共同体，而更多的时候，不考虑文学的文化的因素，把产品商业化。质量的要求不高。编辑出版社这一关至关重要，而好坏优劣，真正做到编辑这最后的流程上，要求严格，检验员到位，就可能会改变时下，多是花开的多的而有成色的果实则不多，造成了对于一种文学样式的期待与名称的不相符。

2011年9月

修史立德不老情

两卷水史写纵横，
修史立德先贤心。
夙兴夜寐千百日，
筚路蓝缕不老情。

这是读完上下两卷《中国治水史诗》（作家出版社出版）后的即兴所占，翻阅这厚厚的两本，有如《辞海》之巨的大书，油然想到的是这个“工程”的难度和编纂者们的苦心。

古人说，立言、立德、立功，为世上高人之品行。昔有司马迁老夫子，为修史立言，忍受非人之苦，千古传颂。然而，当我们面对熙熙攘攘的当下、红尘滚滚的乱象，我们何有这种勇气和定力。文化的承传者，高僧大德者何在?

三年前，一个企业家和一位老作家，成为这样的文化有心人和苦行者。

这就有了我们面前的一部大书、一部奇书。

面对这样一部皇皇两大卷、洋洋二百万言的巨制——《中国治水史诗》，评说它的分量、论及它的特点，难用一两句话概括。且不说它对中国几大江河水系全方位、多角度的描绘和书写，也不说它纵横数千年、上下几万里的时空探寻，古今中外的资料的搜集和征寻，单是它一帮作者的名头岂是了得？我们看到的是，一大批活跃在现今文坛，多是有点头衔的作家们的一次集体行为。他们从自己熟悉的题材和领域，或整体，或片段，或一条水系，或几方跨地区的水域，或细部深入，或面上扫描，考据、论证、描摹、思索，有亲历见证，有索隐求微，有思辨反省，林林总总，数十篇生花妙笔，把中国治水的历史和现实，把最为丰富的水系河流，进行了较全面的描绘，进而对我国时下水利水害问题，作了深入的思索和探寻。

因此，就其描绘的规模来看，这是一部关于治水的大全，华夏治水，水害水利，史实人文，无所不包。史上先民开河治害，筚路蓝缕，后世赓续，可歌可泣，千古风流，彪炳史册，于是我们从这个“庞然大物”的写作中，看到了作者们倾注心力的投入，看到了编者殚精竭虑的运筹。如果说，《中国水利史诗》显现了一种高迈的情怀和坚韧的精神，完成的是一个集体协作的话，那么，我们前面引用的古人关于成大事者，所谓“立言、立德、立功”的说法，最是体现了这个行为的意义。当然，文章不免有参差，有的冗赘，有的资料引用没太化开，但是，作为一本集天南地北作家写水之大成，乃文坛一奇观。

编者之一、企业家杨钦欢在《序言》中说：“从某种意义上说，中国的历史就是一部治水史，从三皇五帝到现在，哪个明君不以治水而获万民拥戴？”诚者斯言，这是对历史的一种概括，焉又不是编撰者的夫子自道？可以说，作为一件文化大事，功德之举，写史立言，其意义不同寻常。题名谓之“史诗”，史诗者，宏伟而大气也。追寻历史，抒写今天，启示未来，立意在于谱写一曲大家气象、史诗风流的水文化。

说其大，是指其体量，巍巍乎高峻，泱泱乎广大。眼界其高，站在历史的视角上，凝神人类与生命须臾不可离开的物件，去探寻水之于人类，之于自然，之于文明史的作用。尤其是当今世界已是资源稀缺、生态受破坏，社会发展也因之受制约，而探寻这家国民生大事，其立意和主旨更显高远；言其广，是从神州大地不同的空间，天南地北，数十篇文字，关涉华夏大地所有水系，包罗闻名于世的大江河湖，或者，治理难度史上可堪记录的，作为重点。全书分为黄淮卷、长江卷、珠江卷、海河卷、松江卷、以及西部卷和东南卷等部分。其广度与区域的展示，增加了书的分量。

我们还是从它的篇章开始探寻吧!开篇是“黄淮卷”，也许编者的初衷是，作为炎黄子孙，黄河是母亲河，是中华民族先祖的摇篮，尊祖为先，由此开篇。在这辑中，几位作家都是重量级的，也多为时下创作力旺盛者，尤其是写散文、报告文学，他们是好手，是快手。广东作家熊育群以散文的笔触，揭开了大禹治水的历程，以回望的方式，把这个史上最伟大最亲民的治水先驱者，其精神，其情怀，其行为，其谋略进行了充分的文学书写。大禹的形象在千百年的历史流变中，款款地走来，历代历世，从统治者到庶民，从史传到口碑，褒奖有加，这是一个华夏民族圣洁者的形象。“大禹作为中国历史上第一个治水成功的人物，中华民族最古老的治水英雄。”古代先民的神话，无论是治水的大禹，还是填海的精卫，补天的女娲，以及神农氏，他们与自然的关系，是人类最早生命力的展示。可以说，人类的社会发展，最先的敌人也许是来自于水害，与大自然的搏斗，治水，变水害而为水利，促进了人类的文明。从这些先贤们的奋斗中，折射了人与自然的特殊关系。或者说，人类始祖，绵延至今，人与水，人与自然，永远是一对矛盾，有理不清的纠葛。当然，在这些篇什中，不独对于治水行为的歌颂，也有从现实的严峻形势，进行清醒的告诫。陈桂棣的《淮河的警告》，以“淮河流域的水污染已到了非治不可的时候了”，这一振聋发聩的声音，引人警醒。“淮河的警告”，实际上也是中国较多的水系在污染和断流的严峻形势下的警醒。黄河也好，淮河也罢，还有河套地区，还有黄海边的山东治水，还有引黄入晋的山西治理，等等。这些在冷梦的《中国梦幻》，雪漠的《石羊河与大凉州》，焦祖尧的《大河走高原》，刘兆林的《北疆水神》等篇中，从不同的角度，书写了黄河水系或者北方水系的治理过程中，人类如何巧用智慧，努力地变水害为水利，仁人志士们的英勇业绩。同时表明，国计民生，发展的要务，合理地利用水资源，治水之后，长河安澜，民生便利。但是在环境日益恶化之后，人们赖以生存的水，面临着如何的珍惜和爱护，几大江河湖泊的现状，无不引起作者们的思虑和警醒。黄土地上的治水之行为，见证了华夏民族治水之艰辛而任重道远。“黄淮卷”中最明显的主题阐述是，人类发展，漫长治水历程，任重而道远，切实而严峻。

在“长江卷”中，有擅长全景扫描的高手何建明，以《百年梦想》为题，记录了中国几代伟人与三峡工程的历史。我们看到了，在这条世界第三大河流，中国最大的江河演变发展的历史中，她与国计民生、国人福祉的紧密联系；为建造这样一个时代的工程，当代人上上下下，为之殚精竭虑，艰辛求索。为了造福于民，为了大江长河的不再被污染，为了南北水利的平衡发展，治水民生的重要问题，引起了数代领导人的高度重视，这在人类史上极为鲜见。当然，在这条闻名于世、中国最长的江河，与其说是一个自然物体，不如说是一个见情见性、有格有体的生命。流自于高原，奔腾倾泻于平原，有如人体血管细流似的众多支脉，倾情于人口密集的富庶地区，孕育着无数灿烂的文明和优美的自然景观，等等。读到这些生动描写，从中不难体味到作者的人文情怀，这是一部史书的另类诗情表达。当然，与本书主题相一致的是，从治理长江的岁月中，国人与这条桀骜不驯的大江，以及众多的江河湖海，形成了一个共生共存的关系。水的治理，或者水文化，实际上是人类文明的一个全方位多侧面的表现。

如果说，在“黄淮卷”我们读到的是历史，是先民奋斗的业绩，开创之功，英雄传奇，而“长江卷”，以及后篇诸多文章，展现了中华民族多年来治水的坚韧与持久，也有历经磨难的民族精神不屈的表现。我们读到的是，对于这人类的伙伴——长江大河，其水利水害，对人类生存发展的重要影响。水的利用，人类期望于斯，也困扰于斯，其泽被于人，也祸害于人。所以，当编者从两大江河——长江黄河，另外选择出来写珠江海河松辽西部东南各篇，我以为，不只是地域上的划分，也是从更为广阔的幅员上，对于中国水利事件的书写。君不见，水的保护和利用，在现时日益成为最迫切的问题，日益成为经济发展、民族进步，以至国家安全最突出的问题。编者从南北东西更为广远的层面和方位上，展现这治水的广度与深度，既有中华的水文化多彩的一面，也有对紧迫的现实问题丰富集中的展示，足见其匠心。

2011年11月

世相人影

文事杂俎

读往读来

行走风景

葳蕤的文学丛林

张炜是个对大有相当爱好的人，追求大气，眼光远大，都是大作家应有的。三年前的十本长篇小说构成的《你在高原》，成为第八届茅盾文学奖得主之一，而三十多年前他首部长篇小说《古船》，就是一部有大气魄和大叙事品格的作品。一直以来，张炜在文学的前行中，以高产、优质而闻名。眼下，一大箱二十多本散文，汇成了湖南文艺出版社出的《张炜散文随笔年编》。体量大，印制精，是我所见到的一个作家一种文学样式，最豪华最丰富的图书了。

作家的实力和出版家的气魄，形成了一个精美的文本。出二十本散文随笔的作家，文坛也许还有，但是，在以小说见长的作家中，能有这么多的散文随笔问世者，至少在当代小说家中，张炜是第一人。

与张炜是老朋友，最早相识于人民文学出版社他写《古船》的时候，约在1984年前后吧，那时候，正好去人民文学出版社办事，在何启治学长的办公室，与张炜初见。记得老何还用相机拍照。虽然来往不多，但常有联系，他的小说不必说了，就是散文我在多次的编年选中，选了他的作品。他的书，从量上说，最可观的是这样两套：一是《你在高原》十本，一是这套“散文随笔年编”二十本。我有幸都得到，虽然是出版社送的，也很有意义。《你在高原》，评“茅奖”时出版社就送了部分评委，而这次有幸参加张炜的散文随笔发行会，感到面对一个作家如此的文学成就，你无法概括，无以表述，说他是劳动模范，说他是文学的苦行僧等等，都不为过。因为，摆在你面前的这些，构成了散文高原上的悠悠长调，斑斓景象，足可以让你感觉其丰沛的文学气场，厚重的文学价值。

张炜的散文随笔，不拘一格，或大或小，有专题，也有散章，近四百万字。其中，不乏早期的青涩之作，但斑驳绚丽的文字方阵，构成了一座恢宏奇瑰的文学建筑。张炜认为，写作是一个“孤独者的心音”，自喻散文是一本“丝绺相连的心书”，用心去写，是他获得读者认可的原由。他的散文有开阔的题材，不拘形式的文笔，情怀深挚的精神气韵，以及安然沉静的禅意。我以为可以看到的是以下突出的亮点。

知性与识见。张炜的写作，被认为是人文精神的守护者的写作。他的小说，有深挚的人文情怀，对历史和人生，自然和生命，有着激昂华丽的书写和高蹈的精神揭示。而散文也承续着他擅长对人的精神世界的体悟和阐发，从社会世相开掘精神层面的意义。洋洋二十大本，几乎包括了社会人生方方面面的感悟，尤甚是，在对世道人心的阐发中，他多是从普通的生活现象中，从一些平常的事例上阐发哲理，关注的是一些思想本体的问题，一些生命和生存的意义。比如，他写道：安静是生命的力量，也是生命的艺术。他说，朴素和精致是任何黄金所不能买到的。这些散文虽是短章，却从思想的高度，现实的角度，不乏有人生终极意义的思考。比如，对人生命运的拷问，对艺术情怀和生命情操的描绘，特别是具有普世价值人文精神的质询，是十分丰富而精到的。知性写作也是思想的写作，是散文中的风骨和精气神，是文学的钙质。在散文中，无论是读史，写人，谈艺，记往，还是阅读画家，品评人文，张炜都从一个思想者的维度上书写。时下，有些散文流于故事情节的平面铺陈，或者多是些小情小调和夕阳老调，缺少识见与思想的支撑，如是，平庸而软弱是当下散文的一个常见毛病。张炜的知性书写，是一种潜沉而深入的书写，是一种人文精神的表达，唯此，他的散文有了风骨和力量。

情怀与温度。张炜的散文有两个精神着力点，一是他故乡的齐鲁文化的支撑点，一是对于自然和大地的讴歌。故乡故情，吾土吾民，是写作者精神原乡，是灵魂的憩息地。早年，张炜作品中的芦青河，晚近的万松浦，都是他作品中经常出现的场域。这些散文体现了他执著的家乡情怀，其实是一个来自于底层的知识分子的平民情怀。他的散文的专题《芳心似火》，这部长篇也看成独立成章的散文中，有一以贯之的主题，就是对齐鲁文化特别是齐国文化的张扬，从人文立场描写这块土地上浸润着儒文化的众多物事、风习，其中多有家乡的悠悠情怀与拳拳心绪。这些看似散漫，其实是有一统的精神纽带，那就是对于齐鲁大地的风华物象的丝丝缕缕的情感。有些篇章中，见出他对人文精神的特殊秉持，他对喧嚣尘世中文化的缺失，对于传统文明根脉的敬畏，表现出作家特有的心怀，注重现世生活中的人文情怀的接续。另外，他对大自然有足够的敏感，热爱，敬畏。他以人类最亲近的关系来描绘万松浦的动物和植物，寄情于那些原生态的自然物事，这也与齐鲁文化的崇奉自然相一致。张炜作品中的自然情怀和人文情操，浸润着作家细腻的情感，于是，也让文学和文字成了亲近和善的朋友。一个作家以其心灵的激情和生命的温度来书写，恰是对读者负责的表现。

韧性与持守。散文是轻快的写作，多随意而为，但是，能够坚持构筑宏阔的文学长廊，尤要作家一颗坚韧的文心。唯有沉静于文学的人，笃定于精神求索的人，才会有如此的创获与丰收。张炜散文给我们的启示是，一个人能够坚持四十年的散文历程，不惮其烦地去关心和表达、言说创作及创作之外的事，所以他才有了散文随笔中宏大的建构。他对人文世界、生活现场、自然物事等等，有较深入广泛的涉猎，其中，有创作心得感悟，有人生札记，有交友处世的启迪，对生活中美的奖扬和丑的鞭挞。题材的丰富随意，却有题旨上的深入切点，体现出他的文学韧性和坚持态度。他多次说及，他对文学神圣的敬畏。这种韧性和坚持，也是一个精神的守望者、文学有心人崇高的文学情怀。在当下文坛中，张炜的写作不是另类，但至少是一种特别的现象，即不迎合时俗，不迁就流弊，不满足现实的花花草草，他耕耘的是一片生机鲜活的百草园，他栽植的一株葳蕤葱茏的大树，而二十多卷本的散文随笔足以构成一个斑斓多姿的散文丛林，风光无限。这种情怀和韧性，值得我们珍视和尊重。

2013年9月

名实之惑见匠心

范小青的小说总是寻找一种新质的，即便是题材和故事背景都有曾有过，她力图在每篇小说中找出与当下人们精神层面有关的触点，或隐喻，或暗含，总是皮里阳秋，有极大的内涵张力。可以举出她此前的一系列的长篇作品为例。

而这部新长篇《我的名字叫王村》，我以为，也是一部颇有思想含量和故事张力的长篇，寄予了作者机巧而深重的思考。这里有几个关键词，我，名字，王村，虽看似一组简单的词语，却可窥见它的故事内涵的张力。它直接以民间性的小人物与普通的底层生活，展示现代化历程中，普通人的困惑与生存的现实。像作家其他一类作品，都很难归属于某一类型。是农村的，乡土的，亲情寻找的，弱势群体关怀的，底层民生观照的，还是改革图变，城乡二元化结构的变革等等，都有些瓜葛，但都不能概括。可以说，作品理性表达了一种生活现实，或者说社会现实的状态中，人生面对的种种心理困境，诸如，家园故土的认知，城乡经济变革的适应，旧有的传统与现代化改造间的矛盾等。通过一个有点犯傻的“我”，寻找丢失弟弟的过程，展示了现实农村生存的需求带来的诸多变化与矛盾，也带来的心理的震动与异化，即使一个家庭（我家），一个村庄（小王村），一个单位（救助站），也在现实的变动中，有寻找有认知，而名与实之间的困惑，也许成为当下人们生存中一个不可忽视的现象。

王村，是人名，也是地名，是主人公所熟悉的，也是“我”所陌生的。虽然我平凡得可以忽略不计，王村小得不为人所知，但通过这社会肌体中的微小细胞，见微知著，勾连了当下人生的种种窘境和某些精神的缺失。人，或者说我、我们，如何应对社会物质化的现实，面对现实的诸多缺失和不端，在名与实悖反，物质与精神的变化与异化的现实困境中，人们精神的、心理的求索，如何得到正常的发展与提升。这样的思考，我以为，作家是号住了普通大众面临着现代化种种变化后思想命脉的一隅，就是说，当下的人们名实之间的错位，既有物质上的也有精神上的，既有客体变化的偶然也有主体失范的必然。

寻找是小说展示的主要情节，我的名字在寻找弟弟的过程中，兄弟有时自我互换，有时是人为地被置换。小说整个故事其实很简单，但充满着诡异与悬疑，不乏幽默荒诞。我去寻找丢失的弟弟，我弟弟被当成一只老鼠。由此，我的名字与弟弟的名字，是同一个，又不相同，是王全，又不是王全，王村是人名又是地名。弟弟是只老鼠，又不是严格意义上的老鼠，把他丢掉是我的主谋也是全家人的共谋，历经周折去寻找弟弟而又不全是为了找他。这一切都因为“我”在寻找过程中，为了目的实现而遇到的尴尬，和自我保护的一种策略。城市的救助站与收容处，是流浪者、精神疾病者的保护所，同时也是人性的试金石、检验所，踏破铁鞋无寻处却偶然轻易地找回了流浪多日的弟弟，回归者最后并不认识自己的家，包括寻找者自己也找不到回家的路。家园成为陌路，假作真时真亦假，我非我，亲人如同路人，故土何在，家园何有，连走失者自己的名字也不是原来的了。是故意寻找还是有意放弃，是注重亲情还是保住面子，小说人物的初始愿望和目的，几经变化，变得也没有了意义。

人生的寻找，精神的求索，与赖以生存的土地，亲情血脉的联系，都流转而变异，变得如此混沌与迷茫，自私与吊诡。小说以这些迂回、反复的情节，以一个有些荒诞芜杂的故事，直面现实人性的冷暖、世态的热凉，映照出当下某些精神缺失与错位后的人性异化与困惑。

展示社会的芜杂世相，从“我”的眼中看取世态人生，这是小说的一个文眼。我，是一个全知叙述人，上过高中被认为有点知识，因寻找弟弟，与家乡的前后村长、助理、暴发户，以及省城的救助站、疗养院等各色人物纠葛，而这个名叫王全的人也是有点精神疾患的，但他虽有些窘迫但不乏游刃有余地在流浪与寻找中，保持着对社会的冷眼观察，通过他的不乏怀疑的心态，展示出对现实生活的多角度的描绘。这是小说着力点。用心思考，怀疑与猜疑是“我”的人生态度，所以，寻找弟弟，亲人生死未知，为此虽三次外出寻找，但对于现实中的诸多虚假与骗瞒，更是我的眼中的现实，我的经历，我的不甘与不平。由此，小说形成诸多活生生的画面，警人心志，所以，王村和王全，虽是小说的一个具体名号，应当看成是一个共名，在当下的现代化进程中，人们的心理病患，人的精神焦虑是需要治疗的，而人的心理健康，健全的社会人际关系，是需要寻找也是要亟待召回的。

寻找，怀疑，异化，回归，也许是小说的一个隐性主题，而作家全能视角的叙事，以精神病患者作为叙述人的手法，都使这部长篇有极大的吸引力。还有，细密的走针缝线，情节发展抽丝剥茧，也增加了故事的可读性与机巧性。虽没有太多的热闹轰动的人物命运表现，没有开阔的场景和背景展示，甚至也没有太着力于人物形象的刻画，范小青是走偏锋，有风险的，也许作家有意为之，仅作品对现实世态人生的直面出击，就奠定了小说的现实情怀和思想意义。所以说，这是一部知性强的小说，是一个力图以现代意识书写现实杂驳的普通人生活之惑，至少，在题旨上见出匠心，有了别样的追求。

2014年12月

思考者的背影

眼前散文集《思行录》(人民文学出版社2012年版)，出自一位国有大型企业领导的手笔。因为所从事的职业的缘故，这可能是所谓的业余写作一路，或者算是一种官员的写作。在眼前急功近利、鱼龙混杂的文化背景下，这种身份认定想来会引起物议甚至诟病。每天在各种会议、指标、文件、等因奉此、公事公办的氛围里，何以能清逸而出，本真地书写，并且写出你的个性与性情？还有，一个人的经历和能量总是有限的，你以为这文学那文坛是可以随便出入，谁都可以分得一杯羹吗？如此等等。不得不承认，批评者所持有的疑虑，也为不少的事实所证实。这为我们评述此类创作增加了难度。

这本散文集，我不敢说篇篇是佳品，但我敢说，作者梁君是以一个文学虔诚者的姿态，以一颗敬畏之心写下这些文字的。所以，我对于他的文字怀有真诚的感动。他的散文，以真诚的思考和文化自觉的心态，描绘了他所感知的社会人生。论题广泛，情感真挚，用心真切，表达细腻，如果说这是官员写作或者业余玩票，那可是值得提倡或者可以推而广之的。

一篇《在煌煌的人类面前》，让我们领略到一个散文作家的心地。由古及今，由中而外，不长的篇幅中，评说的是人类精神文化史上，为民族、为历史立下伟业功勋的人和事。重要的是，他从这些人类先贤者身上，看取作为芸芸众生者我等，如何仰不愧于天、俯不怍于地，踏实认真地做人之准则。他认为，面对沧桑人世，人是伟大而有作为的，比如，“欧洲两个大胡子老人的几本书，足以让世界翻覆！连荷兰那个割掉了自己耳朵的精神病患者的几幅颇具张力的草图，也足以填实人们的心。”所以，认识到人的作为，从我做起，从小事做起，在煌煌人类面前，“每个人都应走好自己的一生，留下闪光的足迹，为人类文明的大厦填一沙一石，使人生有更多的慰藉、满足和自豪，而没有抱愧和遗恨。人是伟大的，随着时间的延续，人类智慧的巨烛，必将愈燃愈亮，辉映更遥远的星河。”

注重精神性的励志功用，以一个现代人的身份，对茫茫人世、短暂人生做理性的思考，充分展现那些博大精湛的人文精神，是梁君散文最为闪光之处。他从白求恩想到理想主义；他思考鲁迅，是为了思考担当和责任；他有专文评说大禹、柳宗元、文天祥、陆游、凡高、秋瑾，他们的思想穿越了历史时空，而基准则是一种朴素的善与美的道德支撑。他考察其中至关重要的精神闪光点，比如，柳宗元的民本情怀，文天祥的气节，秋瑾的侠气等等，这不能不说，是一个为文者深沉的精神方式。最为扎实的是他对于理想主义的执著评述。也许作为一个历经世事的人，作为一个曾经的军人，理想主义的精神伴着梁君人生年华一路走来，因而，他特别地看重。他甚至于做相当深入的考究，从西方哲学的思想库中，马克思所宗法的朴素社会主义的理想精神的思路中，看待理想与人生的关系，评议人类理想制高点上的精神花朵的美丽与高贵。这种浓郁的人文气息，是精神性的思考与阐发。这样的文字，成就了他作品的分量。当散文在众多的轻浮文化面前，显得有些轻飘之时，这种直面文化精神的表现，令人敬重，也铸就了它的成色与品相。

他把思索的触角伸向历史文化的诸多方面，又从现实的生活层面来描绘和表述，这类题旨成为作品中的骨架。这类重在思想性表现，从某些历史和社会现象生发精神意义，或者，通过众多历史人物看取一种对时下的启示，是一种知性的写作，一种有力量的写作。所以，他的散文基本色调是思考型的，其风格有如随笔杂感类。时下为文，也许这种随笔杂感文字，并不被众多读者所青睐，也因为写作的难度，为一些作者所回避。而梁君兄，不惮其繁复，执著于这种精神，对于散文写作的追求，也是一个有意义的坚持。

当然，从本书中，我们还见到作者的另一面：短小精粹的文字，表露心曲，描绘亲情，抒写过往生活中的记忆，其中，也浸透着作者的丰富而细腻的精神感知。这样的篇什丰富了作品的内涵，一方面与历史人文对话，论大事，说世情，另一方面与现实的世俗生活牵手，不拘形式，轻唱低吟，有自然活泼的一面。后者中有《那片草地》《年夜饭》《净月潭》《听雨》《心境》《二姐》等。在《夜读》中，他说读书的快意，“足不出户，目不远眺，心灵却插上了巨翅，浮云乘雾，在时间的长河里畅游，在无际的广宇中翱翔。”他还写有《夜踱》一文，一个自在休闲的漫游者形象，与思考者的背影相得益彰。我以为，无论是写十分宏大的历史景象，还是私人化的情感记录，他都是规正整饬的情感表达，体现出一个在组织队伍中磨砺多年，深受时代洗礼而成熟而进步的作者所特有的禀赋。如此说来，这或许与他的身份、他的业余写作有关。所以，回到前面的话题，这种身份认定，或许让我们较为明确地看到了他作品的风格，也留给我们，对于一个韧性坚持的作者，更为热情的期待。

附注：本文是三年多前为梁君先生散文集写的序言。与梁君兄相识，说长不长，十来年吧，说短也不短，人生能有几个十年？而相见也纯粹是文人同好的交往。虽不敢说是同气相求，却也是一见如故的。起初在我办公室，他瘦削个头，不烟少茶，文质彬彬，轻言细语的谈吐，不像个东北汉子，也不像行伍出身，后来交往多了，他的谨严不苟，确实像受过部队训练的。对文学特别是史上名家名文的熟悉，让我别样相看。我那边常有些或生或熟的人士来往，各路神仙，风景不一，知道文人之气是装不来的。那些企业家大佬，或可热情或可执著，但总不是那个秉赋，文野之别，当下立断。记得最早梁兄送了本诗文集，题目好像是《崇高崇高》。这题名当时我虽不太欣赏，也是很为敬畏的，就想到这与他作为一个国企的领导者身份也合。后初略地翻了，文章论题深入，多是世道人心，现实情怀。人如其文，没错的，他的坚执，他的思辨，他对时事的兴趣，对社会风云的热情，我是很为佩服的。之后，我们一年中偶有见面，每每都是海谈神聊，间或他有部下也爱好读书，来我办公室搜罗小说看，寻书要杂志，我们的话题多是当下的文学、各自的读书。我也惊讶于他看书很广，特别是对当下文学情况也是相当关注。他勤奋，在繁忙的公务之余，写了不少文字，有诗，有文，就这几年他就出版了两本散文和一本诗集。他亦诗亦文，左右开弓，也能保持水准。他对时风流弊有执著的看法，文字中多有涉及，但他也有了风淡云清似的阴柔美文，几篇作品被一些文摘报刊选用，就是例证。作为一个几万人单位的掌门人，长期奔波在一线，单位东西区域跨度大，有的远到天山边陲，但他公务中仍保持读书思考的习惯，忙碌之余静心写作，实属不易。他说就只这点爱好，也是多年的习惯，没有了还真不适应。他执守着行路、读书，然后思考、写作的古训，对鲁迅和马克思这类深刻的思想者甚为推崇，多次到思想家、文化名人的故地考察。他有多篇文字是写这类思想圣人和文化大家的。我有幸是他多篇文章的第一读者，常为之惊讶，一个国企的当家人，对文学写作有如此的痴迷，也不断地出手，让人敬佩。我想，这得益于他勤学好思。他当过多年的铁道兵，这种经历也保持了他行事有韧性，有定力，讲规矩，有担当。当然，他对文学保持着纯真的爱好，没有太多的功利，这就可以随意地写作，有时候，痴迷成为习惯，没了羁绊反而会得心应手。他把业务时间献给了文字，也才有文字对他的回报。他历经世事，从门外来观望文坛，却还能保持着一个文学的童贞，十分难能，而这又是不可掩饰的，像他在酒桌上喝一点红的以后就上脸一样，让人感到那是真实的自我，是本能的状态，这恰是与人交往和为文写作最需要的本真状态。所以，当他要出一本散文集时，让我作序，我就应允了，遂有了如上文字。后来，实属好玩，我为他写过一幅毛笔大字：梁园虽好，君为何往？文武之道，好自风流。是想歪用典籍，藏头文字，说他的为事为人为文。业余写作者，更有一番辛苦和苦衷，但也有一腔特别心怀。其实，一个人的写作纯是个人的私事，业余的与专门的不重要，水平境界高下与否也不重要，而有心力、见情怀，又可自在自适地珍视，不必非要多么宏伟的目标，即使没有多大的动静和反响，也会安妥自己的心魂，为生命平添一笔亮色，岂不快哉？前几天，梁君兄说他已从岗位上退位，因还有政协委员一职，公务没有完全闲着。不过，也好。这以后，相信他会有更多时间做些读书写作的事。也许这回业余成了专业，岂不更为快哉?！祝愿他！

补于2015夏

自有诗心如火烈

诗，在时下似乎是一个文学的异数。不知从何时始，有点姥姥不疼舅舅不爱的，好像一个独行者，花自飘零水自流。固然我们还有不少人在写诗，有多本正式出版的诗刊行世，也有少量的诗作在印制，还有一些好事者举着各类主义的大旗出于各种目的或者借着诗的名号，在为诗呼喊，然而，一个不争的事实是，诗人和诗作，在当前的文化环境中显得势单力薄，说是过气了也不为重，多不大为现代读者所青睐。究其原因，是因为没有像样的诗作，没有闲暇和心气培养出足够的读者群，而这恰是一个文学品种存在的基础。

并不奇怪，现如今文化多元，俗众的流行，粗陋的畅行，浮躁而功利的文化现实，自然，对于这个精英品质的文学门类，对于依凭主观情感表达的诗来说，这种状况不能不是一种错位和怠慢。

所以，说诗写诗越来越小众化。坊间有传闻，说谁谁是诗人，会写诗，似乎是一个另类。对此，诗人何为，诗歌何为？当然，我们可以从时代的阅读趋向不满意于这种现状，可以从没有金玉之声来要求作者们更上层楼，可以从中国本来是诗的国度来反观对于诗的现状所不应有的缺失。但这又有多大的作用呢，这经年累月形成的状况何以能改观？

我以为，唯一的是寄望于诗的本身。对于那些诗的执著者，那些对诗还葆有敬意和尊重的行动者，那些纯粹的诗人们，应当以极大的尊重。当谭仲池先生把他这本诗集的清样寄来时，我是在这样的心态下读完的。一面有忧虑，也一面是感动。在这个诗歌不景气的时下，有人对诗还有如此的坚执，如此的不离不弃。我不得不说，这是一位诗的坚守者，一个诗心如火的诗人激情燃烧后的迸发。

谭仲池是一个执著的写作者，46年的创作经历，他左手写诗，右手作文，还不时腾出手来在电影电视以及歌词方面突击，可以说，他对各种文学艺术形式都曾尝试过，也有出彩，到如今，出版有十数部文学作品，计有长篇小说、散文集、电影剧本、诗歌，而他最早恰是以诗歌创作进入文坛的，一个跨领域、数十年的写作者，笔耕不辍，从不间断写诗，这表明了一个诗人的态度。态度决定深度，执著与痴迷，是作者最起码的态度。文学不应当是一种职业，文学更多的是一种爱好，才会有真性情和真情怀的表达。对于诗，除此之外，我以为，要有一颗火热真挚的诗心。仲池兄做到了，使我们在纷繁乱象的诗歌天地中，见识一个有情怀、真性情的诗人。

除了不断有新诗问世外，在他的诗中执著地表达真善美这一文学主题。这或许是诗有别于其他文学样式的地方。诗的题旨可以广泛，但是诗人要有自己审美追求和情感趋向，要有坚守的创作母题。我以为，谭仲池诗作基本母题是爱，是善良的爱心，是对于社会人生和大地自然的敬爱与友善，或许这是个老生常谈的主题，但作为一个主流文化和传统审美精神养育的作家，这个诗的母题不能不是他对生活和时代的反哺，也是他的文化情怀的表达。在当下，文学创作特别是诗，人文精神或多或少地缺失和淡化，过于主观杂乱的思想和情绪的试验，急躁和暴戾的人文习性，造成了文学对现实的疏离，也多为人所诟病。其中诗的乱象，当属如此。执著地从爱与善的角度，真切地表达出对于时代和历史的敬畏感恩，从人生基本的情感上对社会与人生进行诗意的提炼和升华，是一个诗人的担当精神，也颇有现实意义。

这本诗集《祖国，我深爱着你》，主题直接，诗情炽烈，体现了诗人对于时代文化和历史精神的书写，显现出诗人从精神意象上的现实精神。作者的后记点明了创作初衷："我和新中国同龄，我是在祖国温暖的怀抱成长起来的，因心之所系，情之所感，我想把这个新诗集献给祖国母亲，作为向新中国成立65华诞最美好的祝福和最深情的纪念。"因此，他以"脉脉山水情""拳拳圆梦心"等不同的精神意象，集中了数十篇诗作，奉献出赤子情怀。爱祖国、人民、大地，爱山水自然，爱人文历史，从不同的地理方位，不同的文化风物，多角度地书写祖国的绚丽风华和博大精深的人文历史，书写新世纪的时代面貌。更为突出的是，诗人捕捉变化发展中的社会面貌，描绘具体常见的物事在时代变化中的新气象新风采。比如，航天高科技，高铁的建成，世界博览会的中国馆等等，无不描绘了作者对社会发展变化的诗意情怀。特别是，他从祖国版图上捕捉三十多个省市（包括港澳台）的某一件具象物事作为诗眼，"选择有象征意义和有代表性的山水、名胜、人物、传说、历史遗存、人物情致来构思"，也即从每一个省市鲜明而有代表性的具体物象上，抒发祖国之爱，时代之情，并冠以"天涯共此时"题目。集中阅读，可以感受到诗人的爱心激荡，情感深沉。那是一种无以言说，无法衡量，至为崇高神圣的爱，是赤子对于母亲的忠诚感恩的情怀。也许诗人选择的这些具体物象和抒情意象，常在一些诗中出现，但是，集中以这种方式展现，奉献于祖国华诞之时，其情深意切，是超过了具体物事的本身意义。

仲池兄的这本诗，我是当作政治抒情诗来看的，政治抒情诗容易成为某种既定的艺术套路，写好不易，本诗集也是一个尝试。不独因为其主题明朗宏大，在诗意表达上，也多是相当整饬的语言，明白的形象描绘，不乏单调的句式，这也许是主题表达的需要，或者是由这类主题设定带来的某种局限。当一个宏大的主题成为诗人笔下的各类具象和抒情内容时，也许对诗的语言意象，画面形象，诗情意境等等，有着某种经验式的要求，或许忽视了她的诗意和意象的要求。但是，不可否认，浓烈的诗情和赤诚的心怀，让我们在感受到赤子之爱，诗情的崇高与神圣的时候，不太去考究所谓的诗意与意象的表达，也不必为诗的意境与形象作太多的苛求。诗的形象意蕴，是一个见仁见智的问题，作为政治抒情诗的要求也更有不同。作者的努力是值得称道的，作为一个资深的也有影响的诗人，能够在这个默然平淡的诗坛，特别是政治诗的创作中，迸发激情浪漫的诗情，展现深挚而真诚的诗心，十分可贵，或许对时下默然无声的政治诗创作有一个推助。

记得70多年前邓拓曾为文友写过一句诗，自有诗心如火烈，称颂他的创作。在此借赠，祝谭仲池的新诗出版。

2014年5月

善对文学 美写情怀

文如其人，此言不虚。叶梅的散文如其人一样，干练，理性，率真而热情。

读叶梅散文新作，觉得她是在做一件意义广远的事，她把当前文学、主要是少数民族文学中新的品质、新的现象、新的人物，用一种散文的方式记录下来，再现出来。或者说，在评述和书写时下文学现象的时候，她关注的是少数民族群体出现的新质。对此，叶梅以一种散文化的言说方式进行梳理，进行轻松而灵动的描述。仅从大多文章标题就可以看出。许多篇章，是热情地推介和评述有实力有潜力的作家作品，她是从阅读开始，说及到人，而又关联着描绘对象的生活经历、文化背景、情感心理，再回到文本和人物性情本身。文字由点到面，既见树木，又见森林，既有作家作品的某些特色的再现，又举一反三，从个体到群体，再现某类文学现象的描绘。这样，如本书题名所示，作家展示的是一条丰富斑斓的文学河流，一个多元杂糅的文化世界。这样的表达，对于小说家的叶梅，对于习惯了某些常规性散文的我们，是陌生的，新奇的。叶梅这类散文与其说是传统意义上的记事写人的散文，不如说她注重的是一种理性的随感文字，她以一种逻辑思维方式推进，写当下文坛的人与事，尤其是少数民族文学的现状，这可以当作是随笔类的散文。

散文的圭臬，其实包括所有的文学，用一句老话说，是表现真善美。我愿老套地以此证之于叶梅这部散文。可以置换一下，叶梅散文表现的是善真美。善，是善意的表现和表现善良，充满爱意爱心；真，是真诚的表达，写出真情，特别是写家乡和亲人的篇章；美，是讲究文气之美，纯美地呈现所描写的事物，让文学成为一种优美。当下，文学不缺少新奇，不缺少理性，缺少的是善良和纯美至性的表达。在叶梅散文中，善是第一位的，她以自己所操持的民族文学事业来表达对当下文学的关注，好多篇什时不时提及北京后海那个幽静的大翔凤胡同，那是《民族文学》编辑部，也是一个文学的集聚地。她推举众多民族的特别是人口少数、还没有引起关注的作家，评述他们的文学贡献，透着深深情怀。她认为，在多民族文学的新现象背后，是一个多民族文化的繁荣和新生。她写了民族作家们对文学的钟情，对文学的献身，对母体文化的热爱，从较为广阔的幅度上展示当下繁荣热闹的文学之林中，是一个多民族文化生态的现实。

除了民族文学的评述和展示，散文集中有一些纪事写人和游历杂感文字。她用善良的目光看生活，认知人物，评品世事。包括写家乡的生活和亲人母爱的作品。在《三位老师》中，她用“我的田老师”“我的宋老师”“我的邓老师”这样的重复而直白的句式，表达对师长们教育友爱的感激。她只简单地写了三位老师不同的某一侧面。小学田老师在学生毕业时，他却一反平常，表示了一种近乎冷漠的淡然，听完大家的话转身就走了，而后来却不断打听学生们的情况。中学的宋老师在“我”下乡支农中手被镰刀割破，背着“我”回城，十几里路都是伏在宋老师背上走回的。而邓老师，数十年执著于一本《汉语同韵大辞典》，一直到退休后，完成了这项具有开创意义的文化工程，令人起敬。在怀念母亲的文字中，高龄的老母总不忘家乡的三峡民歌，无论是在武汉还是到北京，那是她的情感寄托，弥留之际也忘不了千里之外丈夫的出生地，于是，作为女儿的孝心，叶梅护母灵柩回到鱼山，这是父亲的乡梓故里，与父老乡亲，特别是同父异母的哥哥们的感情，加上母亲的无私情怀，故土情谊，交织回环，令人唏嘘。

美，是散文的一种基本要求，纯美，更是体现了写作者表达的技巧。叶梅的目光是开阔的，也是尖厉的，有一些篇章对当下文化现象，特别是热点文化进行解读，以一种辩证的眼光打量丰富多元的时代文化。有时候，她是严厉的，有时又在温情中展示无情，这无情是一种对文化流弊的不满和对文化底线的坚守。在《三枪究竟能打多远》，对张艺谋的“三枪”影片表示失望：“无聊”“苍白”“恶心”。她不能忍受这位国际知名导演来“鄙夷和嘲弄”观众。由此，她评说小沈阳、赵本山一类流俗文化。或许她太不容忍那些对于大众文化无端调侃和挑逗的东西，一如她对于文字的要求，保持着一个文化人精神的完美与洁净。

叶梅擅写精短散文，本书中最长的不过五六千字，多在二三千字内，是散文的短制。散文易写难工，精短尤见功力。当下散文铺天盖地，找出一篇很好的散文，纯粹的散文，也难。我以为，纯美是一个很重要的标准。写物，写情，写人写事，没有对描绘对象美的发现和升华，就达不到一定的艺术高度，尤其是常见的物事和相同的题材。我很欣赏《庐山捡石记》，这是叶梅作品中的代表，文字不长，表达纯美。一个不经意发现的石头，竟牵惹了一腔心思。石头里有文章，藏着“千万年的秘密”。石头与这名山历史，人世风云，与作家的美学思想，等等，都有了一些关联，于是，小小石头引发出对一座山的感悟，一个历史文化现象的情感聚合。同样，《努尔，你好吗》一文，描绘了在埃及的访问中，认识二十岁女导游。埃及罢工访问受阻，提前返国，而那位努尔小导游可安好。有着深厚文明传统的埃及，如今成为一片混乱的国度，令作者忧思。她从一个导游的问讯和一个偶然的经历中，引发对于人情、文明与历史、政治与社会的思考。当然，说到美，语言的表达很重要。在作品中叶梅对文字是很讲究的，有些句子臻于雅致，这是散文最需要的，体现了作为小说家叶梅的文字能力。

2014年2月

敬畏生命　春暖花开

孙惠芬的长篇小说《生死十日谈》，表达的是一种对生命的敬畏，对生与死的思考，对当下文学关注精神层面和世道人心的一种颇具行动意义上的担当。

这是一部跨文体的写作，说是纪实文学，也对，通过对十多个乡村自杀者的寻访，记录下他们走向绝路的心理历程。作家的采访记叙完整真切，过程实在，一波三折，然而，对于众多主人公们的故事情节，却又有相当文学性的描绘，对人物事件发生的故事，讲述得绘声绘色，形成了十分强烈的文学效果，有着相当的思想和内涵的冲击力。从叙述内容看，纪实是其核心，真实是其灵魂，而文学的剪裁和精心的组合，形成了富有张力的人生内容和社会内涵。

更重要的是，这个书名，《生死十日谈》并不是专门写死亡，写走向绝路的人们的精神状态，也有对生的期待，对生者的抚慰，对人生如何有尊严活着的文学表达。“十日谈”，选取了世界文学中熟悉的名字，不独是为了时间段的划分，也是因为，这个六百多年前，讲述爱与生命的故事，并有宗教意义的文学名著，对于在遥远的东方国度里的当今人生，也是一个颇有意义的借鉴。何谓生与死，如何善待生命，成为那些生活在底层的芸芸众生者应当正视的。所以，生死者，关乎社会人生，精神心理疾患，成为障碍社会人生的生命原动力；生命如何发展，生活的风帆如何顺势而发，其实这些最为简单的人生课题，却被更多的人们习焉不察，也被社会所忽略。有良知的文学，有良知的作家，不应当忽视这样一大题目。

一个偶然的机会，孙惠芬接触了自杀者事件，有了这个被称为“国家项目的调查”工程，与几位研究此专题的学者、学生同行，他们以各种方式，包括动用关系，获取众多的第一手资料，以文学的名义，记录下十多位活生生的生命走向绝路，以及他们身后的周围或相关人们的反应。这些生命的自戕自虐，故事惊心，令人扼腕，像因为“一泡屎”而断送婆媳两个生命，“回乡A计划”没有来得及实施开煤气自杀的大学生耿小云，等等。他们多是女性，生命灿如夏花，却走了极端，原因也多方面，有因为情，有因为穷，也因为愚昧、软弱，或因为爱，然而，作家写他们，希图这样的故事不再重演，让他们的生命即使消失，也得到应有的尊重，为那些心理患疾者也为社会，敲响警钟。

孙惠芬的理想是，描绘时下乡村中最为底层的弱势者们，他们对于生命的态度，我们可能的有所忽略，或者，从他们的不正常的死亡中，找到了这个病相的根源，比如，穷困，愚昧，比如偏执的个性，比如社会的隔膜，旧有习俗，等等，然而，她更是从社会世相中，看到了对于他们个体生命应当有的尊重和理解，从精神心理的层面上，人们在现代化的历程中，每一个生命都应当有尊严地活下去。所以，她在作品中多次写道，即便是发展了的乡村，人们认了宿命，或者，如“第八日”中的刘国胜信了天命，但他们作为当事人，应当有着自己的尊严，不从于世俗，像五十一岁的刘国胜，一支笛子，尽显人心的悲凉，却在无奈与无助中求洒脱。较之男人们，那些乡村中的女性，虽历经生命的摧残，却也有坚毅的人生向往。作家从这众多的生命个体中，书写她们的人生境遇、人心境况。热情地写女性们是："坚定，坚硬，虽偶尔从言语中流露出内心深处的苦楚，灵魂中的纠结，但你绝不要指望她们会向自己的内心低头。"为那些女性同胞们的负重，忍隐，弱势而坚强，进行呼号。

孙惠芬是有大悲悯情怀的作家，这部作品更是极致。作品有着复杂的人文情感，一方面，面对死亡的生命，寻访和研究自杀者的行为动机，找寻社会的人文病因；另一方面，也让逝者的生命得到应有的尊重，让这个社会对于任何一个生命的消失，都应当有着宽容与理解，同时，也厘清产生这些特殊现象的社会原因。由于作家对于这块土地（主要是写辽东乡村的故事）熟悉，以及时下社会诸多不正常的病态症状的关联，她在作品中，每有对于乡村生活的描绘多与自己的体验与感知相联系，对于当下变化的和不变的乡村内容的认知，又与个人的生活经历相关联。还有，每在面对人生的活法，生存的状态，社会的办事效率，职业者的特权意识等等，诸多社会肌体中的不良现象，作品常常在一些纪实的情节书写中，作精致而理性的点评与阐述，有着担当与真实、直截的品格。我们今天，许多的精神疾患者需要医治，重视他们，尊重他们，或许，文学的治疗可以让他们的生命得到慰藉，得到绽放，春暖花开，人生美好，这也许作为《生死十日谈》的意义。

2013年5月

“记忆”是人的精神史

长篇小说，在人们心目中是宏大的纪念碑。于是，宏大、驳杂、丰厚，是此类文学的评价标准，追求复杂，内容上多头绪，多线条，多声部的，让人走入迷宫式的。在项小米的《记忆洪荒》这本小说中，洋洋64万言，故事历时43年之久，时空跨度大，算是一个复杂的艺术宫殿。可是，其故事和人物却是简单的，仅以主人公许北北的生活经历，穿插了其老革命家许之父母，许之公公，以及许北北的中学同学、部队战友，再就是早先的恋爱对象和后来的丈夫海平，这些人物的故事。小说的时间虽历时久长，从“文革”开始到新世纪结束，然而在生活内容，人物关系，以及重要情节等方面，小说平实纯朴，没有太多的回环往复，草蛇灰线，只是按时间的发展叙事，其艺术也是简洁明快的。

可我还是要说，这是一部较繁复而有内涵的长篇。作者以64万字的篇幅，完成了一部人物的精神思想成长史。它的思想题旨厚实，从个人的记忆中书写一个时代对于人生命运和思想历程的影响，社会转型期思想多元变革，道德理想的失重困顿。作品通过人物的爱情与理想，包括事业等求索，描绘了充满理想精神的一代人寻找中的期待、失落与困顿。作品面对当下人生的精神困境，更多的是精神的病症，希冀用一代人过来的记忆历史，进行诘问和辨析，从精神的源头和本来上，引起关注，得以疗救。这是一部探索现代人精神历史和思想心路的作品。

“记忆洪荒”，也许这个题目就喻示了小说的故事是回溯是反顾，是对于过往的检视。主人公的记忆，是自洪荒年代始，那是一个革命狂热的时期，历经时代的洗礼，而最后面对转型期社会变革的诸多矛盾，主要是思想的变异，道德困惑，产生了种种迷惘和疑惑，或许，这个记忆洪荒，是混沌的，是杂乱的，也是难以理出头绪的，很难让进入壮年的男女主人公认同的。小说中最后主人公北北的话，像是自我总结，也表达出小说的基本主题：“我们来自洪荒时代，四十年前那场天崩地裂的大洪水，至今让人谈之色变。可比自然的洪水，精神的洪水更为可怕……无论今天的人们觉得多么不可，我们正是这样从那个时代穿越而来，我的一切问题，源自 我的爱情 ，而且我的爱情始于洪水时代，那个时代出的问题，用今天所有的办法都无解。”

从小说中，我们看到怀有“文革”时期理想主义年代革命情怀，北北一路走来，当壮年之时，“回顾所来径，苍苍横翠微”。往事成为记忆，理想和精神无所依归，主人公们的命运仍在复杂的现实面前寻找和期待。北北，这个家庭屡受变故的高干子女，早年怀揣理想，精神追求十分纯洁而高迈，也十分的投入，然而，无论是青春期的付出，还是爱情的受困受骗，以及在部队提干、荣誉称号等等，一次次遭受打击，最为严重的是，进入新世纪后，她和同事战友人到壮年，面对现实的复杂和生活的重负，面对多年所追求的理想精神，一代人的青春和奋斗，都成了往日的记忆，在诸多现实的壁垒面前，或许有心无力地难以成就，于是成了精神抑郁症患者。小说描写出一代青年理想者们最后的理想实现中，不能说是成功者，命运的结局，有的背负重大精神包袱，与各种困境奋斗，不乏堂·吉诃德式的勇士，而像主人公北北们的精神压力过大，最后不幸为了理想殉职，完成了精神的归依，壮烈之举，是作者的一个无耐的选择，不无遗憾地描绘了北北们一代精神奋斗者们的最后困境。

面对现实的精神困境，或许怀念过往时代曾经的情怀，或许爱情的真诚是在人生艰难的磨砺中才获得，即使是洪荒草莽年代，唯有真情和率性才是真实的人生。小说从现实众多精神扭曲和情感迷惘的描绘中，直剖时下人们哪怕是成功者们的诸多精神疾患，视为小说所说的“精神的洪水”，其实这是最为可怕的，所以，当北北在每一次无论是心理治疗，还是自我精神的日记式的救赎，我们看到的是，她把洪荒时期的精神状态作为一个参照，当然，不可否认当时的真诚与真挚，可是那荒唐时期的桎梏人心的精神和生命发展的畸形政治文化，像毒药一样的渗透，是更为可怕的。作品通过这种反常的精神与心理揭示，以一种较为纠结的心理表达，其实，或许使主题更显深沉。

如前所说，小说的艺术展现，虽然力求丰富厚实，却也是明快简洁的。如此长卷，读来十分畅快。北北一代人的理想精神，包括爱情生活，从故事情节，人物关系，人物命运，其实是很简单单纯的，即使社会环境中的复杂与严酷，小说也是以很典型的几个场景表现，如救灾，抗洪等。洋洋64万言，在简单与繁复的交织中，写出了记忆中的时代内容，展示了一个历经“文革”、参军、进步，爱情，转业，改革开放后的经济大潮中的创业等等主人公们人生的命运，展示出当代人或说当代军人的成长史，并对于时下的诸多社会乱象有着相当深入的思考。作家笔力严峻，不乏温情，但多是冷峻地解剖与深入地剥剔，还有，通过日记披露，心理治疗等，直接地评价社会现象和人生问题，体现了小说理性的艺术表达。

从众多层面和历史角度探索一代人一个阶层的精神心理，不乏或清醒或混沌的描绘，小说思想艺术有别一样的意味。

2012年10月

一棵树荫庇有多大

《南丁与文学豫军》，这本书出得很好，印制精美，照片文字相得益彰。之前作家社就出过类似人物的纪实文学，其实可以搞一套丛书性的东西，或者专门就文学地区与文学流派，通过一个人或者一类作家群体进行专门性的研究评述，相信会有读者，也可以留存下来的。从当下文学现象看，地域性的作家群体出现，很突出，是值得研究的。

因此，这本书有一个很好的命题，一个人和一个文学现象，从个体到群体，从典型到综合，由点及面。这类研究评述，以前有人做过，可是在当下中国文学区域化倾向突出，文学分类研究缺少，如何进行流派宗本的划分研究，由一个文学的带头人牵出一个地区的文学成就，是个新的课题。尤其如此，像文学豫军这类整体成就突出，新人辈出，形成了气势和阵势，更是值得书写，这本书的出现，对于这类文学现象的研究是一个倡导，是件有意义的事。

作者赵富海先生是个有心人，也是地方文史专家。他以自己的学术视野，纵览河南当代文学主要的新时期文学的面貌。他写了当今文坛的一方重要成就，评述了大树和文学森林的关系。因为有了南丁这样一棵文学大树的支撑，才有河南当下文学的叶茂枝繁。因为一株大树的荫庇，才有了绿荫葱茏的文学丛林。作者从文学的发展和文学的生态历史，写出了当下中原文学的景象，实际上是力图从科学实证上展示这棵文学大树的荫庇究竟有多大。地区文学发展与一个地区文化精髓核心的东西，有很大的关系。中原文学是一个包容性很强的或者说它有内核的文学，这个内核就是坚执的情怀和踏实的地气。内核也有主帅和旗手，这与文学的生成相关，也是文学生命力之所在。一个地方的文学，可以不要圈子化，但不能没有地域流派的成绩，尤其是文学历史并不优长的环境下，文学的成长要有共同的文学主张进行推助和发力。曾经有过的是，某些地方的文学流派也辉煌过，有过一些大家，可是，在当外来文化现象的影响，而流失了自己的原本东西，文学后劲不足，面临着“溃不成军”的问题，而中原文化或者楚文化，有坚硬的核，于是，文学豫军就能像滚雪球一样，不断壮大发展，临风独立，保持高昂的阵势。所以，本书从这种视野中，进行了实实在在的书写和表现。

梳理，记录，提炼和呈现，一本书叙述文学的成就，可以有多种写法，而本书作者很有想法，布局讲究，轻松随意，不拘成法，散点透视，说它是散文写法，是纪实文学，是跨文体，都不重要，也不必这样规定。写人，不是以编年史的写法，不是正传，不是专门写一个人或者一类群体。以人带事，带史，综合归类，又铺排渲染，尽管有不少的细节，有现场，但我以为，纵观整体，本书是用理性的思维来结撰，既写一个人的文学生涯，成就价值，也写一个文学现象，通过一个代表性的人物，展示一个文学方面军的成就，梳理文学豫军的文学贡献。这样主题是挖掘文学现象中的文学之道，即文学人物的成就带给我们的文学思考。所以，注重理性和逻辑的思考是书中的一个潜在的内核，虽然写了与南丁喝茶，关爱文学青年，写了南丁先生的雅士情怀，他的家庭生活、风雨人生等等，我觉得作品还是从传主的几个重要侧面，以理性的思维来勾画印证出文学豫军的面貌成就，表现南丁的文学情怀如何成就了河南作家和河南文学，从这里再现与思考了文学豫军产生与发展的历程。

所以，书中是把南丁的文学成就与文学豫军的发展成长杂糅一起表述的，概括出几个重要的论题。从书的标题中可以看出，关于作品的价值取向，文学与人格，知性的力量与精神境界，想象力，思与道，时代感，生命与激情，等等，这类理性思索的字眼，几乎是包括了文学研究的角度，也开掘了一个人与一个文学现象的发展面貌和基本精神。书中给我们留下了诸多印象中，南丁先生的“老汤说”和“下蛋说”，以及文学创作中的实践和对文学青年的关爱帮助等，印象尤深。

略微不满足的是篇幅还可更精练些，部分章节体量上不是太均衡，有些细节有重复之嫌。可能因为结构的原因，容易重复地引用事例。

文学豫军的出现，我们在梳理它的时候，既要有理论的阐释，也要有一些具体细节的丰富，但是具体细节的丰富怎么更到位，也是一个写作中的难题。包括后记和前言，都是一本书的完整面貌。作者是一位熟悉中原文化更熟悉河南文学的评论家，做了很有成效的尝试，作为第一本这样的著作，是值得庆贺的。

而我们在众多文学著述中，多个案而少类型，多有具体少抽象综合，或许这本书可以带来更多的启示。

2014年2月

纸上性情堪可欢

徐虹是明慧的，她的这本非随笔、非评论的书，冠之名《废墟之欢》（作家出版社出版），题目就能吸人眼球。在废墟上获取欢乐、欢快，不知是一个什么样的意象，但阴冷之中也有一丝暖色，于是，这多少有点两极并有不同情感色彩的词，穿越一起，让人有了一睹为快的欲望。

其实，所谓废墟，我理解，是文坛旧事，是过往的故纸堆里没有多大兴奋点的种种，细细品来，这废墟，就是在时间的冲刷下一些不被看重和提及的一堆零碎。然而，从另一角度看，也可以说是作者的自谦，写来随意为之，或是性情文字，不一定是为了上得台盘。

但是，恰如书中一个专辑所示，是纸上的人情，性情写作。也如书名副题标示的“我的读书笔记”，集中展示了过往的一些书与人的故事。所以，这是一本写人——一些知识者、文化人与书的关系。所写之人名头有大有小，历史有新有旧，职业各有不同，然而，他们是书界之人，是文学圈的人，人与书，书人书事，即使是陈年往事，鸡毛蒜皮，却成为作者笔下诸多生动的捕捉。作者写他们，或背影或片断，或借书说事，或写作者与其交往印象，或是他们某一方面的作为。一些名头响亮的人，其成绩与收获也是点到为止。就此看来，或许有点亮色的东西，就成为阴冷背景下的欢娱、欢快和光点。作者用这种两极的对比，来展示时间之流对于文化精神的冲刷，展示出一个作家的主观评价和对逝去文化景象的挽留。

这就是徐虹，她善于对习见的文化现象进行新检索，或者某些文化人的某一特色的东西，进行主观点评与开掘，注重精神性的东西。比如，明明已成为很大众化或者很热门的一个现象，他另找路径；比如，一个曾经有多种定评的人物，一本有意义却消失于大众视野中的书，她重新解剖，进行自己的评品。这样就有了独特性，或者有了新意，也有了文学本来所主张的“这一个”价值。

作为名作家的杨沫，上世纪五十年代的一本《青春之歌》红极一时，影响几代人，徐虹在写她的印象感受时，以“一生突围”的意象来描述。其名家的成名作，名家的一生经历，这些都不是徐虹所关心的，她只是把她性格中的最为特色的，人生命运中最为真实的东西，聚光灯似的点染出来，成为一个人物人生基本面貌。这样做，有侧面的，或可能是剖面，但却是一个有深意的概括。她说杨沫的一生，基本上是“一个人的战争”，她没有主动伤害过别人，她本质上是偏于善、野性、偏执，冲动也轻信的温情主义者，其人生的过程是不断地突围和变化。她甚至对于作家生命中的几个男人，也作了点评，描绘出作家性情人生的种种。徐虹写香港作家董桥，说他是“慢慢变老”，作为“董迷”，从二十年前一定要读，到二十年不一定要读，再到时下的一定不要读，这种变化，虽是坊间的一个说法，却是一代散文名家或者说这一路散文大家们，在时下阅读审美趋向发生变异后的实际状态。

一个时代有一个时代的阅读者，即便经典性和精英化的东西，也会受到历史的洗磨与审美变化的挑战，渐渐变老，不仅是一个作家面临的读者选择，也是一个时期文化阅读的现实境况。试想，文化的经典化固然是长期追求的，但随时流变的阅读口味，或多或少地将所有既往和已成，变成老派而过往的东西，而期待有一个新的选择，新的认知，这就要批评家们不断地进行有意义的诠释和解读。这本笔记，也可视为徐虹在这方面的实绩。她实际上是做熟悉的陌生化的工作。对于既有的文本，面对不断更新、各领风骚的文化现实和文化受众，徐虹以最为精简的方式进行诠释，选取了这若许人物，虽参差不一，有过气的有平淡的，当然也有先锋有精英的，这些人，活跃在文化雪原上，飞鸿留泥痕，通过对他们的评价，描绘出丰富的文化景象，也在人们泱泱海量的阅读中，有着补拾裨益之功，何况还有一些大家如外国的伍尔夫、老前辈吴宓等。由单个人文化面貌到众生相的呈现，特别是注重了当下性，这本读书笔记有了整体感，又有了鲜活的内容。

也许与这样一个写作姿态的相谐，是作者写作时轻松的笔致和放松的心态，还有跳跃式的思维。恰如“笔记”一说，这些文字，多为千八百字篇幅，不事长篇大论之规模，不以规正完全之组合，却有文字上的摇曳多彩、情感上的真切投入，以及语句上的删繁就简，举一反三，当然，主要的是，性情写作，写人物性情人生，写出了她笔下书与人的可爱、可亲甚至可乐的一面。读之，足可令人欢欣而愉悦的。

2013年1月

英雄精神的民间书写

衣向东的长篇小说《向日葵》描写了胶东抗战中一段鲜为人知的故事，抗战艰难的1940年前后，一支八路军兵工厂的人马，在烟台栖霞一带为部队制造武器供给，白手起家，九死一生，转战于与敌伪日寇正面冲突中，利用有限的条件，制造出了牙山火炮和捷克式步枪，有力地支援前线。小说描写了这支兵工厂人马英勇卓绝的战斗历程和参加者们的英雄气概。在最后一场遭遇战——烟台樱桃沟阻击战中，为了掩护和转移群众，面对“五千装备精良的日伪军”，终因实力悬殊，除了带领群众转移的人员外，战斗在前线的官兵洒尽了最后一滴鲜血。他们是：厂长周海阔，技术员白玉山，战士工人王木林，以及借用到八路军中的“国民党军人江南春”。在生命的最后时刻，他们或引爆炸弹，或与敌人拼刺刀，或献身悬崖，其壮举义薄云天，其忠魂可昭日月。

小说书写悲剧，步步深入，令人唏嘘。作品以殉难者的壮举，讴歌了抗战英雄不屈的精神。其故事并不复杂，人物也不多，情节设置较为集中地展示了三条线索：一是胶东兵工厂，以周海阔厂长为首，带领一队人马按上级指示为前线部队制造武器。虽不断受到敌伪侵扰，辗转奔袭，却克服种种困难，千方百计地完成任务。二是为了制造出火力强大的枪炮，兵工厂从民间高人中得到了有一手技艺的白玉山，为了请到并留下白玉山，让其加入队伍，官兵们费尽心思，历经曲折。包括从他的父亲与夫人那里做工作，后对他进行多方保护和重点照顾。这也是小说的中心情节。三是描写了胶东抗战的血火历史，揭露侵略者的凶残。盘踞在胶东的日军指挥官有大岛大佐和康川，伪军有张贵，以及地方土匪奸细，他们互相勾结，利用装备的优势和民间社会秩序的罅隙，清剿围堵，造成了对兵工厂生存发展的破坏，犯下对中国人民和无辜百姓们的滔天之罪。

作品的故事情节颇有新意，注重底层人物和民间故事的描绘。抗战题材的小说众多，也不乏写兵工厂故事者，此类作品多是写民众力量的坚韧与深厚，写军人的赴汤蹈火，不辱使命，指挥官纵横捭阖，决策果敢。与此不同的是，《向日葵》选取了一个民间性的视角，从一支没有多少战斗力的工厂员工制造武器，发展实力，从这一战争的配角和一个有特别技术而自由散漫的民间高人加入、并为兵工厂生存解决重要技术难题，这样一个有着传奇色彩和特别背景下的人物展开，写这支队伍和这类人物对抗战历史的影响，从侧面揭示了宏大历史的一角。

白玉山形象为小说着笔重点，也丰富了抗战人物的画廊。他曾是一位船员，因精通冶炼和机械制造，成了技术奇缺的八路军和日军兵工厂同时寻找和依赖的人才。八路军兵工厂利用王木林的邻居关系先行一步，将他智取“绑架”入队，而日伪军也从其家庭后院进行利诱和威逼，当妻子遇害，八路军兵工厂上下对他的真诚感化，兵工厂中“借用”的国民党军人江南春的现身说法，激起了白玉山对日军的仇恨，唤醒了他做人的良知和尊严。他冒着生命危险，购买材料，去国民党兵工厂“偷艺”，研制出了急需的枪炮，有力地支援了胶东抗日。小说书写了这样一个有着诸多不良习性的民间高人，成为义无反顾的抗日战士，包括与他有亲密关系而混迹于烟花巷中的“小白菜”，利用与日军头子的关系为白玉山弄到物资批文提供方便，而自己也跳入海边悬崖的故事。这些在民间层面上，激发出的抗战卫国的精神力量，是从底层人士和民间视角进行的书写，有着特别的意义。

就整个抗战历史来说，民间的力量不可或缺，已为历史所证实。小说或许是从一个生活的真实事件出发，去书写这个艰苦的战争对于民族和大众的意义。民间化的书写不同于宏大叙事，尤其是对革命历史的展现和英雄人物的塑造，不一定是高大的身形展示，深邃的精神揭示，甚至结局也可能不知所终。也许，日常的不乏琐屑的细节，平淡的不乏粗鄙的人生情怀，却能映衬出真实质朴的生活原状，让读者更为切实地从小说艺术而转换为生活的真实感受。

小说题名有些空灵，一个壮烈的战争故事，却用一个美好的物质反衬。小说最后在一场惨烈的牺牲场面中结束。白玉山为八路军制造了所急需的“牙山炮”“仿捷克步枪”后，毅然决然地端着枪，家仇国恨，民族大义，人性尊严，种种合力，使他由一个散漫花头的民间混混似的人物，成为一个战士，这也许诠释了题目寓意，人生前行有如“向日葵”似的精神意象，总有一种向心力量的昭示和吸引。这，是人性的复归，是生命尊严的推动，抑或是一种向善力量的指引？无论如何，这可能成就了一个人和一段刻骨铭心的历史。兵工厂的人与事虽消散在历史尘埃中，但那慷慨牺牲，舍身取义，感天动地的精神气概，会随着这部小说的传扬，成为革命历史中特殊而值得珍视的篇章。

2014年6月

文化是一种胸怀

这本由新疆人民出版社新出版的大厚本图书——《现代文化的春天》，如果望“题”生义，或许不得要领：是一部学术论文集，还是一部地方文化读本？至少，我刚拿到未读之前，是有些迷糊的。也许这个不确定的题名，让我们有了一探究竟的兴致。

确切地说，不好归类这本洋洋四十八万言的图书是什么类别的文本。这并不重要，但她是一本厚重而多角度展示新疆大地近几年特别是中央新疆工作座谈会三年以来的发展变化，反映这块神奇的土地上各业兴旺、文明进步的全景式的图画，也是认知当下新疆政治经济文化的一个新读本。为了总结和回顾近年来特别是三年来各项工作，编者通过文化这条红线来串联，解读新疆大地物质的和精神的发展变化，“观乎人文以化成天下”，于是，我们看到，在明媚的春天里，新疆大地上生机勃勃的历史进程，也领略到了文化春天那股昂扬勃发的精气神。

作为一本勾勒展现近年社会发展灿烂图景的文本，我们从中看到的是政治经济生活的宏大之变和执政者的奋发作为。而担当这个变化的显著标志是民生，最好的评判者是民心。在书中开篇以“春晖普照暖人心”为题，记述多个民心工程，如春意暖人。这一切的取得，是来自于领导者们的气魄、决心和能力，是对于现实发展的理性分析，于是提出“群众第一，民生优先，基层重要”的思路。更重要的是行动，当自治区决策者鞍马劳顿，走市场，问牧区，调研出租车司机，进入安居工程，奔波在兴修水利工地，为稳定发展殚精竭虑。为政者勤政，排忧解难，为民者幸福，山水欢笑，多年的愿望变成事实。这些生动粗线条的描绘，一个个鲜活而生动的事例，让人看到那驳杂的棚户区的改造，看到诸多的边陲牧区生活的大幅提升变化，看到那些自然流露的真诚笑意和温馨庞大的数字变迁，这些切切实实凝成为“民生连着民心，民生凝聚人心”的力量和前提。有什么比民众得到实惠，得到安居，得到心齐气顺更有说服力呢？而现代化的春天美景，就是让这样事关百姓事关民生的事件，得到充分的保障，就是在美好的人文环境中发展个人的精神意志，得到民生的福祉。这是新疆执政者决策人的用心之举，也是本书提示的重要议题。此其一。

其二，文化的核心是社会能量的充分展示，是对于历史的巨大作用力的开掘。我们从书中看到，文化的新疆厚重而深邃，多元文化铸就了新疆文化的兼容并包。文化的能量得到充分的呈现。本土文化的博大，多种形态的经典性，像木卡姆，像龟兹文明，像玛纳斯，像昆仑玉石文化，像丝绸之路文化等等，还不待说那上苍留下的山河美景和各民族民俗文化遗存，都在天山大地上镌下深深的印记，如此浑厚如此久远如此奇特丰富的文化形态，天造地设，新疆成为华夏文明聚宝盆，成为中华文化的集大成者。时下，文化的力量是现代化建设的一支生力军，而实践证明新疆文化的厚重中形成的能量，渐成气势，变为优势和成果。对于传统经典文化的利用，用现代意识催发文化的新发展，激励出新能量，是新疆“文化春天”里结出的硕果。在传统资源中，充分利用和开掘。比如，喀什的民居是新疆活化石，在改造中与旅游结合，一户一设计，一万一千多户人家，“建新还旧，风韵犹存”，为住户和参观者所认同。比如，阿凡提的智慧演绎了杂技《你好，阿凡提》，走出新疆走出国门，为世人所熟知。比如，利用地方特色的歌舞，融会贯通，创造了“美丽新疆”的艺术表演节目，成为保留剧目，多次获奖。还有，北疆阿拉泰图瓦人的毛雪板文化，为旅游者们和体坛人士所瞩目。与此同时，那些普及性的文化活动，更是从民众需要，雪中送炭，惠及民生。比如春雨工程，农家书屋，文化遗产保护工程，文化志愿者边疆行等等，无数个“文化惠民工程”如山花烂漫。而沙湾县柳毛湾镇的“文化兴镇”的典型和投资十个亿建立的“南疆三地州村文化中心建设工程”都成为全国推荐的典型。恰如书中所说：“文化惠民，就是要用先进的思想、观念、道德、伦理、知识等，通过文化惠民活动，激励各族群众，净化人的心灵。”也许，文化的春天，是一个象征性的概括，烂漫绚丽，在本书的《春色满园关不住》一节中对新疆的文化现状进行了这样的归纳：“一体多元，博大精深”，引用了国学大家季羡林的评价：“世界上四大文化唯一汇流的地方就是中国的新疆。四大文化体系是：中国文化、印度文化、伊斯兰文化和欧美文化。”正是这种文化的唯一性，成就了新疆大美的风情，文化的独特韵致。

其三，文化也是一种胸怀，是一种精神的互助。文化的春天象征着和谐美好的时光胜景，也得益于这个时代文化精神共同扶持和相互帮助，文化的共享与精神的互助。新疆的文化发展激励出社会的进步、民生福利提升，而边疆的安稳，反过来是对内地、对中华社会的贡献。因此，在文化互助中，我们看到了内地不同省份不同行业的无私支援。援疆工程，坚持有年，而书中列举的“从中央和国家机关，到19个援疆省市派出新时期最可爱的人奔赴新疆，实施项目援疆，产业援疆，科技援疆，金融援疆……”，包括“中石油、中石化、华电、国电、神华、中煤、国投、新兴、保利、中广核电、中国电信、葛洲坝、中盐”等单位，共有“1024项民生工程，1627个援疆项目，投入资金153亿元……”遍地开花，智力援疆，人才援疆，创造了当代社会援助高效可行的模式。教育为先，也是让文化传承大事历千秋万代之工程。上海带来了先进的“HAFALA高效快乐汉语动漫学习系统”；天津，则启动“双语”骨干教师培训项目；而浙江在阿克苏、库车建立“双语”幼儿园、中小学等17个项目。其间，还有许多可歌可泣的人物事迹，被誉为“最美援疆女医生”的余文丽，丈夫身患绝症，她选择坚持，感动了新疆人民。另外一些群体形象，以大爱和无私，为新疆的援助工作拼搏。书中写道：“援疆干部”成为166万平方公里熨帖人心的话语，成为催生这片土地的巨大能量。对于援疆者，这就是最好评价和奖赏。

作为一本以描述性为主的图书，写法偏于说理和分析，叙述多于描写，重气势整体的呈现，书中对于文化意义的几篇论文式的章节，说明了作者倚重理性的阐述，但也不乏有细部形象的描绘，包括人物剪影式的情节。其中，有21年坚持升国旗的维吾尔族老人胡达拜地、和田地区坚持28年的“政策宣讲者”米吉提·巴克、拥有28项发明成果而被中国管理科学研究院特聘为研究员的农民发明家马俊等。这些先进形象虽点到为止，却为书中的生动而丰富添彩，也让文本风格有了些许的变化。

2012年11月

札记中的味道

乡土亲情无疑是文学特别是散文的最爱。每年汗牛充栋的散文大潮中，有没有人统计过，以写乡情和表现亲情故土内容的，占有多大比例。恕我孤陋寡闻，但就阅读所及，目下这类题材是相当普遍甚至有点泛滥的。所以，当丁宗皓也把《乡邦札记》（海豚出版社出版）的题旨和文学视角投向家乡故土，不免担心：他究竟能够在多大的程度上，有别于同好，自出机杼？

是的，他为自己设置了标格。然而，通读全书，令人刮目。书中的数十篇散文并非一般意义上的乡里乡情、故人故事的书写，也非表象地记录家乡人事和自己的过往生活，他是通过细微观察和独特的感受，既写了生于斯长于斯的乡梓情怀，又通过熟悉的人与事，抒写家园情怀中的人文精神，文化风貌。

这些篇什中，最为生动传神的是人，家人、乡人、贤人、达人，作者以生动简洁的笔触，在作品中复活了一个个有情有性的人物。脾性和思维不同于乡人的九旬七奶，自己感到不久于人世，只能喝水度日，几天过去了，她像一个听话的孩子躺在床上，等待着死神到来。可是，当人们在为其料理后事的时候，她却奇迹般地下床，走到水缸旁大口喝水，还说自己做了一个梦，说是一挂牛车把她送了回来。之后，九十有三的她，当然常会有生命将终的感受，家人也为其担心，可是，她却一次次起来到水缸旁咕咚咕咚喝水。还同儿孙们合计着拍摄遗像照片（《班师》《老牛车》）。死是生命的自然状态，但对于一个老者以其放达潇洒和乐观对之，十分难能，让人难忘。曾经留学英伦的“我的朋友老杜”（《老杜》），一介斯文先生，然而他洒脱而执著，“海归”后四处漂泊，“我”与他交谈想以女人之事让他的生活得以安稳，可是，东北人老杜已经像一个流浪汉了，他无论是伦敦，还是沈阳、上海、北京，于他都只是一个驿站，孤单流浪成了家常。由此，作者感叹：“这些年，我学习的是在任何一个狭小的地方自由地转身。而老杜关心的是只要有什么妨碍了自由，他就走。”漂泊，自由，而生活在别处，这或许是一个现代人的精神求索和性格定位。这两篇文字，以不同的人对生死的豁达自适，平常心，对生命自由状态的向往，描绘了现代人精神世界的一隅。当然，作品还描绘了各类乡人，有令人尊崇的名人达人，也有普通的俗众百姓。有作者的少年玩伴们，记忆中的课堂上打起粉笔子弹，有至亲故戚们，如二叔和酒，还有来家装修的外地民工。他们或因少小天真而写成长中的快乐与烦恼，或是生活中无忧而旷达不羁，却不失做人的生活原则，或因长年奔波于家装生计，粗糙的工作中也思索人生的重大问题，等等，如此众多别样的生活现象和人生历练，诠释了一方乡邦文化的丰富瑰丽。现实性与平民化的场景，以及浓郁的东北城乡圈文化风味，从这数十篇文章中活脱而出。

人事有代谢，往来成古今。每个人都是特定时代的文化传承，都成为历史的一个截面。书中，有一部分篇什是对过往年月时尚生活的记忆，从中窥见一个时期的文化风貌和岁月风华。在《一九七六》《1982年的时尚》《麻雀传》《乡音考略》《一天里的一百年》《扭盆或小提琴的一种拉法》等文字中，宗皓以不长的篇幅书写某一时段的文化风情，或者对某些文化事件或文化现象，进行体验式的评点。曾经的过往，逝去的日子，他选择了因一个伟人的离世成为特殊的政治年份的1976；有各种流行服装和色彩滋生，尤其是喇叭裤，以及诗歌唤起学子们文学热情的1982；还有，关于乡音和乡间小动物麻雀们的考证等等，这些有意味的话题。宗皓是有心人，他用轻快而典雅的笔触，记录下一个农村少年眼中的驳杂文化景象，也从史的角度，描绘了那些特定时期文化风貌的流变与发展。

书中有一篇文章题目是《快意沈阳》，写城市的各类草根艺术家们的激情行为，从现实的街头诗人大地画家公园音乐人，以及旅游摄影家们，在这块土地上的集结和献艺。他以一种轻快的叙述，记录他生活了20多年的这座城市的快乐之事，快意之情。这也是他文字表达的基调。他以这样的快意的文字，表达出对乡邦故土的一腔激情。

写者快意，读者也轻松，体味了散文语言一种特别的亲和感。宗皓的语言多短句，也多以具象化场景和生活的画面感见长。作者似乎着意于简洁凝炼，轻松快意一路，这样的文字承续了散文传统的优长。不客气地说，在大散文和文化散文的高蹈凌虚的理念影响下，散文过重的负担，过长的篇幅，过分的大白话，形成了一个负累，令读者诟病。而《乡邦札记》中的文字精短活泼，语句雅致，实在有一种久违的感觉。本来散文作为灵动自由的文体，阅读应是一种轻松自然，快意无比的。

2011年4月

“大同读本”的厚实

一座古都，凡两千年，有数个王朝建都于此，所谓帝王之都；一座古城，历经千年沧桑，留下丰富的文化遗存，许多冠绝世界；一个当地作家，出于对古代文化的敬仰与热爱，以土著情怀，激情昂扬又不惮繁复，书写了这座城市的历史和现在，展示了期望的未来，让一部书写古城的专著有了特别的意义。

这就是皇皇上下部、由中华书局出版的《中国，有一座古都叫大同》。

人们对历史文化的敬畏与否，决定一个古都的发展前景。在泱泱中华文化中，如何开掘古都文化，发现其更广泛的价值，是发扬优秀中华文化的一个关键，也成为时下不少城市管理者和文化学者所关注的事。

所以，城市与人，城市的历史与现代文明，以及古都的现代化趋向，林林总总，成为许多类似写作的内容，借以阐发一个曾经辉煌的历史，对于当下文化的意义。所不同的是，本书在其体量、内涵及风格上，都有了新的变化，注入了作者主观强烈的书写，力图通过交叉类比通联等等不同方式，找到相对合拍的切入点。我们从中看到了一个立体的古都，一个融入了现代华夏文化洪流中的古都，一个静态的城市灵魂与活动着的文化，如何在当下社会发展中的文学书写。

我们不能不受其充沛的激情所感染，所感动。这个建都于北魏时期的古城，作为一个闪亮的文化符号，一个被誉为“石头上雕塑的城市”，她固态的历史和活动的文化，其绚丽耀眼，其灿烂惊世。在作者聂还贵的笔下，我们听他一唱三叹、几近是歌吟的书写。比如，他以极广阔的背景，书写这座城市的历史源流，记述岁月沧桑留下的许多文化经典；他以高昂的激情，文采斐然，写下对于古城的赞美，提炼出大同这一地名的精神意象。在作品的最后写道：“天空蓝千寻高阔，大也；地球绿一色春光，同也，是谓大同。天生云霓霞彩，百象有序；地产花木鸟兽，万物尊规。故大而类异，同则和美。”

“大而同，和而美”，名曰大同。这也是个美好的意象，是祈愿，成为这部长篇的一个生发点，而这座城市上的许多历史闪光点，成为作品的主要内容。由此，作品以十一大章节，从历史、文化、民俗，以及英雄精神、宗教习俗、民间风习等，把一个人们熟悉的而又陌生的城市，不同的局部串联起来，成为一个丰富生动的整体。

对于她的来龙去脉、煌煌成就，作品进行了了饶有兴趣的描述。“少数民族政权北魏王朝京都。少数民族政权辽金陪都。明清九边第一边第一府镇。”还有，“自秦汉以来，开设云中郡……至明清而建置节府……”历数这些深重的历史印记，是为了张扬古都丰富的文化蕴含，也是探索一个古老历史的兴亡之变。如作者感叹的，这是一个遮蔽在盛唐大汉文化的阴影中的古城，她有那么多的光点：“赵武灵王胡服骑射后台、中国最大一次民族融合圣地，佛教中国化世俗化发源处、胡汉文化交融中心”等等。这些概括与描述，彰显了一个古都的历史含量，也成为作者洋洋大观地展现古老大同的最初动因。古老是财富，灿烂的历史是眼下人们所看着的，然而，通过这些列举和提示，如同一个个疑问，带领我们考究并深入这个博大的文化景观之中。于是，我们看到，一个个丰富的文化遗存，云冈、平城、雁门关、恒山、寺庙，以及佛释道文化，还有贾岛、苏三等历史人物和独特的魏碑艺术，固态的和流动的种种如何产生发展，以及在当下的现状和意义。历史是一个城市的生命形态，文化是这个形态中最为耀眼的光点。作为这一个有特色的古都，大同的历史其特别之处是拓跋氏从游牧民族，一个没有文化积淀的民族，成为一个“石头上雕塑的王朝”，她成就帝业，有很多的历史因素，而“用心做”，“革新”，“求真”，是其最为显明的历史动因。这些是作者以一个文学家的情怀，进行的较为生动的概括和提炼。

作为一部体量广大，书写古都文化面貌的作品，从历史沿革、文化景物、人文内涵等不同部分，展示着整体的文化景观，然而，突出的是，云冈石窟这一代表大同特色的古都文化翘楚，开掘其精神内涵。古都其魅力何在？作者提示，她有“云冈大佛，华严塑像，长城古堡，永安寺画像……鲜活的化石，无言的诉说，使抽象缥缈空泛的民族史人类史有了质感，有了温度”。云冈的精神何来？不仅是我国佛教艺术中的精华，也是世界文化史的奇迹，吸取了中外佛教艺术之大成。“云冈石窟是块石头，更是一个生命，一块有感情有记忆有灵魂有血脉有灵性有呼吸会说话的石头。”由此，这百年时光雕琢的艺术奇葩，“本由人造，疑似天开。这就是致广大而尽精微的云冈精神。”

得益于作家浓烈的故土情怀，也源于作家情感的激昂，作品常以江河汪洋之势，热烈之情，较全景地写出大同文化的方方面面、古都历史的林林总总，在与世界文化的勾联比类中，写出大同的美丽，写出华夏文明的独特，他甚至不惜有过分之好，比如从中外古今相应的故事，包括诗文典籍中，由此及彼地描绘，举一反三，表达对于本土文化的深情厚爱。这种爱，又编织成作家对某些文化现象作学理的阐发，打造一些警句式的段落，显示出学术性的意味，有些句子和段落，摇曳灿烂。当然，从其文本特色看，直观、随意、丰富，甚至繁冗，也有散漫不羁随意而为的特点，有些论述和阐述不尽简洁得当，多旁逸枝蔓之嫌。即便如此，无论如何，这是一本弘扬中华文化的书，是作家阐述地域文化的心血之作，也是期望于古都繁荣与发展的一本有特色的读物，对于传统文化特别是古都文化建设，这是一本很丰富厚重的“大同读本”。

2013年1月

善与爱的笔记

认识一个人，或者交上朋友，有很多的缘由，或者机缘。好像哲人说过，人的交往是最能表现出不确定性和偶然性的，诚哉斯言。而这偶然性，却又有了更多的内容与文字表达的可能。

认识金翠华女士是先见其文，后见其人，纯粹的文字之交。七年前，她的一篇《世间最美丽的眼睛》发在《北京文学》杂志上，我在选编年度最佳散文选时入选了。当时看到杂志上一个很诱人的题目，认真看了下去，颇有味道的一篇文章，于是就收入了我所编的“年度最佳散文”中。之后通过杨晓升主编才得知她的通信地址，才得知她任教于青岛一所大学，她大概是在所收到的选本里得知我主编此书，于是有了文字的交往。

那篇近万字的文章，通过一个小动物鹩哥的通人性，与人友善，不幸病死的故事，展示了作者对于小生命的怜爱与赞美：“一只可爱的小鸟就在这时飞进了我的生活。它的深情，它的温顺，它的纯真，它的乖巧，它的善解人意，时时在展示着一种我不熟悉的生命形态……那种只有飞翔在蓝天上才能拥有的光和爱。我的心在这种光和爱里找到了平衡的位置。”不独如此，这篇文字用优美畅快的语言，以拟人化的手法，把“河河”这只偶然来到她家、成为继两个儿子后“第三个孩子”——鹩哥的故事，讲得有情有景，兴味盎然，其间，人性与动物性的相通，人鸟之间的和谐有如家长与孩子般的“母爱”，写得深情动人，余味绵绵。河河生命的最后气息是振翅飞翔而未果，“它飞起来了，在生命的最后时刻飞起来了，它是用尽最后的力气飞起来的时候，旁边没有一个人，它在飞翔中坠落，它保持了一个鸟儿飞翔的尊严”。读后让人如临其境，唏嘘不已。一双动物眼睛，在作者的眼里是世间最美的，如此的感人，如此的纯美，映照出时下人世间的诸多缺失和不端。一个泛物质化的时代，精神的粗鄙、情怀的缺失、情感的粗疏，多么需要这美丽而纯真的东西洗礼。这就有了一层特别的意义。文章从动物生命与人的情感交集入笔，书写的是大爱情怀，呼唤的是对于生命的特殊珍视，也表露了一个女作家深挚的情感世界。

或许，这篇散文开始了作者新的散文之路，尽管她之前也有过一些散文问世，但这篇散文的情感隽永与细腻表达，成为她的散文创作一个突出特色。之后，她散文创作丰富，在不长的时间内就写有数篇获奖或被转载。她的散文并不是着眼于宏大的主题，没有过多的标签式的文化散文味，她多是通过细小的或者平实的视角展现她所亲历的故事，书写人世间的情感与爱心，并举一反三、通感联想，表达出散文家既善于书写故事，捕捉场景，又充分地展示出这些故事中的意味和情味的能力。这或许是我们所看重的散文对于人生的情感真切地书写，对人与人的精神沟通的诗意表达，或者，也可以认为这种以小见大，以情写事，以作者所经历和亲历的平常人生，从世俗的物质生活而达取形而上的精神意义，显现出散文家对于浮泛的人事书写中的精神超拔。这样的写作方式，是最能切实地与人相通共鸣，颇有所获的。当然，还有她的文笔，既有一种作为“学院派”（她是大学写作课的教授）所秉持的写作规范，又有女性笔致上的优雅而温暖的情味，这种散文表达上的姿态，让我们看到金教授散文的明丽静雅、委婉清柔的特色，或者以写情达义上追求一种清丽中的丰富。而且，就题旨而言，她多是从人间的美好与爱怜的基点出发，描绘大千世界人生的善良与生命的美好，精神的不老，信念的执著，而人情可贵。在她的笔下，人生的纯美与人性善良，人与人的大爱与相知，生命的快意与灿烂热烈，成为其内涵的主导面。

就题材而言，她的散文基本是两类，一是写人，一是写自然物事。写人多是回忆过往生活中的家人、亲人，这类作品对于亲情的描写，从一些细节和感人的情意生发，写出那些记忆中的历史和生活中的面貌，而见出亲人间特殊的关爱和情感。无论是至亲如母亲、姥爷、姥姥，还是大姑、婆母，以及求学时的老师们，在长辈人中，过往的日子浓浓的亲情、友情，化作对作者的呵护、挂牵与帮助，令作者涌出深挚而热烈的情感。同时，在记述亲人、同学或同事们时，也从爱心与善良的角度，记叙他们的人生，描画他们的性格。即使是不正常年月里惨受挫折，或生命受到摧残，都以坚定的意志抗争人生，以柔弱的翅膀护佑着家人后辈们。这些平凡的人生、普通人的生活，也展示出时代氛围之于人生情感的变化和生活的发展面貌。像《风在诉说着“时候”》，通过大姑、婆母们的生活变化，书写时代发展对于个人的影响，或者从个人的生活变化中体现出时代的某种世相和面貌。这样的散文，见出较为丰厚的社会意义。在几篇写人的散文中，大姑和婆母是文章重点，她们的生活状态、情感变化，无疑代表女性长辈一代人的特点，也是一个时代的投影。作家从这些亲人友人的生活，表达出对于社会人生的特殊书写，对于亲情的特殊关爱。

我很欣赏金教授对于大自然生命的执著书写。这类散文体现的不只是作者纯真的自然情感，从大自然物事中，对应地看待人生，激发人生的美好和善良，是这类散文的一个特色。喧嚣的都市，拥挤的生存空间，成为现代人焦虑、压抑的病源，于是，向往自然，回归自然，亲近大自然，以自然生灵为友，成为散文家们共同的旨趣追求。在《楸树鹊影之间》一文作家写道：“身居闹市，我常常想起那个小山村的和谐安馨，想到那天空的湛蓝，想到那树木的碧绿，还有楸树的挺拔高耸，喜鹊的飞跃欢叫。也想到那些庭院，那些如诗如画的庭院。走进那些庭院，你就像走进了童话的世界。”作为一个离乡多年的游子，她多次回味童年的生活，那些可爱的植物、动物，家乡物事，成为她回忆的内容。她记忆“童年的萤火虫”，认为那是打着亮光的灯笼在为迷路的孩童们指引前路，她忆起这可爱的童年小伙伴对于人生起步的影响。她有感于人类的动物朋友在都市喧嚣和现代化物质生活中渐行渐远，呼唤它们，期待“我的布谷鸟又回来了”。她多是从人与自然的某些联系中，对应地写人的生命状态与大自然的某些物事的联系。像石榴、杏子、柿子树，还有蝴蝶兰、菖兰等，许多植物又成为她写人记怀的一种类比与联想，从不少篇名的标题可以看出。她喜爱在某个植物的描绘中，写出人的相关经历与性格、情感来。或者，在某些植物与动物那里，引发出一种特别情感，像青杏时节，对于姥姥的怀念，石榴之于大姑和姑父，这对应人与自然物的某种关联，有了更为形象而诗意的表达，让生命的色彩有了具像的意义。所以她说：“花木给予我们的永远是生命的更新，是爱的温馨与和谐，是心灵的愉悦，是美丽神圣的尊严。”

散文的语言曾是一个评判作品的关节，其优劣好坏关系着作品的品质、面貌。金教授的语言是很讲究的。像这样的句子：“迷茫时，爱在蓝天引领你；动摇时，爱在大地坚固你；沉溺时，爱借雷电唤醒你；彷徨时，爱借雪雨催促你；崎岖中，爱在草叶抚慰你；坎坷里，爱在碎石托住你；在你一切的空间，在你所有的时间里，爱都理解你，珍重你。”有如哲理与诗情一体的华美，体现了纯美中的质感。她在《树木的日子》一文中说：“写作，首先要让自己的心灵走出那些错沓的踪迹，回到你的生命里。这时，只有在这时，你才会发现，生命里原来有那么多属于自己的感动；生活里有那么多的人和事因了你独特的感动而拥有了写作价值。你游刃有余地和过去对话，用你的笔架起时空的立交桥，诗意地再现心灵的记忆，超越自己，进入生命的永恒。”回到你的生命里，或者用生命来写作，因了自己独特的感动，才有写作的价值。这种清醒的写作姿态，是成就好文章的基础。

虽然是七年时间，与金教授只是一面之缘，还是三年前，她的《风在诉说的“时候”》荣获中国作家协会与人民日报社共同举办的“建国六十周年征文”优秀奖，在颁奖会上她从青岛过来，才见到她和先生胡老师，尔后，多次读到她的文章，也得知她是一个虔诚的爱心与慈善人士，每在一段时间，听到她的电话，说的最多的是身体保养和心性的修为，她的细致和仁爱，让我感到一个传统的学人身上，有热情的爱与无限的善，而这种力量的激发和传播，于人世、于社会和个人都是有益的。这也许是她写作中极力捕捉爱心，提炼对生命的敬畏，关注善与爱的一个动力吧。

金教授的散文，当然，还可在题材的丰富和题旨的深入上努力，但仅此写善写爱写美好一点说，她有了可贵的收获，显示了特色，诚不容易。

2012年10月

“上访”：理与情的较量

河北作家傅剑仁的《上访》是一本奇书。“上访”在人们心中是个特别的行为，也是现实政治中一个敏感词。作为一个特殊的社会现象，政策性强，关乎大局，搞不好酿成事端，变成棘手的问题。除了虚构作品外，少有人直接涉猎，正面表现。我很佩服作者，竟然写成一本书，而且还是一本纪实作品。以“上访”为选题，无疑在加重作品吸引力的同时，也给写作带来了挑战。

敏感的题材，是有难度的写作，作者有意迎难而为，可见是有足够的自信和勇气的。我想，是因为作者熟悉情况，又参与其中，如鱼在水，深浅自知。作者是一个纪检领导，有过多年纪实作品创作的经验，这样难得的双重身份，他在政策性和真实性，以及文学表现力方面，是无庸置疑的，能够把握好度，所以，他以特有的政策的专业的文学的优势，对“上访”这在时下为有些人有些地方唯恐避之不及的事，进行了直接的描绘，完成了在目前为止少见的此类题目的纪实作品。

因是对一个特殊的社会现象进行纪实性的书写介绍，书中有大量关于上访的事例，形形色色案例，构成了本书纪实性的特色，然而，我以为，这不是作者所侧重的，或许也因为这个敏感的事件，很多事例的出现和问题的解决，体现了决策者的明智和社会力量的通达，这样也就容易成为此类题材的常见套路。本书也有对上访作为一个地方突出的民生问题，也有如何解决和化解问题的付诸实践，作者是亲力亲为的参与者，更见真实而深入的过程和细节，但是，我以为，从一些典型现象中思考“上访”所蕴含的社会问题，并在实践体会中进行阐述，这种直面敏感，化解难题，理性思考和可操作性的分析，显示了作品的理性价值，也使一本政治敏感度较高的纪实作品，有一个恰当的表现角度。

作为纪实作品，集中描写了一个省级纪检部门特殊的工作，这就是河北省2009年成立了省涉诉涉法联合接访服务中心，为民生诉求而服务，为弱势群众撑腰，默默奉献，取得了可观成效，作品有量化的成绩和丰富的故事内容佐证。但是，我以为，通过对这个中心的描绘，书写了他们为民众争权益，纪检工作者的辛劳，其实是政府行政作为的题中应有之义。重要的是，上访的社会问题，如何去负责任而有效地解决，有些长年的上访户，所谓的“缠访”“闹访”其深层的原因何在，如何在民众与政府之间建立良好的沟通渠道？这恰是作品致力描绘的。作者以参与其间的体会感受，对此进行了多角度的思考和理性的论述。我们看到，对民主民生、政府作为、领导作风、相关法规、有关法律等等，作者进行了理性的和综合性的阐述；从个别现象、典型事例中找到行政作为、工作措施以及政治智慧、改革大势等等关系到全局问题的分析和揭示，把上访现象不仅看成是一个被动的事件，同时也看成加强行政作为，改善政府形象，推进民主建设和关注民生等等相结合的问题。以正视问题、解决矛盾的态度，通过对敏感而多发的社会问题的直接揭示，疏理情绪，实际上是从改革大局出发，阐述和分析了执政者的态度和社会政治改革的大势。与其说是一部纪实为主的报告作品，不如说是纪检工作者的理论思考，是对一些敏感的民生问题的思索。就一本文学作品来说，也许理性色彩多了一些，但对于这敏感的题材，从较宽广的社会视野来认识，也许是一个较好的选择。

在这些多角度的思考中，给我感受最深的是两点：一是上访与当前政治发展的关系。书中描写了众多事例认为，上访是特殊时期政治生活中的一个必然。在书的封面上就赫然写道：群众上访与改革开放伴生伴长，改革深入到哪里，上访就跟进到哪里，改革进入深水区，而这个民生的问题也许更为突出，而作为执政者来说，是不可回避的，因而如何引导和正视，取决于行政能力和政治智慧。另一个是，以人为本的执政理念和情感基础的导入，是时下领导者搞好社会安定，创民生福祉的重要条件，这也是书中提出的与上访群众或当事人的“感情对接”。书中有多个典型的上访案例，无论是十多年问题的投诉无门（青龙县丧子之痛的龚大海13年的上访），无论是数十次锲而不舍的“闹访”（李振花因丈夫冤案的86次上访），还是那些高龄的上访者诉求，以及“陈年案”“骨头案”等，作为当事人，他们是弱势群体，却是通情达理的守法百姓。对于这些看起来棘手的案子，最后都因为工作到位而有所解决，取决于执法部门的态度和能力。所以，作者感叹于对上访者要“当活菩萨对待”，“格外关照上访群众”，就是个中人的由衷心声。这些从实践中得来的体会和认知，足可以让改革深入发展中的政府领导者和执法部门思考，也是本书所给予我们的理性和情感的冲击力。

2014年3月

年份记忆与情怀表达

1984年，野地土屋和所有的、代表着过去时代的一切事物，都进入了最后的歌吟时代，风雨飘摇、花木凋零、风光不再。

……

1984年，我一直奇怪，为什么好多同样的思绪和事情，在这一年出现就留下特别深的记忆？1984，我不知道它对于前人来说有没有什么特殊的意义，至少对于我、对于我的平原、我的母亲和我的家庭来说，这一年都是至关重要的！

……

1984年，它像填满了盛装我一生的幸福、快乐和亲情的袋子，沉重地潜入海底，就再也浮不上来了。

……

1984，一个平常的年份，却从一个作家笔下成为难忘的记忆，并将其当做题目展示。让我们想到的是，英国作家曾经有过的一部著名小说的题目，当然，这本书与这同题小说有何等精神的联系，我们不得而知，但是作为一个时间的符号，这个命名，就格外地有点意思了。或者说，有我们好奇与探索的兴致。

这是一本用年份来叙事的长篇散文，是以记忆的丝线系结那些过往日子中的悠悠情怀，一本浸透着叙述者强烈主体情感的文字。从以上的三段摘录中，我们可以读到这个确定的年份记忆，为何成为作者笔下的一个时间坐标，为何不惮繁复、细腻而绵密地记录了这个特定时间段中的人情世事，以及岁月风华。

当然，还有那个明确的题目——“唯美”，这个字眼所宣示的意义。

读这本书，我们看到的是作者驳杂而丰富的记忆刻痕，一个复杂得有些纠结的情感所在。她深深挚爱这片土地，尤其是在那个年份中发生在故土故地上的事，成为她笔下生动的文字，一个刚进入成年门槛的女孩心中有着浪漫人生梦想，眼里有不同色彩的人生景象，那不啻她童年和少年时的精神力量，于是，在多年后的回望中，她以一腔拳拳幽怀，一种欲说还休的情感，当然，也有那爱之切而不免心有不甘的感觉，洋洋洒洒地写下近二十万字长篇文字，倾诉了一个远行者特别的家园情怀。

有意思的是，作者的倾诉是有明确思想指向的，这就是为何把这个年份作为她所叙述的依托。那是作者年龄的节点，一个少年走向成年的门槛，也许这一时段是作者在与过去的生活告别和新的人生起点中有特别的叙述意义，但是，更多的是，这个年份对于作者记录乡村人事的变化及至社会变化所具有的意义。所以，可以看到那四时有序的大地，风华物候、农事人情的书写，可以看到在那个时间、那个年份，与一个人的生命成长生生相息，同时，也看到了一个北方平原上乡村文化发展变化的轨迹。作者写道：“1984年的秋天，是联产承包责任制、大包干以后，平原上大面积推广棉花种植以来，人们迎来的第二个棉花盛开的秋天 。”乡村在这个年份中，有不同的物候，不同的农事，如同一个“盛开的春天”，在人们心中有着重要的记忆。而这个面貌变化的背后，是一个时代变化的折光。或许是一种巧合，一种叙事的需要，作者把她对于故园家乡的情怀，缩结在这个时间点上，让那些留给童年记忆太多美好愉悦的生活细节，成为作品的丰富元素，也让一个发展变化的历史有了扎实的附丽。

当然，还有那幽幽的情愫和心怀，更体现作者真诚的表达。散文是情感的文字，无论是褒奖还是贬抑，总关情字。比如，她写诸多的庄稼谷物，写农事自然，写牲口家畜，写植物动物，也写那些艰辛劳作而默然一生的有名和无名乡亲、农民兄弟，作者以真挚的近乎纯美的情感，为家乡这方故土的面容身影，描绘了一幅全息摄影图。情感是经线，特定年份的物事为纬，让一些杂驳而散乱的记忆，有了统领，这种有情味有意味的文本思考，体现了作者的用心。

对于美好的留念、怀想与讴歌，和对于美的消失的遗憾，是这类乡村散文一旦切入了历史的叙述后，所常见的精神旨归。在作品中，不独是对于乡村的美丽与丰饶的歌吟，也有对于那些大自然物类的损减和生态破坏的惋惜与不安。这不是主要的，而一个走出多年的家乡之子，一个对于美和善十分敏感的女性作家，即使多从善意的角度来理解现实包括种种不端，也多是友善地看取这类阴晦，所以，那些美的乡土风俗画和美的人情风习，是这个年份记忆中激昂的主调。从这部长篇文字中，让我们有了丰富形象的感知：那个名叫汀州的地方，那个悠远的黄河三角洲，在一个少女眼中却是深重的大地，其厚德载物，是辛劳的可亲的乡亲家人，古风犹存。悠悠岁月， 滚滚红尘，这块土地这方文化，成为她无法释怀的记忆，而众多美好的人事和众多美好的情怀，即使是极富个人性的，也感人至深。

2013年10月

黄河故道风情画

当张树国先生把他的作品打印件给我时，虽然不太成型，但我觉出其中的分量，或者说，看到了它在作者心中的分量。

这是作者近年来的心血之作、真诚之作。数十篇作品，长短不一，中心主题是土地、故乡与爱。书写大地，回望故土，是一个远行游子难舍的文学情结。更何况，像树国这样，与那块土地有深厚的亲缘联系，与那里的人们有着謦欬相应、声气相求的关联。他每年都会回去住上几天，历十数年不辍。这块给了他生命和知识的地方，是他心中的文学原乡。那悠悠的黄河故道，清澈的南河、燕子河边的花草树木、田园滩涂，那于庄的年味、马桥的集市，或者劳作的牛犊、暮归的宿鸟、母亲的炊烟和儿时的玩伴，以至村头邻里的嫁娶丧病，乡谊亲情，男女情事，幻化为他心中一个个梦境，成为他笔下的故事情节。地处皖北的这方水土养育了他，故道文化厚重深沉，大地慈母般的无私、厚德，皇天后土，荫庇子民。作为这块土地上走出来的作家，树国以感恩之德、反哺之心，书写对故土和大地的热爱，表达一往情深的眷恋。这份情与爱，是真诚的，不可代替的，也是无私的。当然，这份情感，这份爱，不是顽愚迂执的，他以一个离开家乡故土生活在大都市的现代人的视角，回望这块土地的变化，其挚爱与忧思交织并存。因此，树国通过一个个鲜活的人物形象，一件件活灵活现的生活场景，以及一出出令人思索的生活悲喜剧，描绘出大河故道上真实的人生风景和市井风情，揭示了那些胼手胝足的人们在大地上的坚韧与豁达，在对物质的创造与精神的追求中本真的生活状态。他们是庄稼汉、农妇，草民，下凡的泥土。他们文化水平不高，多数人从没有离开过家门，但是，平淡日子，水波不兴，家长里短，不乏滋味，虽是日复一日，岁岁年年，却也在大变化的时代中，展示了生命的别一样情状。当故道文化与现代文明碰撞与融合，面对传统的消失和文明的变异，以及文化风习的变化时，也面临着精神情感上的困惑烦忧。张树国通过这些，描绘出一幅黄河故道上有如清明上河图式的风俗画。

着重于人物的描绘，对性格的传神勾勒，描绘他们平实沉稳的人生态度，自在自为的生活方式，是树国这部作品的突出特点。作品中的人物，是作者熟悉的故友乡邻，或亲人友朋，在他的心中占有重要位置。如养牛的玉振大爷，种树老人木桩爷等。在他的笔下，无论是外在形貌，还是内心情感，无论是年长的父辈，还是年轻的后生，他们性格鲜明，形象传神到位，喜怒忧烦，跃然纸上。他们的行为方式，也许是守旧的，也许不乏陈腐，或者也有点私心，但是真实的，也是这个时代文化景观中的一道别样风景。而且，有些人物在不同的篇章中屡屡出现，或许，树国执著地描绘那些了熟于心的乡亲故人，通过他们的行为做派，或音容笑貌，情感心理，传递出作者浓浓的家乡情怀，表达出对变革时期农村新生活的期待。

有意思的是，树国擅长写女性，活跃在他的人物画幅中最为生动的多是妇女，包括大姑娘和小媳妇们。作品有《乡村妇女》一辑，其中描绘的人物有巧云、花蛾、柳月、秋兰、风雪、川莲、兰花草、草姑等，另外，也有他着墨不多却情感至深至尊的母亲和奶奶。作为女人，她们里里外外，忍辱负重，人生经历比男人更为坎坷，特别是在落后的农村。所以，女性是乡土文学关注的最大亮点。作品描绘了不同的女性形象，柔弱、隐忍、谦让、坚韧而豁达。他也描写那些个性倔强，不见容于俗流，不拘守传统礼数和规范，成为闻名一方的人物。尤其是，通过这些与人生命运抗争，与旧风习抗争的人物，展现出农村的变化形势和时代前行的足迹。他描写的兰花草最为典型，体现了作者的思考。在当年的困难时期，阶级斗争的年月，兰花草的命运一如草芥。她早年守寡，饱受欺侮，改革开放后，也有“泼皮”纠缠，但是，她性格坚韧，勤奋刻苦，之后在乡亲们的帮助下，率先开办了家庭托儿所，带动一方，成为乡里名人。作者通过这个典型，描写了社会变革对草根人生的影响，对女性命运的改善，对人的尊严的认同和呵护。树国笔下人物的名字也很有讲究，多是大地上的植物名之，他用“兰花草”这美好常见的物件寓意他心中的农村优秀女性的品质，表示对乡亲特别是女性们的生活和命运的美好寄托。

树国写人纪事，多用白描，这虽是传统写作路数之一种，却是文学作法中多见且不易用好的。中国史传文学产生于远古竹简文字流传不便的年代，因而要求简洁传神，多以寥寥几笔，神情毕肖，文言的“立片言而居其要，乃一篇之警策”（陆机：《文赋》），当以此视之。当代作家写作中，白描功夫是考验人的，只有像孙犁、汪曾祺等人的功力才为人所认可。所以，白描的手法虽是小说或者文学刻画人的本原之道，对作者也是个考验。树国的人物故事，也多是简明的细节和简单的情节，这样以一当十的表现方式，殊为难得。只是，丰富的人物故事，也可以展开更多的文学路数完成，简洁不一定是简略单薄，但过分单一化的手法，如把握不好，容易流于单调而简单，也会失掉丰富的艺术张力，这里说得远了些。

因为人物的活灵活现，因为鲜明的性格和生动的情节，我是把树国的这些文字当作在真实的故事上有合理的加工，也就是说，类似于纪实性作品看待的。所以，从文体区分来看，这些作品是介乎散文与纪实小说之间，是真实与加工杂陈荟集。当然，时下的散文多是一个较为宽泛的概念，虽然，作为一个文体样式，她在当下文学分工趋于细化时，却仍然有被广义泛化的问题。这一点，不利于文体的纯粹。散文可以有不同的界定，但短小精粹，真情实感，却是她的基本要义。时下的不少散文，综合了思想性的杂文随笔和虚构性的小说元素，或过于理性，或过于渲染人物性格形象，真实性打了折扣颇为常见，也为人所诟病。我以为，树国的文集中，有的篇章是散文，有的像小说，有的类乎于两者间综合。有人说，散文的小说化，是其撷取了小说刻画人物的丰富性之长，描写人物的典型化效果。但是，这又可能失掉了散文的真实性原则。但我宁愿把树国的这些刻画人物的篇什当小说看，它们是作品中的绝大多数。话分两头说，我只是感到，从篇幅上看，是轻巧直观地描写了乡里人物，抒发家乡情怀，以这种方式表达更为直接也有意义，可是，从另一面看，他模糊了散文和小说的界限，在两者间游走时，也许都可能没有得到充分的表达，是在放与收之间的拘谨状态，容易有轻浅直白之嫌。也就是说，这些作品还可以有更大的思想艺术的张力，更有深意的开掘。这一点，在时下众多作者那里，不乏其人。散文就是写真实，故事、人物、心怀等等，是以真情和真事打动人感动人的，合理的剪裁不是随意的加工。有论者说，散文可以渲染，可以编织。我不以为然。渲染与加工，与想象有多远，如何区分？难以区分。我以为，散文的优势或特长在于，她是以真实的情感获得读者的青睐，是生命情感的真情书写，是个人心灵的坦诚再现。自古于今，虽不断地有人为其定义，为之解读，但是，她的基本的内在的法则，或者说内在的圭臬是真实和真情。

树国虽是新闻口的资深人士，但创作有年，也颇有成绩，已经有过长篇作品和多部散文、小说集面世。他是有潜力的，完全能在更大空间和气韵上，不囿于纪实或写实的束缚，给自己定以高标格。对于他，这不是难事，有了目标，或者有了决心，就有了一种自信。还是那句话，无论是阅历还是创作经历、创作水准，树国可以担当得了，希望他有更多的目标和收获。我们期待着。

2014年10月

苦行僧也快乐

《萍踪》这本书是老友黄勇的新作，承蒙厚爱，我看的是自印本的毛边书。令我惊讶的是，他把这些文字编排得像正式出版物，还未读就很舒服。看得出，主人对她的珍视，也看出作者的一份心思。写作并非是为了发表，就会特别地珍惜和敬畏文字。如今写东西的人各种各色，目的也各不尽然，有的借此换取功名，有的则是愉悦心志，前者为功利驱使，受人诟病，而后者是自由轻松的写作，为了给自己的夙愿和某种期望作一个交代。唯有本真的写作，用心的写作，才会对文字如此的珍惜和尊重。

与黄勇兄相识已有三十多年，虽不常见却没有断过联系。他长我几岁，为人处世认真严谨。在我心中，他是一个严谨却善交的人，一位勤奋好学的官员，一个热情善良的兄长，一个坚持韧性的同道。他学的是新闻，长期做宣教和政工，研究的是新闻广播业务，多年磨砺，多年修为，他好学多思，博览广闻，新闻科班的训练，政治工作的熏陶，他对时政和新闻十分关注，几乎是每天的必修。现如今多元文化，诱惑多多，有如此执著者是不多的。这样的爱好和习惯，使得他的文字多从时政方面来展开，显现出谨严不苟的特色，然而，他的文学之心却很强烈也很顽强，多年坚持业余写作，不经意间就有了散文、诗歌几本文集。

业余写作，是个苦行僧的活，颇不容易，尤其是像他政务事杂，接触和从事的又是枯燥的管理工作，语言的表达是截然不同的话语方式，更需要有耐力和心力。然而，他坚持有年，转益多师，潜心而为，尝试着不同的写作手法，这就有了诗词出版。如今他退休赋闲，有了时间，更添了创作激情，遂有了新的成就。

这本散文集有一辑以“萍踪”归纳，顾名思义，可看出大致内容。“萍踪”者，行走足迹之谓也。人的一生，生命一世，犹如漫漫行旅，就有了各个时期的时光流连，驻足而赏，就会生发感悟和记下思索。李白诗云：“却顾所来径，苍苍横翠微。”回首来时路，令人回味感叹。苏轼也有诗云：“人生到处知何似，应似飞鸿踏雪泥。泥上偶然留指爪，鸿飞那复计东西。”人生东奔西走，疾如转蓬，散如漂萍，多有不确定的状态，重要的是我们经历的生命过程中有如雪泥鸿爪，足可记忆；回首过往，追忆似水年华，检视那些走过的路，留下可供参阅的足迹和心音，不啻一件愉快的事。黄勇做的是有心人的工作。在本书中，他以散文的笔触，抒写过往记忆中的人和事，记录了某些阶段的人生行旅。从他所标明题目看，本书中分两部分：写自己的足迹履痕，也写与自己人生有交集的诸多友人亲人的关爱影响，无论是行旅感悟，还是亲友情感，都是过往生命历程中的印痕记忆，都是人生旅程中的一个收获，弥足珍贵。

古人所说，读万卷书，行万里路，从人生的足迹中记录下感受和心得，对于个人是记忆也是历史，对于他人何尝不是一个启示和参考。记录下生命历程的过往，书写彼时彼地的感受心得，黄勇的文字，多是回忆性的，纪实性的。书中有多年来寻访中的履迹，也有少年时代、青葱岁月的求学经历，有人生初始的启蒙教育，也有艰难时日里的亲情和母爱。作者足迹所至，在开放时代的文化氛围下，在经济发展后的特殊机遇中，他有幸寻访东西方世界，游历华夏山川形胜，历史古迹，物华风情，激发他抒写见闻，畅述心怀，写下大部分游记式的文字，成为本书的主干内容。这些纪游文字中，他以自己的视角看风景，观世界，悟生活，描绘的不独是自然风情，名胜古物，而是在这些不同时空中的人与社会的变化，人的精神面貌与情感世界。而且，更多的是从历史文明的背景中，从文化的差异、社会发展变化中，描绘他眼中的寻访对象。无论是写东瀛日本，还是写欧洲大陆，或者美洲非洲，虽多匆匆掠影，片断简章，他是以实录随记，力图从文化背景上和文明历史的发展中进行对比，在描绘现代物质与精神不同的文明状态时，寻找出差异与趋同。虽然在这方面，还可深入一些，有些文字略显表面化，过程也多有公务式的记述，可是，他直观真诚的叙述，以及对本土文化的热爱，读来令人受益。而每每在寻访游历后，笔耕不辍，即时写出见闻感受，表现了他新闻的敏锐与创作者的韧性执著。

在书中，我感兴趣的是他写亲情的文字，和对家乡人物与青春历史的回忆。有些文字可以当作他成长的记录，是他情感的史记。尤其是他怀念祖母的文字，至情至性，感人至深。他不到两岁父母离异，母亲离家再没有见面，是祖母哺养成长。十六岁时，他希望参军，因年龄小须得家人同意才行，可是没有文化的乡下老祖母不放心，但深明孙子前途大事，忍受离别之痛，在成长的关键时期是祖母为他的理想放行，他光荣入伍开启了人生重要一步。可是，后来条件好了，工作紧张了，竟然在祖母离世时，没有能在身旁为其送终，成了他心中永远的痛。这段文字，写来如诉如泣，一波三折；写儿时祖母的嚼食而喂，少年为他时常买冰棍吃，工作后某次风雨半夜摸进家门时的情景，情感浓烈，令人唏嘘。

平实的语言，富有个性化的细节，力求还原当时的场景情状，是黄勇文章的一个特点。他记叙事件，描写人物，多在简洁白描中展开，写来自由随意。这或许是业余作者心态自由的原因。散文本无所谓章法体式，无所谓起承转合的，但她却在乎情感的表达，情感是否真切和实在，所描绘的事件和人物的真实与否，是个关键。当然，直接写自己的亲历和经历，更不能虚夸渲染。

如果从更高的要求说，黄勇的这些文字，题材还可多样一些，题旨还可阔大一些，语言的运用当然可更讲究一些，但，我以为主要的是，还可以从文学的基本要义来要求，文学是人的文学，在写人的方面，是文字能否有生命有吸引力的关键。如那样的话，我以为，文学中也要见“人”见“智”，人是基础，也是吸引人的元素，智是思想，是理性的表达，散文随笔就是要通过写人而体现出文章的情怀和思想。就本书来看，印象深刻的也是那些在叙述和描绘中，见诸人物面貌，见诸人物的性情情怀者。也许，对于写作有年的黄勇兄，这并不是多大的难事。期待他下一步的成功。

当然，我还要劝黄兄一句，写作是为了兴趣的满足，而兴趣是一种快乐的表达，是一种闲情逸致的状态，也是一种自我调适的境界，写作者是辛苦的，也是快乐的，不总是在苦行僧状态下自我紧张，自我折磨。让写作快乐，也许会是身心愉悦，文思飘逸，也会有意想不到的文字收获。总之，我手写我心，让写作成为一个闲事，趣事，乐事，岂不快哉！我们都这么一把年纪了啊。共勉。

2014年2月

世相人影

文事杂俎

读往读来

行走风景

王羲之在嵊州

归隐之路

浙江嵊州，史称剡城，为古代越国重镇，有诗为证：东南山水越为最，越地风光剡领先。逶迤清澈的剡溪水把千年古越的神韵延绵下来，更有一代书圣王羲之，晚年归隐于此，那闻名于世的金庭、华堂，诉说着人文历史的风华，也记录了文人高士的情怀。

历史会记住这一天，东晋永和十一年三月九日，阳春丽日，王羲之带着家人，布衣竹杖来到这里，从此，六年多的时光，剡水越乡，华堂金庭，成为他最后的归宿。

王羲之，中国书法的圣人，他的一篇《兰亭集序》惊世独立，成为行书艺术的圭臬，也是美文的翘楚。永和九年，暮春之初，当时还是会稽（绍兴）内史的王羲之，相约好友三四十人，在兰亭集会，诗书唱和，曲水流觞，众人情致高昂，友情、人生、艺术，大雅新曲，一唱三叹，最后王羲之提笔为众人的作品写序，留下了千古一书《兰亭集序》。全文仅324个字，用语博雅，包容深广，字字气韵生动，句句掷地有声，仅“之”字十多个均不重笔法，令在场的谢安、孙绰等诸公叹为观止，史称“天下第一行书”。其感悟人生况味，抒发命运之叹，也是史上最佳美文。

兰亭集会后两年，王羲之称病辞去官职，从绍兴南行百十余里，到了嵊州，这方山水为他所心仪。在这里留下了数部作品。而嵊州也因此有了一位书圣的众多遗迹

当年，曾经的绍兴内史（又称刺史），虽出身名门，其堂伯王导、王敦为东晋初年的重要官吏，执掌军政大权，然而，王羲之是一个有责任心的官吏，在兰亭诗会后，浙中一带三月旱，五月大疫，他提出放仓赈灾，会稽王却北伐征战，加重赋役，另有时见不合的人借机进谗言，加上不满于当政的王述等人的做派，也有个人的原因，王羲之多次以病为辞，希望脱开俗务，过上悠然自得的林隐生活。这期间，他多次地请辞：“鄙疾进退，尤之甚深。使之表求解职，时已许。”（《全晋文》卷24，1596页）最后下定决心，远离会稽，到了嵊州的金庭。

或许是这方山水的文脉和风物吸引了他，这里山水环绕，剡溪清静如练，瀑布山青翠似黛，越地的历史风华让诸多文人墨客们流连，还因为那里有王羲之的启蒙老师卫夫人，他选择了剡城东边的金庭山。这里，周朝时曾是道家七十二洞天，留有先祖琅琊王氏神仙王子乔的遗迹。或许因了这层认宗溯祖的关系，加上魏晋时期的道家广为世人尊奉，王羲之到这里寻仙问道，炼丹素服，以“荡涤尘垢，研遣滞虑”（《全晋书》卷25，1600页）。他迷恋自然，置地开园，弄书习文，含饴弄孙，躬耕于阡陌中，颇得身心愉悦和舒畅。

剡城，金庭，在古嵊州也多为方士文人所迷恋。剡水悠悠，古越地物华灵秀，历代诗人多有称颂。唐代僧人裴通赞美有加：越中山水奇丽，剡为最。剡中山水奇丽，金庭洞天为最。李白的“湖月照我影，送我到剡溪”，更令人遐想无限。

初到金庭，王羲之陶醉于自然中。这里是一个山间小盆地，十里平溪穿流其间，田熟水肥，果蔬丰富，民风古朴，也曾为兵患和战乱的避难之地。魏晋时期，儒道释各种教派都在嵊州有所出现，一时间，观、寺、庵等，隐约可见。王羲之曾在给友人许玄度的信札中说到归隐金庭后的心情："此既避，又气节佳，是以欣卿来也。"一别喧嚣尘世，找到清静的山水自然，他如愿以偿，有了欢欣的精气神。

一个性格直率的辞官者，一个潜心于山水、沉迷于清静自在的文士，一个欣欣然于家庭生活、回归田园的年长者，王羲之归隐金庭，既是为了摆脱多年劳役，也是为了身心愉悦，精神的自足。徜徉于山水之间，悠游于书艺文字之中，他走向清静，纵浪大化，这种归隐给了他很好的安慰。他在这晚年时光，习文研书，完成了《题笔阵图后》等帖文，传承书艺教习子孙和邻居，在嵊州的人文历史中留下有意义的一笔。千百年来，与会稽（绍兴）的兰亭一样，金庭岁月是这位历史名人的一份荣光，也是中国书法史上的一个纪念。

现在，嵊州除了修缮他的一些遗迹外，那些口耳相传的故事，在当地不胫而走。金庭的王羲之墓园，右军祠，肃立在依山而上的高坡，青翠簇拥中，静穆庄严，常有海内外书法爱好者祭奠。每在三月阳春，兰亭书艺节时，鲜花盛开，在花香与墨香中，络绎不绝的人们来此祭拜，日本天溪会专门开辟了纪念碑园，一代书艺宗师的文名与山水长存。

作为越剧之乡的嵊州，利用当代艺术，发掘和宣传王羲之，取得成果。三年前，嵊州越剧团创作了新编越剧《王羲之》，进京演出成功获得好评。这出戏以王羲之书法艺术成就和特殊的人生经历，演绎了一代书圣的人生情怀和艺术追求。而那些研究和考证王羲之史实的图书，时有出版。书圣文化在嵊州发扬光大。

金庭寻梦

金庭山曾是一个道家的场地，又是嵊州山水的翘楚，也是王羲之来前向往之所，在此开拓园地，遂成为他最后的归宿。

金庭山又名瀑布山、桐柏山，南接天台，是浙东四明山支脉，南北朝的沈约曾说它：“同崖万沓，邃涧千回，因高建坛，凭坛考室。”这里的雪溪道院、崇妙观，历来为高士名僧和隐者们的休息地，也是文人们踏访的地方。晋代的谢安，唐朝的杜甫、陆羽、李白，五代的罗隐，以及后来的赵孟頫、张岱等文士们先后到过这里。

王羲之来到金庭，从官场归隐自然，从绚烂到淡泊，然而，他与大自然亲近，放松心情，悠游于艺术与自然之间，仍关注天下事，关心民生。他常和友人谢安在剡水越乡间流连，与戴逵们寻道访仙，还有炼丹辟谷的经历。也到村里田头寻访百姓，请教种植。更多时候，他与友人们在山水间寻找艺术的灵感，养灵鹅，开田园种谷物花草，寻游四方，日子过得十分悠闲和惬意。

从有关记载和他的信件中，可以看出王羲之的生活轨迹。他尽享田园之欢，天伦之乐。在给一位朋友的信中，他写道：率诸子，抱弱孙，与友人并游，并行田尽地利，颐养闲暇。实望投老得尽田里骨肉之欢。王羲之有七个儿子和一个女儿，每每在与儿孙们享受田园亲情之乐时，不忘记邀请友人参加。而这样的欢乐聚会，也有文字记载。“欲与亲知时共欢宴，虽不能兴言高咏，衔杯引满，语田里所行。”他把这样的田园聚会与兰亭雅集相比较，认为其亲情比之“其为得意，可胜言耶!”。他常与家人去田园里，翻耕修葺，亲手采摘。他的书法手迹就写有《笃喜种果帖》《青李来禽帖》，记下了各类水果的分类特色，并以此为欢快之事，“今在田里，惟以此为事”，田园的欢欣之情溢于言表。

除了田园生活的亲情友情外，王羲之保持着修炼辟谷、炼丹采药的习惯。他曾醉心于五斗米道，家中儿孙像王凝之父子也信奉此道。史载他“雅好服食养性，不乐在京师”。他服食散丹，辟谷静气，这些曾经影响了他的身体。道法与修行，无疑对于一个恪守笃行的人有着精神上的修为和期冀，也是一个诱惑，当然，做到彻底是一个极高的要求，要剔除杂念和臆想，为了精神德行的提升，付出巨大努力。

还有，他广交友朋，以诗文唱和，从官场隐于民间，作为一个卓越的书法文章宗师，他以诗文和书画艺术为人所折服。当时，在这块秀美的山水，有不少雅士墨客们聚集，有的长期生活于此，并担任官职。《晋书·王羲之传》说：“会稽有佳山水，名士多居之，谢安未仕时亦居中焉。孙绰、李充、许询、支遁等皆以文义冠世，并筑室东土，与羲之同好。”这些都成了王羲之的文友。孙绰的文名在越地浙东可是了得，李充是他的老师卫夫人的公子，曾主政嵊州，而支遁高僧的学问也是名重一时。他们常是临风把酒，或诗或文，或挥笔施墨，唱和酬酢，一时间写诗作文，在金庭蔚成风气。

王羲之的书法，独成标格，尤其是行草，开创一代风气。他的书艺吸收了李斯、钟繇等人之长，有称赞他的字：篆、籀、八分、隶书、章草、草书、飞白、行书，此“八体皆入神品”。据考证，他一生留有一百三十余帖。除了《兰亭集序》外，著名的还有《官奴帖》《十七帖》《二谢帖》《圣教序》《平安帖》《姨母哀帖》《快雪时晴帖》《乐毅论》《黄庭经》《诸贤子帖》《贤女帖》等。据说，在金庭六年多，他写了《题笔阵图后》《笔势论》《用笔赋》等。他的儿孙们也多有习书的，像王献之、王凝之都是书法精进的书家，他教育儿孙也教育学习者，很多字的结构，并创造了诸多书写的规则。“永字八法”“方丈壁鹅”等练字法，是当年朋友为王羲之总结出来的，曾传颂一时。

来到金庭不几天，他就去独秀山拜谒卫夫人的墓地，因为启蒙老师与姨母的双重身份，他对这位书法家卫夫人敬爱有加。卫夫人的书法自成一派，是中国早期书法大家，其《笔阵图》开创书论的先河。她晚年在嵊州的独秀山隐居，卒年七十九岁，葬在山头的平坡，俯视剡江一脉支流山清水碧。参谒卫夫人墓地，已是七年后的忌日。当年，夫人故去，王羲之时任护军将军，从京都发来唁文，就是著名的《姨母哀帖》。他以“哀痛摧剥，禁不自胜”来痛挽老师并姨母。

天不假年，六年多时光匆匆，王羲之因为身染重病，也与他长久服食丹丸有关，他在与友人的信中曾多次交流了服丹用药石的功效。他沉浸在艺术的氛围中，他教学生的书艺，与孙儿们的欢乐，陶醉于自然与亲情中，可是病魔的侵入，他也不免心有戚戚，感叹时不多日。最后的日子，他面对时局的变化也常有所感悟，升平元年，朝政发生变化，举行庆典，曾有旨诏他，他坚辞，在一信中说，“遂当发诏催吾，帝王之命是何等事。而辱在草泽，忧叹之怀，当重何言”。（《全晋文》卷22，1585页）坚持，淡泊，在人生的最后，他仍然如一。

升平五年（公元361年），王羲之卒于金庭。时年五十九岁。被晋穆帝谥为“紫金光禄大夫”。葬在金庭的瀑布山，其墓地为圆形冢，墓前有一石牌楼，为大明弘治年间所立，上书“晋王右军墓”，左右联文：一管惊天笔，千秋誓墓文。

华堂遗风

岁月的风尘洗尽了俗世的铅华，时光在这里停驻，记忆与故事在这里长成。

这就是华堂，一个普通的名字，一个与某位历史老人有关，与文化有关的地方。她承续千年文脉，沉淀为一个瑰丽的文化遗存。

她是王羲之这位中华书圣的后人主要聚居地。毋庸置疑，她与金庭和剡水一样，成为嵊州一张响亮的名片。本来她就是省级重点文物保护单位。

华堂之名的由来，据说是因为华与画其音相谐，当年，王羲之常来这里写字画画，教习书艺。画堂、画室、画坊成了人们习字求学的地方，华堂，就是画堂。后来宋朝时王氏第33世孙王迈在此修建祠堂，成为王氏家族集中住地。千百年来，华堂之名渐次播扬。有史记载："其子孙多擅画，将书画悬于厅堂，其宅有画堂 之称，后因其屋舍精丽，山水清妙，画堂易名为华堂。"

当年王羲之结庐金庭之后，常有雅集，开办诗会，书写唱和为一时之盛，书法画艺为大众百姓所热衷，因为王氏父子的推助和引领，一时间，学书、习画之风气甚为热烈，华堂的名声不胫而走。经年累月，这里却成为一个建筑与艺术相偕相成的文化村落，也成为人们参观的场所。

走进华堂，要有一颗虔诚的心。且不说占地面积之广，也不说完好而自足的防御系统，也不说盘根错节的明渠暗流，精雕细刻的工艺，而王氏宗祠的脉流和关于书圣文化的传说，足可以证明这个偏远村落的分量。

门前的一方偌大的水面，如镜如鉴，那是风水的眼，也是一个古老村落的门面。前有平江溪缓缓流过，上有古石桥，穿桥进入，近似徽派建筑的白墙黛瓦，以及巧夺天工的艺术三雕：砖、石、木雕，尽显艺术之华美。华堂形成了一个整体建筑沉稳，却不乏灵动的艺术大观。

那街巷错落有致，一砖一石，雕画精妙，一檐一斗，鲜活灵动，还有，那清流入户，渠水访家的水乡之便，让你置身在江南民居的朴华、灵巧和幽深的韵味之中。

当然，亮点是王氏宗祠。这是一座坐西朝东的建筑。明朝正德七年（公元1512年）王氏宗祠建成，三进的格局依次为牌坊、石桥、孝子殿，开间阔大，牌坊巍峨，上雕有各类动物图案。大院内的主殿供有王羲之坐像。同一些家族的正殿一样，王氏后人牌位，以及各类匾额，充斥其间，显示了家代的人脉强旺。

祠堂门前左右分别有一荷花池，引村头平溪水入池。有池必种莲荷，相传当年王羲之爱鹅，多在墨池中养鹅种荷以观其态模仿书写，于是王氏家族的祠堂也依照先人所好，植莲花养灵鹅，微风斜雨中，花开时节，鹅鸭鸣叫，其情其景，可愉悦书写者心情，以助书艺家的精进。

在华堂，凡王氏后人的居室都称为堂，比如有善庆堂、荷花堂、一清堂、居所堂 、三省堂等等，而其他姓氏住地却称为台门，如孙家台门、郑家台门等，这样的称谓，成为一种习惯，也表明了一种文化格局和影响。

古意悠然的街道，美轮美奂的雕艺，引你走向不同的看点。隐掩在街头巷尾处，有戏台、庙宇、更楼、水井、牌楼、庵堂以及碉台等，仿佛是一个完好的城阙，又仿佛是一个艺术的会馆。而这，因为一个伟大的名字，显示出特别的意义。

王氏族谱记载下了这五十八代人的过往与延续，华堂的王氏如今有多少人多少户，难有确切的数字，然而，并不重要，这些富有特色的建筑，这些个历史传说和故事，即使是散章断页，也表明了一个姓氏家族的文化积淀和活力。

瓜瓞绵绵，风华绝代。一代书圣的遗泽，启示后人，裨益后人，从每年的春天举办的书圣艺术节，从那些众多青少年学子潜心研习书法并有所成果的活动中，还有在右军读书楼里，鹅池墨池旁，学人们的虔诚祭奠，国际友人的纪念，可以感受到书圣遗风如此魅力不绝。

华堂，养在深闺渐为人识。华堂，嵊州的一张名片，有一代书圣的文名照拂，将越来越亮丽。

2014年5月

汉水的襄阳

“襄阳好风日。(王维)”行走襄阳街头，这句千百年来人们传诵的诗句油然而出。你可能认为是句大白话，不觉它有何高妙之意，可是，就是这平实的一句诗，一句大白话，把一个城市的感情和盘托出，让人过目成诵。

遥想当年，唐朝大诗人王维从洛阳经襄阳南下，因与本土诗人孟浩然的交谊，他在这里逗留了数日，而气味相投，文风相近，自然风光更是触发了蓬勃诗情，某一天，站在汉江边远眺近观，或泛舟江上，景色怡人而交谊如醪，他们唱和，王维吟出了这流传千古的诗作。“襄阳好风日，留醉与山翁。”既是一个行旅者的感怀，也是对一个地方风华的最朴实最热情的褒奖。

如今，人们对城市生态的注重，对宜居环境的要求，成为迫切的社会共识，成为敏感而热闹的话题。中国内陆城市成百上千，虽有不少依山傍水，但程度多是有限的，要不是濒临近邻，要不就是规模格局有限。而一个城市，如果有充沛的活水资源，有江河流经贯穿，加上悠久的历史文化沉淀，这个城市的面貌和形象就让人刮目，犹如人体既有了经脉气血的畅通，又有了颜面风华的雅致，这是城市之幸，而襄阳就有这个幸运。

一千二百多年后，我们踏着王维的足迹而来。六月天闷热，特别是在水乡南方，然而，这里比北方还凉爽，沥沥细雨中，行走在汉水边，在老街城头，在玫瑰园区绿树草地，也在远郊的山野名胜中，寻觅和领略唐诗的意境，风日之好，气候宜人，有细雨和风相伴，有那青翠葱茏的花草林木为伍，有一汪碧水和那遍地人文景观流连。

汉江穿襄阳城而过，形成宽广平缓的河道，成为天然的屏障护城河，最宽处达二百五十米。汉江，长江最大的支流，循名责实，水因地而名，或者更有一种寓意。她源自于陕西汉中宁强县，全长一千五百多公里，流经陕西西南，下行鄂西北，再经江汉平原，从武汉入长江。自汉中始，至汉口终，因这个汉字的特别之义，有意无意间，她烙下了一个民族的印迹。这或许只是一个主观的推断。可是，从地理方位上看，这是一条在华夏版图上中部地带，除长江外最大的一支水系，或者说，她是介于南有长江，北有黄河的荆楚地带最长的一条江流。望中原，抱荆楚，接长江。当年楚国的中心，如今南水北调西线的起源地，以及三国以至宋明以来的兵家征战之地，都与这汉水不无关联。从西周约在公元前一千年始，特别是魏晋以后，多少生生灭灭的故事，在汉水流域上演，而更有诗人骚客盘桓于此，留下了诸多名诗华章，尤其是唐朝以后，大诗人聚集，形成了唐诗中不少吟唱汉水楚地的名篇佳构。当然，她的中游最大最有名气的城市就是襄阳。城因水而繁茂，水因城市而闻名，互为依存，相得益彰，成为荆楚大地的翘楚之城，诗章之地。

汉水苍苍，古城悠悠，源远流长的江河文化，兴旺繁茂的城市文明，瑰丽多彩的诗文华章，在襄阳这个地理区位上，聚合为一个明丽的亮点，让后人源源不断地去探寻。汉江的历史，从何时起始，没有见到确切的记载，但不可否认的是，同黄河长江一样，她孕育了汉民族的兴盛，滋养了华夏文化，也承接中华文学源头。有说汉水古为沔水、夏水，为中华汉民族的文化之源，是诗书经史的滥觞之地，是《诗经》《楚辞》的交汇、聚合之地。《楚辞》不用说了，仅从《诗经》的诸多篇章中就有汉水之题名，几部中国历史书也记载了华夏民族与汉水的关联。据说，章太炎曾认为，中国称为华夏，就因华山夏水得名。历史学家吕思勉说：“夏为禹有天下之号，夏水亦即汉水下流。”《诗经》中的“江汉浮浮”“江汉汤汤”，以及夏水、汉广等入诗题中，揭示出汉水文化在中华典籍中的分量。汉水，这条平缓而清澈的水流，如果仅是从诗文传统和文化脉流看，足已成为一个独立而奇特的文化景观。

站在汉水的面前，悠悠流水，清澈澄碧，比常见的南方城市中江河湖水多是污染严重不一样，这水色生态，倒令我们惊讶。先入为主的汉水文化，让我们有一种特别的敬畏，一种厚重的人文情怀。汉水作为第一次与之交集的时刻，是在那众多的诗文典籍成为你先入为主的感受后，你走近她的心情自然就不一般。

也许，庄严、敬畏、神圣感，也生发你探寻的冲动。向晚时分，月影婆娑中一行人散步，住地南湖宾馆就有房屋建在一汪水面上，流连间问及主人，说是与汉江接通，不远处就是护城河。于是，心急火燎地愿一睹尊容。正好街头公园可以进入江水的景点，小道上人流摩肩接踵，黑灯瞎火中高一脚低一脚摸索行进，视线却停留在水面之上。微风轻拂，波光倒影，影影绰绰地映照出车水马龙式的繁华，这里是城南商业区的襄城，不远处，街头广场数百人聚集，唱跳舞蹈，或缓或急，声浪鼎沸，喧闹的节奏与静静河水形成强烈反差。走完一程，再向对岸的樊城看去，也是高楼大厦林立，在光影月夜中尽显妩媚与华彩。

月夜里听汉水汩汩的波流，看江水逶迤，不禁想起汉江文化的源流。江畔何人初见月，江月何年初照人。江流天地外，山色有无中。这些写江水、抒情怀的名句，此时更有一番意味。悠悠流水，不舍昼夜，流出了岁月，流出了人文历史。唐诗文化之于汉水，就是一个硕大的纪念碑，襄阳之于文人骚客，如同一个不尽的宝藏。当年孟浩然、李白、白居易、王维、岑参们，用诗文记载游历于此的感受，佳构名篇，尽显了历史的风华与自然的佳美。诗人笔下的古城江水景象，引领我们穿越，行走，也还原我们对当年汉水文化的想象：李白的一首《襄阳曲》，写尽了襄阳风华："襄阳行乐处，歌舞白铜鞮。江城回渌水，花月使人迷。山公醉酒时，酩酊襄阳下。头上白接篱，倒着还骑马。岘山临汉江，水渌沙如雪。上有堕泪碑，青苔久磨灭。且醉习家池，莫看堕泪碑。山公欲上马，笑杀襄阳儿。"让人恨不能做一回诗仙，醉饮江水，闲居山水。汉水清澈如许，令诗人们流连忘返：白居易的"楚山碧岩岩，汉水碧汤汤"（《游襄阳怀孟浩然》），岑参的"不厌楚山路，只怜襄水清"（《饯王岑判官赴襄阳道》），丘为的"临泛何容与，爱此江水清"（《渡汉江》）。"遥看汉水鸭头绿，恰似葡萄初酦醅"（李白《襄阳歌》），"汉水清如玉，流来本为谁"（元稹《襄阳道》）。而罗隐《汉江上作》"汉江波浪碧于苔，每到江边病眼开"，都褒奖了汉水的如玉清流的品性，还有更为神奇的是，诗人患有眼疾，每次到汉江见到青苔一样绿的汉水，病眼就奇迹似的睁开。诗中，举凡山川景物，成为情感之物。一江碧水，仅在唐代就有无数大诗人留下了诸多篇什；一方水土，也因有了这名篇佳作，千古流传，芳名远播。

当然，隐掩在这诗文华彩的背后，还有那一处处古迹，如无言碑雕，记录着历史，展示着岁月风华，显现出襄阳城市文化的悠远深厚。走在那青石悠悠的老街，宋代的"九街十八巷"风采依然，瞻仰那美轮美奂的宋代绿影壁，抚摸着当年楚汉时代遗存的石器陶片，想象着在汉水的千年洗礼下，一代古城的风华无限。还有，那郁郁苍苍的古松翠柏掩映下的古隆中，典雅森然、面山而居精巧的习家池，以及沧桑古雅的昭明台、巍然耸立江边的仲宣楼等。这襄阳城的件件文物，见识了悠悠汉水的千年风雨，成就了襄阳一代名城的历史地位。

或许是汉水的滋润，夏雨绵绵，卧龙山松青柏翠，香樟树高大挺拔，当年诸葛孔明的读书处，刘备来访的三顾堂、六角井，显得神秘而森然。诸葛亮十六岁时隐居于此，十二年躬耕苦读，后因被刘备真心所感动，为之作“隆中对”，“三顾频烦天下计”，他出山远行，从汉水到长江再汉水，辅佐刘备。在古隆中的牌楼两旁，分别刻有他的名句“淡泊明志”“宁静致远”，名臣的一腔情怀，肝胆相照，超迈高义，拳拳赤心，后人景仰。在襄阳，同样粪土名利，布衣粗衫，抱朴见素，与诸葛同一时期的还有庞德公，也有李白专门赋诗称道的“孟夫子”孟浩然。汉水苍茫，沧浪濯缨。清水澄碧，汉水有意，洗涤了高士大儒们的尘埃，成就了他们武功文事，滋润了他们的一世英名。“高山安可仰，徒此揖清芬。”李白的感叹，遗响千年，一代大儒仁者，如汉水之清流，历万世而流芳。

“汉江天外东流去，巴塞连山万里秋。”无论如何，天地有道，自然有灵，日月经天，江河行地。“人事有代谢，往来成古今。”古城悠悠，汉水滔滔，一座城市和一条江水，在新的时代，或许生发了许多可歌可泣的故事，但是，自然，历史，过往的沉淀，是它们或他们得以精彩和优秀至为重要的根本依托。

2014年9月

天台诗魂

天台有山，有寺庙，也有诗与文学写就的历史。

仲春时节，一个静寂之夜，我们从浙东名胜寒山湖下来到国清寺听方丈说教。这个年轻的出家人，对文学颇有热情，或出于本能也有所戒备，一个多小时的喝茶闲聊，说文谈佛，之后，我们收获了一本寺中印制的《寒山子诗集》。

回来数日后某天，拿出这本古雅的线装书，在上面顺手写了几句：癸巳年春，某晚在天台国清寺，与方丈吃茶并得此书，也于当日上午去寒山子隐居处明岩造访，虽有山门式的建筑，多为现代格局之貌，有数个遗迹称之，而其地空留圣迹。却见风光清秀，有巨洞也有独石峙立，直插云天。洞内泉水细涌，蝙蝠翻飞，幽深森然。天气晴美，阳光穿石入洞，青苔绿枝染上生机，有丝线状水滴从上挂下，飘然有禅意。寻觅僧人遗迹未果，却悠悠然游于山中。山门前盈盈一水溪流，或可见游鱼浮芷，杂花繁茂，绿树荫翳，四月天气春和中，人与景尽得优雅。问仙寻道，再读僧人之诗书，更有一番滋味。

是啊，那个史上流传广远的诗僧寒山子曾隐遁于此，创作有百余篇诗，在民间广为传诵。这个从远处看几乎没有什么奇景异象的山中，唐朝一代诗僧隐居多年。这山名龙背山，岩洞名明岩又叫寒岩，山的另一阳面处也有一洞叫阳岩。龙背山在浙东名山中并不知名，不太巍峨的山峰凸现在田畴阡陌处，逶迤如龙身，故名之。迹近平常山水的景致，因为诗僧隐身处而吸引来访者众，恰是应了山不在高，有仙则名之说。遥想当年唐朝兴盛之时，出身于官宦却遁入空门的寒山子，漂泊乞食，从长安远行到了天台的国清寺，与在此当厨子的另一小僧拾得相识，都是卑微人士，两小无隙，心气相求，成为至交。在修行之余，写有数百诗篇，留下了被称为活在口中的白话诗。也因行为率真不乏怪异，游荡于七十多里远的龙背山寒岩中面壁苦修。后来，因苏州的寒山寺用其名号，而僧名远胜于诗名。也正是寒山子与拾得二僧的诗风相近，其俚语白话，说人间辛苦，道处世真谛。也有哲理深透的时事诗。比如其诗句“国以人为本”，耐人咀嚼。其诗曰：“国以人为本，犹如树因地。地厚树扶疏，地薄树憔悴。不得露其根，枝枯叶先坠。决陂以取鱼，是取一期利。”有人曾评价说，寒山诗“讥讽时态，毫不容情”“劝善诫恶，富于哲理”“俚语俱趣，拙语俱巧，耐人寻味”。当年胡适曾称之为，中国“佛教中的白话诗人”。寒山与拾得常在一起切磋诗文，而民间盛传二人的友谊和对于心性的修为，颇为后世景仰。清朝皇帝雍正甚至把他们封为“和合二圣”，视为百姓礼拜的婚姻爱神。

或许生不逢时，与他几乎同时代的有大诗人无数，就李白与杜甫而言足以让诗僧的光芒遮掩。也许这个原因，诗僧的作品，除了民间流传外，少为史载。据研究者称，他生前寂寂无名，身后却声名日隆，并绵延千年——白居易、王安石都写过仿拟他诗集的诗篇；苏轼、黄庭坚、陆游等对他的诗褒奖有加。有趣的是，寒山子没有正式进入寺庙剃度，唐时苏州城外的一座寺庙（寒山寺）却以他的号命名。他的诗歌的最早传播者是道士，唐人的志怪小说就把他编为成仙的道士下凡。宋时，他却被佛家公认为文殊菩萨再世。元代，他的诗流传到朝鲜和日本。明代，他的诗收入《全唐诗》中，被正统文化认可。近来，法国、日本陆续出版了寒山子诗集。20世纪60年代美国的“嬉皮士运动”人士曾热衷于他的诗作。这样一个传奇人物，却连真实姓名也没留下。

此时，读着寒山子的诗，忍俊不禁，也百感交集。那些喜笑怒骂皆成文字的诗风，那些看透红尘洞悉世事的明敏，那些与大地草木与自然农事相谐相和、精气饱满的文字，那些不做作不矫饰不欺世也不自欺的诗句，竟是一个浪迹尘世的僧者所作，让我们吟哦再三而感叹莫名。是啊，几百年前，一个淡泊俗利游走红尘的诗人，一个修行坐禅者，就能把诗心植根于民间，汲取口语俚话、民间营养，写疾苦文字，写人间丑与美，把诗艺更为广泛地传播到了民间大众中。与草木为伍，与大自然同乐，芒鞋竹杖、素衣淡食、坚持经年的修行者，其诗有了一个坚实的依托，那就是现实情感与民间情怀，为此，后人也有以其诗风来创作“寒山体”，承续其诗韵文脉。而纵观泱泱中华诗坛发展于今，与之相匹者又有几何？

其实，诗在文场曾是宠儿，她既是一切文艺之源，也是中华文明最早的文字翘楚，可是自先秦以降，诗在唐宋之后却是每况愈下，而当下的诗更不好评说了。有几多为人认可的作家作品？而不断出现的事件和行为，以及这体那体，这奖那奖的丑闻，诗在当下已成为大众的一个无趣的谈资了。这些其实多是自娱自乐的借诗之名的不端行为，把强大而丰赡的诗国传统名誉毁之殆尽。所以，当我们看到寒山的诗，看到他那活在民间口语上的诗风，历久不衰，我们不得不对一千三百年前这位讽刺诗的先贤，肃然起敬。

天台有名刹国清寺，这座建于隋朝的古寺，成就了一代禅宗的祖庭位置，而寒山子的诗，以及他与拾得“和合”的故事，也让天台文化有了新的内容和境界，这既是文学史的，也是世道人心的。诗，是人生的艺术花朵，诗的灵魂，是一个写作者心志的书写与表达，也是一派风格得以流传的内因。只是，这寒山子的诗，以及关于俚语诗民间性的诗风，没有太被人所关注。每每看到从国清寺带回的那寒山诗集，我为当下一些有意义的文化史研究的缺失而遗憾。

2013年8月

临海长城

临海，也许这个地名引发不了你的联想，若望文生义，濒临大海之意庶几可近。是的，这个浙江东部的县级市，当年的命名也许因了地理的概念，这里是中国东部版图上一个离大海不远的地方。她悠长的历史，独特的地势，不可小觑。

自上世纪以来，中国改革开放的进程，大海成为当下经济实力和知名度提升最为直接便捷的依托，走向海洋，开掘海洋经济，成为一时热门话题。当你亲临这里，感觉傍山临海是城市的一大优势，利用地利之便，唱念“山海经”，新的谋划和蓝图，不乏亮点和光彩，然而，作为一个千余年的老城，那些古意悠然的城墙老街，幽深的文化遗存，历史风物，或许成为依山傍海的县城最为骄人的景点。这是临海越来越为众多旅游者光顾的一个原因。

这是一个全方位的文化景观，山水人文，无所不包，历史风华，绚丽灿烂。有所谓“一江抱城，三湖点缀，六河交错，八山环绕”之说。山水自然，可以托举出一个城市的灵魂与神采。城不在大，地不言广，有山则名，有水则灵。临海的山，有浙东括苍山脉系的巾子山、北固山，而水，则是通江接海的灵江，绵延秀丽，在城市中心也有一方玲珑的水面——东湖，为北宋时开凿，千年的风华涵纳其中，足可以找寻到无数迷人的故事。当然，还有那些声名显赫的文化人大家戴复古、文天祥、方孝孺、徐霞客、朱自清等人的踪迹，以及保存完好的紫阳老街、桃渚古城，这些都是越千年风雨而生命傲然的去处。

行走临海，最为震撼的是台州府城墙。临海旧为台州所辖，古城有城墙护卫，早在东晋安帝时就开建，已有一千六百多年的历史。而在明代修筑为成型的规模。这依山傍水的城墙，被冠为江南的“八达岭”，文物专家罗哲文说它是八达岭长城的“蓝本”和“师范”。仅这一称誉足以诱人。从外形上看，五千多米长的城墙，蜿蜒连绵，青砖碣石，雉堞连云，马面赫然，瓮城幽深，掩映在青山绿树中，如八达岭长城的壮观宏伟。路基的石料，开间的尺度，砖石的色泽，以及高矮参差的墙体，也如八达岭长城的翻版。背靠北固山，前面又依偎着明珠似的城中湖——东湖，山环水绕，城阙俨然，叠拼成一幅动静相宜的图画，豪迈古朴与婉约灵动，相辅相成，为临海景观的集大成者，也展示出山水城市的特色景观，而这恰是南方长城的特色所在。

关于临海城墙的作用有二：一是为了抵御海边倭寇的侵扰，自唐以来，历朝历代修缮城墙，之后，随着政治版图变化，台州、临海在各个时期的归辖多有变易，城墙虽屡遭拆毁但基本形制却保存着，到明代有了第五次的修缮，方形成规模。另外是防洪固城，城墙有三分之一沿灵江而建，既防山洪暴涨，也为防海潮倒浸。加固城墙，修筑长城，为历代官吏所重视。如此一来，这两大功效就增加了临海长城的传奇色彩。

拾级而上，巍峨的一百九十八级的台阶高耸壁立，考验人的耐力，会当绝顶处，有揽胜门，可观山势高拔，城廓嵯峨，苍莽的远山，葱郁的田园，天地间陡增豪迈之气。门后立有一帧戚继光的铜像，神情严峻，英气逼人，不远处有戚公祠，陈列的战袍与箭矛，仿佛诉说着城墙的深重历史。自晋代以来，为了抵御倭敌入侵，也为了阻止洪水浸灌，临海人民几经修缮，渐成规模。到明代，大将戚继光受命镇守八年，在台州临海一带，与海上倭寇九战九捷，城墙的护卫之功自不可言。戚继光在1555年任浙江参将，先后镇守宁波、绍兴、台州三府。为提高部队战斗力，他从金华、义乌招募农民和矿工三千余人编成戚家军，创编了可随山地地形进行战事的“鸳鸯阵”，杀敌卫城，声名显赫，史上称台州大捷。为了守护所需，他与台州知府谭纶一道，对旧城墙多次进行修缮。据载，他们“改造临海古城的结构，将其加高加厚，并创造性地修筑了十三座二层空心敌台。以临海古城为据点，策应闽浙沿海守防，屡败倭寇九战九捷，大振国威。以至后来，戚继光调往北方防务任蓟镇总兵时，将他在修筑城防的经验，运用到北方长城的增扩加强。今存蓟镇、昌镇、宣府、大同等镇的长城，都曾按他的规划设计加强”。同他的战名一样，他修缮加固的南方和北方长城，青史有名。

站在城墙巅端，冬日的阳光仍然炽烈。榕树如盖，樟树挺立。斑驳的砖石，戚家军遗迹，仿佛诉说着那金戈铁马、号角连营的抗倭战事。城墙是纪念碑，是史书，一本无字大书。兵燹寇祸，天灾人祸，也不曾消磨这砖石雕刻的深深印记，一任岁月的风烟，长城高墙千古屹立。戚公祠陈列有这位能文能武的大将军诗文，他曾有兵书和诗词多部。他写有“封侯非我意，但愿海波平”的名句，豪气干云，进退荣辱并不重要，海晏河清，安宁祥和，夫复何求?一代英灵，耿耿心志，日月可昭。历史是一面镜子，当今之世尚不安宁，特别是在眼下，那片东方海域常常泛起不平静的涟漪，这份历史记忆，更让国人深思。

2014年5月

宜兴看窑

如同人一样，城市的名气也要多年的积累。比如宜兴，历史可以追溯到春秋战国时的阳羡，也可以在考据的介绍中，感叹她近千年的制陶历史（据《宜兴县志》载，早在西周时期，约公元前十一世纪——公元前771年，宜兴就出现了圆形升焰窑），还可以在有记载的二千二百年的建县历史中，寻找一个城市的悠悠古韵。

陶艺砂器，环顾国中，虽有不少地方生产，然而，人们认可的首推宜兴，要不这里被誉为陶都，每年还举行盛大的陶艺节。口碑是历史的活广告，也可以让一切美延续。人们对某一物件的喜爱，或者，某个历史事件，大自然中某个物件，有了特别的闪光处，得到了大众的认可，在民间流行中形成优势，于是有了口碑，有了美的流播。而这宜兴的紫砂陶艺，就是因为丰富的民间性，瓜瓞绵绵，风华绝代，成为流芳广远的一种商品、一种艺术品。

我们走在宜兴的街头，正值初夏时分，小雨如酥，花香袭人。这是想象中的陶者紫砂圣地吗？可是，并没有其他地方为打名牌造声势，而无处不是某个产品的集散、某个产品的卖场的场景。乘着苏南经济发展大势，这个富庶的县城，有了冠绝神州的陶艺紫砂，想象中应当有各类交易市场，各个热闹的展品推销，张扬经济实力，然而，错了，除个别店铺外，几乎与其他的城镇一样，琳琅满目的是各类当季用品和时尚的店铺。那些擦肩而过的人们，默默地与这个热闹繁华的世界交集，好像这里的历史，这里的名产，与他们无关，或许，熟视无睹，见惯不怪。这样一种沉静而内敛的生活态度与方式，是造化，也是一种修炼。

繁华是一种气象，而沉静更是一种蕴藏。作为苏南经济快车道上的一支生力军，宜兴有理由自豪，也有理由被关注。在这样的感觉中，我们见到了龙窑。

这里是丁蜀镇一个普通的院落，不规则的街道，院落杂居，不少家的门口堆有一些陶器制品。在一个门楼边，立有一方石牌，上面写着全国重点文物保护单位，为国家有关部门制牌。据有关资料介绍：这是宋代的古窑。龙窑头北尾南，长约50米，窑身内壁以耐火砖砌成拱形，外壁敷以块石和太湖边上特有的白土，窑身左右设投柴孔（俗称鳞眼洞）42对，这些是投放燃料和观察火焰温度的窗口。烧成温度紫砂在1150摄氏度左右，所谓千度成陶。西侧设装窑用的壶口（窑门）五个，是窑工进出取放陶制品的通道。窑洞呈32度斜坡，它可以让火自下而上自然升温，窑尾还在烧着，窑头就可以出窑了，出空的窑位又放入新的泥坯，利用余热进行干燥加热。窑体上方建有窑棚，花岗石柱，上覆以木质梁架及小板瓦，用来遮风挡雨。燃料主要为煤、松、竹枝等。这尊龙窑是留下来历史最为悠久的一个，而现在还在服役，主要是烧制壶、盆、罐、瓮等一些粗陶日用品。

我们去的时候，是龙窑的空闲，停火休养。从外观看，她那圆圆的身子敦实硕大，如一条土龙伏卧，也许这就是其名称来源。正好可以深入内部，从中部黑色的肚腹中，看到了长长的隧道似的空间，顶端透示几星光亮。有人进去照相，太暗效果不好，就有人喊了一嗓子，仿佛唤起历史的回音，进入了时间的隧道。是的，我们面前是一条时间的长龙，记录着陶艺紫砂的历史，至少是一个百年的民间艺术的见证。民间窑制品，远源流长，已成为宜兴人家中较多见的手艺，因其原料的稀少，加之工艺提高后对其要求愈发精尖，现在，成为流传认可的大家，也变得极其不易，但是，作为最为大众的最为灵活的民间艺术，宜兴的陶艺紫砂，却保持着旺盛的民间活力，各类小的作坊不少。

一座数百年的老窑，风雨沧桑，仍然青春焕发，服务于人，令人肃然起敬。出窑口边堆积了不少的烧制品，有盆有罐，也有缸，大小不等，其大的壶状高半米，还有一些破碎的陶片，同行的有开玩笑说，弄不好，捡的就是文物啊。可是，没有见到那些精制的茶壶和艺术品，也不知陶艺大家们的作品是不是在这里烧制出炉的，就有人不无遗憾地说，古旧成精，龙窑老了，也许是太累了吧。是的，在那成堆的可能是次品的陶品前，我们没有见到在博物馆、商品店里看到的那些精美的身价高贵的紫砂壶，想象着它们的不同。可相同的是，它们的问世，得益于大自然的赐予，也是巧匠们的创造，然而，最后的功劳，是由无数个像龙窑一样的母体孕育诞生。千度火烧方成陶，是火的炙烤、炼制，才有艺术品的纯度。事实上，人们关心的是紫砂艺术的美，却很少知道烧制出艺术品的窑是什么样子，更不知道它们安身何处，境况如何。

离开的时候，大家与龙窑合影，因有众多房屋影响，难有一个全景可取。拍出来的照片，也不太好。这龙窑，为紫砂器物的母体、摇篮，其实也很简陋，甚至是粗陋的。山不在高，有仙则名，不在于她的外貌如何，出身如何。她的强韧，她的博大，她的坚毅，她的沧桑，甚至她的简朴与粗陋，都是她的品格。而历数百年，傲然人世，历经烟火燎淬，孕育出那些或粗或精的陶器生命。可是，为何在这个驳杂的村落中静卧着，除了那块牌子显示着它的身份外，是并不显眼的。我曾经看过几张过去龙窑的照片，周围是一些空旷田地，龙窑的形象突出，世事沧桑，而今在密集的村落街道中，却几近被周围的拥挤所遮蔽，粗朴简陋之中，平生几分孤独与无奈。

2013年6月

生命的红色

可谓名副其实，这盘锦两字，不就是将锦绣优美盘结一处，让美丽收归一地吗?

在盘锦市大洼县赵圈河镇的滩涂上，有一片著名的红海滩，远远看去，如同一方红地毯镶嵌在绿色大地上，艳丽夺目，大自然造物者如此厚爱，成就了盘锦名实相符的一片锦绣。

盛夏，有幸来到这里。

红海滩，红色海滩景色之谓也。在辽河入海口大洼县境内，这块红色的海滩美景，闻名遐迩。其原因有三，一是其面积广，达20万亩，为世所仅见；二是与地球上最大的芦苇荡湿地生态相邻，互为衬托，蔚为大观；再是在北纬40度以上形成如此规模的自然景致，也是地球上独有。这三个之最，加上特殊的生态条件和天然景观，近年来渐渐被人知晓。每年5月至10月初，四面八方的游人奔向这里，尽享美景，一睹芳华。

红色，是自然界三原色中的基本元素之一，在自然色彩中不足为奇，然而，当红色聚合为一种盛大规模，有了某种经典意味，成为一方世界的主色调，成为大自然鬼斧神工的创造时，你不能不惊骇。

尽管先入为主，在照片和影像上略有了解，在新闻媒体上有所耳闻，可是，当站在她的面前，面对这片著名风景，那一刻，你不得不为之感叹，惊羡，生发出吟诗作赋的激情，不如此，觉得对不起这片美丽。你想象她们：红得发紫，高贵如许；红得鲜亮，生机盎然；红得苍茫无边，连绵蜿蜒；红得热烈旺盛，如圣火之庄严，似朝霞之灿烂。你还可想象，在那海天一色，在阳光、大地的映衬下，这红，朱红、紫红、褐红、殷红、血红、深红等等，有如上帝彩笔描画出的海滩景色，也是色彩大师们的匠心独运，天工云锦，神奇无限，有如天地间一次大美的展览。你不禁效仿唐诗，打油几句：此美只应天上有，人间哪得几处闻；一睹风采终难忘，天下谁人不爱君。

造化钟神秀。自然界的至美，是上苍给予人类的厚爱，但却总不能偏爱于一地，这又是造物主的公平。本来，渤海湾这平缓的辽河流域，没有大山深壑，草地林莽，一马平川的景象也许是平面而单调的，然而，有了这红色大美的海滩景色，有了这偌大芦苇荡，风采独特，景观无双，这大洼美色，盘锦名气，不胫而走，芳名远播。

海风轻轻的，像是温柔地为这片红色美景掀开了帷帐。近午的阳光热烈而多情，万物生机盎然。此时，海滩喧闹起来，人们通过九曲回廊栈道，走向海水上方，就近观赏。这被称为“红色精灵”的海滩红，来自于一丛丛、一蓬蓬名为“碱蓬草”的草本植物。它们或半米高或尺把长，挺立着，顶端上几片翅状的叶子红彤彤，在微风中轻轻摇动，在淤泥中张扬绰约风采。碱蓬草叶因了碱分的吸入，有了矿物质滋养，在大自然的综合作用下，变成一片片红色精灵。因是自发自生，不规则地在滩涂上随意地分布，枝叶虽瘦小，却密密匝匝，形成了一片片红色阵营，形成了茂密繁复的红色景观。沿着海岸达十多公里长，有的执著地追赶着海水足迹，一直延伸到海平面中。因依傍在偌大茂盛的芦苇荡旁，这红色有了绿色芦苇的护围，绿中间红，如同红宝石边上镶嵌了一圈绿环，显现华美。间或，高过丈许、密密实实的苇秆，在海风吹拂下形成一股股绿浪波涌，不远处是苍茫幽深的大海，动静相宜，红绿配对，偶尔有海鸥或鹤群飞过，展翅鸣叫。这水中，地面，天空，大自然的勃勃生机，仿佛演绎着一场生命的合唱。

而海滩的红是主角。这神奇的红，通常学名为碱蓬草，可当地人习惯叫荒碱菜，觉得顺口，亲切。它是现存的唯一可以在海滩盐碱地上生存的植物。从何时起，有了如此艳丽的红色生命，妆为海滩奇观，或者说，何时起人们从审美兴趣中认可了她的美丽风采，不得而知。从当地人的称呼为“菜”中，可以想到，她当年与人们的亲密关系，作为一种食物，果腹之用，留下了难忘的记忆。又是何年何月，人们发现了她的美丽，满足审美情趣之需？好像当地朋友也没能说得清楚。无论是作为口福之物，还是当前红红火火成为审美之景，这海滩红，忠于职守，年年岁岁如约而至。每在初夏四月，萌生新芽，先是呈浅红色，而后慢慢变化，到九月红得最为厚实，变得深沉浓烈。长达半年之久，在不同的时序各有所长，都可各擅其胜，这是有别于其他的花事景观，才为人们甚为赞叹，趋之若鹜。

有意思的是，这精灵般的小草，在如此简陋单调的条件下，生存，绽放，而主要是以叶片的色彩组合为大自然奇观的，为人间展现美丽。她们以瘦弱之身，在光秃秃的滩涂淤泥中，顽强地扎根，以海水盐分当养料，绽放生命。不需要人工播种，不用人类劳作付出，甚至于其种籽飘散于天地之间，是一种天然景观。有人说她们是“最无私的美丽天使”，一任风吹雨打，扎根在贫瘠的盐碱滩，无论是海浪的涤荡，还是潮汐的冲刷，守着承诺，如期绽放。所以，也有文章称赞说，海的涤荡与滩的沉积，是红海滩形成与发育的基础；碱的渗透与盐的浸润，是红海滩红似朝霞的条件。诚哉此言。

经不住好奇，走下栈道，看见一棵孤零零有点弱小的碱蓬草，想近距离看一下她真实面孔。这有点离群索居的小草，孱弱得也就是筷子般粗细，太单薄了，简直就是一个未成年孩子，同行的朋友这样感叹。许是刚退潮缘故吧，她的躯干上还有不少海渍污泥，尽管如此，红的叶片在夏日阳光的洗礼下，发出些许光泽。因为太矮小，必须得蹲下身子才能看清她的模样。我们用手为她拂去污渍，真想让她多承受阳光丽日，饱受光和作用，把身子调养得壮实些，去与那海水盐碱浸蚀的泥淖滩涂抗争，为天地间献出更多的美丽。几次想拔起她，觉得这样的环境下她能长这么大，殊为不易，未敢伸手。不远处，各个观景点上人头簇拥，在一丛丛、一堆堆的大红景致旁，照相，欢呼，嬉戏，热闹一片，更显得这株小草的孤寂。

碱蓬草是无私的。无论是热闹的白天还是寂寞的夜晚，不管是晴天还是雨中，仍真情地绽放美丽，年年岁岁，如期而至。大爱仁厚，桃李无言。不因为气候环境的险恶而爽约，也不因为人们的蜂拥而至而自炫。她的美丽是常态的，她的生命是强旺的。于此，她丰富了大自然奇妙的色彩世界，让一种常见的颜色赋予了新的意义，也让古老的辽河入海口和同样古老的大洼城，有了一方著名的名片。这个叫红海滩的地方，因为自然天成，也因为形象地蕴含着生命意义，会越来越著名。

2014年9月

扬中：一条鱼的美味

江苏扬中，似乎不太为大众知名，这个县级市，周边的城市名气太为显赫，镇江的古雅，扬州的繁华，常州的别致，泰州的沉实，都是扬中一个个颇为响亮的背景。在江苏，众多一线名城集中在风华绰约的扬子江一带，这扬中，无论是建制规模还是历史年份，只能叨陪末座了。当然，作为江中的岛屿城市，其风华锦绣，自有风采，自是精彩。

长江，宛如一道流动的风景，自南京以下古有扬子江的称谓，“江流宛转绕芳甸”，一条江流带出一串人杰地灵、物华天宝的城市群，而镇江所辖的扬中，就是一颗明丽的宝石。这样说并不过分。这颗明珠，不是石头的质地，没有雍容华贵，而是江水浸润，柔和纤美，贴近人性，有生命气韵的。单说这物产，就不同于别的地方。长江的水产丰富，最为名贵的要数中华鲟和河豚了。中华鲟的出生地也在长江的中下游，因种种原因，她几近绝种，只能人工养殖，成为国家一类保护动物，而这里的另一条鱼，就是在美食中大放异彩的河豚。

在扬中的长江边，有一个巨大的河豚雕塑，其高度足可以在这个城市的诸多角落远眺。金黄色的外壳散发着高贵的气息，一条鱼作为雕塑而置放在旷野，还有其他的场馆外形也是河豚鱼造型，显示了鱼文化在扬中的地位。宋代大文豪苏东坡当年在比邻的常州任职时，曾经对河豚的美味发出了感叹，写了流传至今的名句。据说他看到河豚并不敢吃，人们推荐名厨老孙家的河豚，他也犹豫，说是冒死吃一次，之后，他大笔一挥写了“正是河豚欲上时”的名句。不说味道如何，只说欣逢其时，躬逢其盛，诗句暧昧，使得老先生吃没有吃这番美食，遂成了千古话题。然而，由于苏老夫子的青睐，这条鱼游走于历史和文学的典籍之中，成了有趣的民间文学。在扬子江流域，这条鱼因其肉质鲜，有剧毒，美味与风险的诱惑与挑战，又令人向往，成为长江中下游城市的地方名吃，而有着得天独厚的地理优势的扬中，更是发挥了这个美味的极致，成为一张宣扬城市文化的名片。

每年的河豚节就不必说了，而街头林立的河豚餐馆，一到烟花三月，水丰鱼肥之时，访者云集。大快朵颐的事对大众是最有号召力的，何况，长江在扬中分流出的双水汇合聚首，沉积为一个生气盎然的江中沙岛，生态独特，吸引着众多旅游者。自清代以来，这里几个岛屿先后开埠。城市因水而生，小巧灵动，就有了生态的独特优势。扬中注重这张名片的挖掘，整理出“河豚文化丛书”，河豚美食名师大厨的评比，“中国河豚之乡”的称号获得，形成了多方位的河豚文化。那天，我们在一家僻静的巷子里，见识了中国特级烹饪师孔庆璞的独特手艺。同别处河豚红烧不同，他独创火锅宴，鱼的全身，无一不用来涮煮，而且也有生拌，如同日式料理刺身吃法，仅用佐料如芥末之类就可生食。本来，河豚的剧毒为人所惮忌，偶有中毒的披载，眼前的生食，即使曾尝试过河豚的人也是头一次见识，不免有所顾忌。只见主厨孔先生并不急于动员大家下筷，他先是一番河豚自古至今食用历史的介绍，再对于鱼身躯部位解剖讲解，让众人放心食用，可是，他把河豚最具毒性的眼珠和肝脏，放入火锅煮沸，再轻轻地放在一位女士盘中，也许尊女士为先，或者想试试其胆量，他的一番专业知识介绍和大师荣誉的招牌，并没有给众人壮胆，座中一片沉静，女士更是面有难色，但孔先生并不按传统的做法厨师自己试吃，“以身试法”，他仍然在说有关河豚美味特色，河豚的美食与名人轶事，关于河豚的诗章文字等等。不一会儿，席中有了一位侠客，率先吃了鱼眼后说，好味，好味，这才在轻松的气氛下，有人说学学苏东坡，冒死一回也值得。可是，一旦试过，不厌其鲜，豪迈地做了一次特别的美食家。这个有点家宴式的聚餐，全是一条鱼的宴席，是关于河豚文化的启蒙，初识这道菜肴的人，与其说是在做食客，不如说是在听讲座，生动丰富的河豚文化，也许是吃这样一条鱼特有的滋味。

于此，我们进一步得知，世界上河豚的品种数百，仅在中国就有二十种。扬子江一带多为东方豚。因它的鲜美，它的毒性，人类早就对它有所认知。左思的《吴都赋》、李时珍的《本草纲目》等书对河豚都有记载。早春二月，东方豚自外海到江河咸淡水交界处产卵，再回游长江，奔波逆流，四五月份到扬子江，年年如此，千辛万苦，初心不改。迢迢回游路，是野生河豚的成长路，也是一条生命的艰辛历程。据说，河豚回游生长最佳的距离是从入海口到扬中一线凡三百里，这样才长得肥硕健壮，加以扬中特有的一种秧草植物佐料，鱼鲜更是别样风味，所以有吃河豚在扬中一说，也难怪扬中人把偌大的鱼雕塑张扬在城市的门面上。

一条鱼的雕塑，是一个景观，以此打造城市文化亮点。或许更主要的是借此对自然生态的保护有一个形象的提示和警醒。如今人们的饮食口味越来越挑剔，敢吃会吃爱吃，视为平常。千百年来，一条鱼成为春江水暖之时的人们口福之乐，也为扬中带来不小的人气和名声。所以，在生态保护，特别是水质的监管保护，涵养鱼类生存的水源方面，扬中人因受益所以清醒。可是，举目时下，江湖河海过度地开发利用，生态破坏，资源渐失，竭泽而渔，水流浊污，成为一种现实常态。因而，野生的鱼类，特殊的种群，以及儿时的河鲜口味，过往的水清天光，对于我们都成了稀罕之物，或者变了味道，我们还能够享用古人当年“蒌蒿满地芦芽短”的生态吗？饱享自然美味后，人们对于赖以生存的环境，给予衣食之享的大地万物、自然生灵，应当有什么样的认知，会有足够的敬畏心吗?!

或许，扬中这条鱼的雕塑会给我们一些警示和思索。

2015年6月

翠微峰巅

却顾所来径，苍苍横翠微。一千多年前，大诗人李白这句诗是在终南山中与朋友同游的路上，相携及田家，美酒尽狂歌，饱享田园风光后写下的。而今，我来到真正名为翠微峰的一座山头，晚秋时光，拾级而上，山峦起伏间，层林尽染处，一派翠微与金黄交映生辉的景观。踏着萧萧落叶，远眺山峰奇瑰错落，亲近这数峰相拥的秋景，不禁想起李大诗仙的这一名句。

苍苍翠微映古今。翠微山位于江西宁都县，离县城五六公里，可当小城休闲的一座生态后院。宁都是赣州面积最大的一个县份，其名头岂可了得，当年红色革命最早的中央苏区在这里。八十多年前发生在这块土地上的革命故事俯拾皆是，浴血烽火，红旗猎猎，书写了无数动人的诗篇，著名的宁都会议和宁都起义，曾是影响中国革命的重要事件。当年一、二、三次反“围剿”的指挥中心和主战场就在这里，气派的“反‘围剿’纪念园”正在作最后的修缮与布置。毛泽东、周恩来、朱德、王稼祥……在这里浴血奋战，留有遗址。

所以，这里的山水是有着历史和声名的。是啊，回望走过的路，翠微红黄，杂然相偕。一片苍茫，一簇锦绣，不禁感慨万千。落红不是无情物。这红色岁月、红色文化，曾哺育和浸染了这方绿色的天地，为中国历史书写了可歌可泣的篇章。莽莽苍苍，云卷云舒，历史大道，风云际会，这一切汇入过往，也汇入眼前的苍翠之中。

宁都属丘陵地貌，其山系为罗霄、武夷一脉。翠微山景区与周边的锦绣峰，连成了九山十八峰，成为国家地质公园，素有纵横前后皆是景之说。来到翠微主峰下，你会在绿竹入幽径，青萝拂行衣的清幽中，在山石奇瑰、古树参天的气势中，想象着眼前诸多形貌惟肖的山石与峰岭的有关故事，当然，你会感叹这大自然鬼斧神工，你会被这金精山、青龙岩、龟岭脑、锦秀谷、凌霄台等丹霞地貌的奇特景观折服，主峰下的金精洞深邃幽长曾是道家的一个福地，而五十年代一部反映建国前山地剿匪战的电影《翠冈红旗》就是在山中拍摄的。

山不在高，有仙则名。这方风景独具，幽静森然，有了人文历史的映衬，为世人瞩目。自五代以来文事兴盛，就有“文乡诗国”的美誉传诵。汤显祖、文天祥等踏访其间，留有诗章。然而，后来清初那批学子一场“占山为学”的故事，让这方山水有了奇妙的人文风骨。

有清一代，文人学士精神禀赋独卓，著名的文学家辈出，近代以来的经济发展之故，而文化的重点向江浙一带集聚。文艺家们的创造不胜枚举。在清初散文界有宁都籍的魏禧与汪琬、侯方域并称为清初三杰，就是这个魏禧，邀集了九位志同道合的乡党，在翠微峰上，掀起了不大不小的动静。这就是著名的“易堂九子”的故事。

翠微峰高约百十米，平地突起，独峰巍峨，只有东南侧壁立而上的一条路可达顶端。三百多年前，清统治南侵，社会乱象，这块山地上的文人学子性情倔强，不仕清廷，不合俗流，以魏禧为首，计有其胞兄弟魏祥、魏礼以及李腾蛟、邱维屏、曾灿、彭任和南昌的彭士望、林时益众人，其中多有狷介之士，不见容于时俗，其文章或言论，或讥讽时世，或抒写胸中块垒，因志同道合，在魏氏三兄弟的率领下，九位士子登上翠微峰顶，闲居荒野，研习《易经》，读史传道，开办学堂，为名重一时的易堂九子。

想象着那样一个时辰，寒风凋零了这块翠绿的山峦，而在高天旷野、一柱峰巅之上，有琅琅书声飘散在大化八荒，何等的潇洒清脱。他们沉醉于清风明月，布衣黄卷，听山风松涛，辨析时事，臧否人物。九子们多是诗文高手，他们研究历史，酷爱《易经》，于是取山名为“易堂”。其带头者魏禧，博学强记，个性倔直，一生研习史学，留下了《左传经世》10卷、《魏叔子文集》22卷、《魏叔子诗集》8卷，而一篇《大铁椎传》曾入选当代语文教材，影响较大。另一位李腾蛟年龄最长，文名甚重，曾是明末廪生，著有《半庐诗文集》《易堂三处士稿》。其名列入《清史稿·文苑传》。

幸而在这峰顶上有一块篮球场大小的平地，石壁渗有清泉细流，天地仁义，自然造化，有了地又有了水，对这些潜心于学的书生们，少了生活之虞。他们开荒而食，结庐而居，招募学子逾百人。史学是九子们的同好，唯以《易经》当作习文行事的圭臬。兴馆讲学，阐述史学，从易经儒学中阐发人生事理，一时间，易堂学风渐成气候。饮朝露而餐风雨，孜孜于史书研习，高标孤傲的士子风骨，继承了书院学堂授人施教的风格，而又以这独特的地形之势，把学问做到了天地之间，不合时流的侠义之风，兴学传业的豪放之气，这“易堂九子”的声名成为宁都文化的一张独特名片。

向晚时分，攀登翠微峰的大门已闭，只能在暮色苍茫中远眺。阵阵山风，暮霭岚气，眼前一片迷蒙，而巍峨直立的翠微峰，恰是一个硕大的纪念碑，不着一字，记载了先辈学人们的业迹。从一份资料上看到那些易堂主人们，胼手胝足，建造了颇具规模的易堂、勺庭、吾庐，十数间房舍的学堂遗址依稀可辨，而今，斯人已去，物非人散，易堂九子的遗风，他们创设的学问之道，留下佳话，为人称颂。行走在翠微山道，听这奇特的文人故事，遥想当年学人们的理想追求和生存之道，我们的怀想和感动是多么的沉重。

2013年8月

徐霞客的上林

历史有幸让这块土地增添了荣光。上林，这个在史书记载为古代皇家林苑的名字，在华夏版图上则有一个活生生的存在，这就是南宁北郊百多公里的地方，因为一个历史老人的寻访，变得特别，变得闻名，成为史籍上一个有意义的记载。

那注定是让人难忘的时刻。三百七十多年前，公元1637年冬，山路崎岖，一位徐姓老者在小雨寒风中，粗衣竹杖，从南宁过昆仑关，逶迤而行，在这里——南宁北面当时的思陇和三里城，住了下来，这一住就达五十四天之久，成就了这位历史上的伟大旅行家与南粤著名风景点的佳话因缘。

这是徐霞客的第十六次出游。此时他年届五十，感到自己老病将至，计划已久的“西游”再也不能迁延，他毅然踏上旅途，开始了他一生中最后一次也是最壮烈的一次“长征”。

作为一个成功的壮游者，其心雄万丈，他要遍游南国，“问奇于名山大川”。于是，他不顾年老力拙，不顾及荒蛮、封闭与瘴疠的肆虐。一年前的初夏，从江阴老家出发，走江西再湖南后广东，入广西时已是次年阳春四月，他先是在南宁逗留，由此为基点游历了广西的东北和西南，而后他来到上林，已是寒秋时分。雨水不时地在这秋寒中淅淅沥沥，他踽踽独行，山涧的树果草根成为他的果腹之食。或投宿于寺中，或寄宿于茅舍，晚间他写游记，写山志，留下了一个行者与智者的思索。

“又行坞中二里，有小水南自尖山北夹来，北与界髀之水合有小桥渡之，是为上林县界。”

“粤西游日记·上林”这样开篇，他详细记录初到上林的细节。及至他的这次《粤西游日记》中，以简练求真的表述，或长或短，或记录山形地势，或写物事风习，或留下旅行指南式的评点，其景可观，其情可见，而朴实中有含蕴。不知何因，他在上林境内逗留的时间是他此行最长的，凡五十四天。上林寻游，盘桓勾留，景物与人情，建筑与史实，成就了他的一万四千字的日记，历数这块土地上的山川地形，风物人事，成为他此次出游的一个亮点。

所谓踏着古人的足迹，或许这是一次真正的兑现。在一个盛夏的中午，烈日当头之时，我们沿着徐老先生当年足迹，行走在他所描绘的三里城地区。满目青绿的禾苗抽穗拔节，秀丽的河流纵横交织。绿树红花是大地生命的色彩，而潺潺流水是夏日风景的灵魂，这里，有洋渡河，有大龙湖，有峡谷溶洞，有湿地，有成片湖泊草地。作为与桂北、粤西山水同一脉系的喀斯特地貌，上林的山水景致不仅是绮丽灵动的，而且多有幽深与奇崛的特色，它不是一个个独立的个体，而是一片片相互联缀的整体气象，水与山相依相偎，绿树与村舍的映衬，在山凹深处，绿色葱郁如海，清流野渡有断桥，间或牧童戏玩，其景其情，或许陶渊明笔下的桃花源之景堪可比肩。

面前就是一个叫三里·洋渡的地方。恰是当年徐老先生的流连之处，背有大山之依靠，前有流水之环绕，清水河如同一条玉带，串连起这块树丛草地。这里是一个平坦而广阔的生态绿地。夏日的阳光下，悠悠绿色绽放油亮的光泽，我们被安排在一个旅游的开节仪式上，依傍阡陌田畴，享受着这片特色的风景，但难耐暑气侵袭，不一会儿汗流满面，可是，一队队拖家带口的人们骑摩托聚集到临时广场上，还有不少戴小红帽的学生，成了当地一个盛大的节日。或许是霞客老先生的号召力，野地里的这个临时广场，成了人们热闹的聚会场。几个相关的程序和节目在人们欢呼中完成，而近旁简易的展览室里，书法和摄影展吸引了更多的人。我流连于此，看到上林风光在众多的摄影者眼中，有各种奇异的再现和描绘。更多的是，书画家们以对当年造访到此的一代伟人的崇敬和怀念，书写下真诚的感悟，挥毫落笔之间，一代旅行大家、一个倔强的独行侠、一代游记的集大成者，对中华文明的贡献与引领，跃然纸面，令人肃然起敬。

回到县上，在一个安静的院子的会议室里，县上徐霞客研究会有活动。同样，墙上挂着不少的书画，桌上放着新出版的大本研究文字，当年行走上林、客居五十多日的大旅行家，如今得到了如此的尊重和厚爱，老者青年，官员学人，济济一室，商议着研究、纪念事宜。当年辛劳事，今日座上魂；万言写大千，行状后人敬。如若徐霞客老人有知，也不枉那艰辛的粤西游、上林行。

一片风景的美丽，或许有了这样一位巨人的参与，有了千古流传的故事，才有了不同的成色质地。

2012年10月

唯美卢塞恩

美丽是没有说法的。魅力是无所谓大小的。

当每年的游客熙熙攘攘，达百万计涌向这里的时候，卢塞恩，这个面积仅七平方公里，人口约四十万的瑞士高原小城，不能不让人探究其魅力和美丽之所在。

人间四月天。这里是“春的盛宴”。从苏黎世坐火车，约个把小时的车程。沿途，大片的黄色野菊灿烂绽放，与绿草相映；河水清澈，一个个静静的湖与各式尖顶独立的小木屋在山坡草地绿树中显现，偶见湖上有水鸟和垂钓者共乐。远处阿尔卑斯山雪山剪影影影绰绰，交织成一幅静谧的图画。遍地葱茏，生气淋漓，造物主向来访者展示了偌大的风景画。

古老的火车站前，就是闻名的卢塞恩湖。正午的阳光有点刺目，却感到水气氤氲，一汪蓝蓝的湖水在微风中轻轻拍岸。从车流中看去，城市的名片——廊桥与灯塔，清晰可见。远处山坡上，欧式特有的双尖顶教堂，近处河湖旁，一排排古雅而整齐的街道和茂密高大的七叶树，还有与人们嬉戏的鸽子、白鹅，簇拥着这个山水古城。这就是卢塞恩，自然恬静，生态纯美。

卢塞恩，港台地区又译成琉森，拉丁文是“灯”的意思。古罗马时期，这里只是一个小渔村，为了给过往的船只导航，修建了一个灯塔，因而得名。卢塞恩于1178年建城，1386年与其周围地区组成了瑞士的一个州。18世纪时曾为瑞士当时的首都。

城里名胜数灯塔旁边的卡佩尔桥最为耀眼。它建于1333年，长200余米，其木桥结构有如我们常见的廊桥。桥的顶部绘有110幅三角形的反映城市历史和人物故事的彩画。据称，瑞士著名的巧克力品牌Toblerone的三角形设计灵感就来自于这些画。每年春天，桥上鲜花垂吊，灿烂绚丽，花映水中，也称花桥一景。可惜20年前，不幸被大火所毁，后经重建恢复了原样。与其比邻的八角型水塔，是400年前建造的，而今仍雄峙水中。这一桥，一塔，成为卢塞恩名片，在各类宣传资料中赫然为城市的象征。

美丽总是与文化结缘。当年，这个欧洲蕞尔小城，多有一些文化名人光顾。作家列夫·托尔斯泰、雨果、歌德、马克·吐温，音乐家瓦格纳，哲学家尼采、叔本华等，曾流连于此。托尔斯泰、雨果还写过有关卢塞恩的文章。歌德在希尔广场，雨果在罗伊斯北岸居住地，曾辟为博物馆。音乐家瓦格纳在这里完成了他的几部传世之作，其湖边的博物馆存有他的作品真迹。而法国作家大仲马更是以“世界最美的蚌壳中的明珠”称誉卢塞恩。

曾经作为瑞士首府的卢塞恩，悠久的文化历史，刻镂了一卷卷厚重的史书：石板路、古旧的街道和商铺，记录着昔日的荣光。后街山坡有一个“狮子纪念碑”，由丹麦的雕刻家特尔巴尔森设计。这是为了纪念在1792年8月10日，为保护法国国王路易十六世家族的安全，而牺牲的786名瑞士雇佣兵。纪念碑在一面坚硬的石壁上凿洞雕刻。一头中箭垂死的狮子奄奄一息地躺卧着，断箭头凸出在肩背上，皱着眉头，微张着嘴巴，隔着一方水池仿佛也能听到它的喘息。垂死的雄狮不无悲壮，却显示着力与美！作为一件栩栩如生的雕刻杰作，它声名远扬。马克·吐温曾称赞道：它的头低垂着，断裂的矛尖仍在它的肩头；它的一只爪子按在法国皇家纹章的鸢尾花上，似乎以此来保护自己。

当年的老旧市政府，现在是一个公寓，而上面斑驳的壁画，展示了当年艺术的成就，吸引游人驻足。还有，百年老店宝齐莱的钟表销售，在川流不息的不同肤色的来客中，成为一道美丽的风景。

卢塞恩是闻名于世的音乐之都，其夏季艺术节是世界著名的几大艺术节之一。KKL卢塞恩文化和艺术中心，屹立在湖边。这座建筑是由法国杰出的建筑设计师Jean Nouvel设计的，巧妙地把湖水引入了大厅。人们在观赏艺术的同时亲近着自然，其设计理念，让人叹为观止。

乐山乐水，亲近大自然，人类共性，而自然物件中，水和树是至为重要的，当热情的绿树和柔软的湖水就在你的脚下，悠游于你的身边时，你是何种的感受啊。眼下，这两件东西，恰就是卢塞恩最奢侈的。长约35公里，最宽处有2公里的卢塞恩湖，犹如瑞士高山湖中的美妇，而邻近皮拉图斯雪山和罗伊斯河，使湖水得到了补养和净化。

从市中心坐车或坐船半小时行程，就可到布尔根施托克，一个著名的山峰。她三面临湖，是一个已有百年的开发史的半岛。坐在高山会所往下看，满眼青翠的植被，簇拥一大片蓝色的湖面，游轮历历可见，草坪上各色花伞和帐篷，美丽夺目。这里有一百多年前建成的休闲会所。1954年，美国当红女影星赫本曾在山上的教堂举行婚礼，曾在这里居住数月。湖边直立而上的一架百年历史的老电梯，来往高度达到153米，仍然执行着从渡轮上运输游人的任务。宾馆的雕塑和壁画，展示了中世纪的风格，走廊天花板的檩条上，刻有不同时期来过此的名人姓名。这些独特的遗迹，成为这块山峰自然景色中的一个灵魂。保护历史，同时利用自然，让环境为现代人的生存服务，这是现代城市的管理者们发展城市文化的理念。现在，山头修建了宽广的公路，一些古老建筑也在维修中。

当然，生态环境的守护，是卢塞恩人最为自觉而平凡的事。离这里七八十公里的恩特雷布赫，是瑞士唯一的联合国自然保护生物圈，约有44平方公里面积。根据不同功能，划为三个保护区：重点保护、开发利用和一般管理区。从卢塞恩坐火车一小时，可到开发利用地区。绿草黄花的山坡上，圈养的水牛悠闲地啃着花草，两层高的牧民居家木屋，随意地分布在空旷的草地山坡，小路隐身在花草丛中，一派生物圈保护地特有的景观。

生态、自然与人文、艺术、历史与宗教，一个包罗了万千气象之美的城市，唯其如此，卢塞恩，魅力与声名岂是了得。

2011年6月

焦作走笔

焦作，一个很特别的地名，名缘何来，问当地友人，也查阅了资料，都语焉不详。不过，地处中原，为河南省西北重镇，历史悠久，人文传统深厚，其名气也未可了得。以往人们对焦作的印象是黑色的煤城，所谓焦之黑乎，其貌不扬，土里土气。人容易先入为主，污染严重，脏、乱、差，多是对北方小城特别是煤城的印象。然而，错了，焦作的风采和美丽是被误读了的。或者说，她的景观与特色，是在焦作作为现代旅游城市华丽转身之后才渐为人们知晓。

有资料记载，焦作早在8000年前就有人类活动，东周时为京畿之地，汉代为河内府，唐为怀州、怀庆府。公元1956年建市。作为中原文化的一隅，她文脉深远自不待说。可是，焦作的自然优势也突出，平原广袤、大山雄峙、大河奔流，一个地方山河相拥，山水共生。天然的地理优势是时下打出名声最难得最基本的条件，焦作有幸，她扼太行之雄伟，挟黄河之气势，借古都洛阳、郑州之名，华夏文明在这里积淀为异样风华。

云台山是最亮丽的名片。近年来，借助央视媒体的传扬，这方焦作名胜，吸引了每年数十万人参观，高峰时段创下了一天近万人的纪录。云台山是有内涵的，那偌大丹霞地形，那山水交合的自然生态，那山峰耸峙的不凡气象，那细腻与粗犷、力与美的杂糅，构成了她的丰富与厚重。在北方高纬度的地段，造物主如此恩惠，难得有这么一方亦山亦水、山高水长的江南风景。神奇与幽深是她的底色。从市区驱车前往，一个小时车程，听说山快到了，却无任何的身影轮廓，在不经意间，一马平川的开阔地上，突兀挺拔，高台入云，“悠然见南山”，没有任何的过渡，一座巨峰如虎背横亘于前，让人既惊喜又神奇。有人笑言，这山的特别恐怕就是在不知不觉中与你邂逅，与你亲近。云台山骑着太行山的尾巴，是太行山在这里切成一个横断，神工鬼斧，造化天成，色彩斑斓的红石峡是其集大成者。像上帝遗撒的红色颜料，涂抹成亮丽的丹霞石，遂有了这数里长的峡谷。一汪清流深藏于谷底，林泉幽深，峡谷蜿蜒，这在北方黄土高原本已难得，然而，那赭红的岩石，形成一个个不同景区，九龙潭、潭瀑峡、茱萸峰等，扩大了景观的厚度。拨开莽莽苍苍的树丛，沿着峡底清流而上，在时隐时现的石头栈道上行走，花叶纷披，涧水沾衣，苔痕阶绿，瀑泉鸣唱，观石桥石梁在阳光与溪水的作用下变幻出的各色光影，你感受到大自然的奇妙，山水的亲和力，草木石头的温情。此行不虚，你的游兴得到相当满足。因为，很多的时候，风景哪怕是所谓的5A、4A级的风光名胜，也多是“不如意者十八九”，徒有其名，诚实是时下对风景点的一大考验。这丹霞石组合的峡谷，垒垒石块，潺潺清潭，无疑让这峡石景观的成色有足够的斤两，老少无欺，这岂不是游者最为快意的？无怪乎，人流蜂拥而至。我们碰到不少带北京腔的游客，一问说是趁着北京几天的APEC会议放假，结伴而来。其实，这里的景致早已是北京游客大周末的首选。我想起还是两年多前，家人就有夫人公子分别自驾旅游到过。据说，“河南有个云台山”，已被圈内驴友们所津津乐道。

难得的是，焦作的山水得上苍厚爱，除了云台山外，还有青天河、神农山、峰林峡、青龙峡，五大名胜组合为广义的云台山风景区，把焦作的几个县市连成一片旅游景观带。它们或以水域广阔，或以山形惟肖，或以峡谷深幽，或以峰峦峻峭，或以历史人文奇特，或以综合的山水景观而各擅其长。几处名胜，又评为世界地质公园。从体量上，这焦作的景观，是成规模的。博爱县的青天河原是六十年代修的“红旗水库”，如今，巧妙地运用了革命年代的精神遗产与自然风光的结合，成为一个优美的景点。行船于长长的青天河水道，夹岸风光中有三姑泉、鲸鱼滩等。年轻的导游在文学想象中推介，我却对由水库变景点的历史感兴趣，沉浸在当年修建时辛苦的想象中。如今，山清水秀，草木修密，是多少建设者们血汗换得。幸而同行中的作家韩达曾是当年建设大军的一员，他不无激动地向导游讲述当年的往事，并提醒她以后可以增加这方面的内容，引起了共鸣。是啊，自然山水固然是上苍的厚爱，而护养她的则是人，更不用说当年举凡每一项重点水利工程，都有生命代价的付出，在青天河的管理区就有烈士纪念碑就是明证。对于我等有过如此经历的人更是别有滋味在心头。

我对山水的兴致其实是可有可无的，虽然，古人的我看青山、青山看我之说，表达一种主客互为的关系，是一种天人合一的哲学精神，但我总觉得自然界的面貌状态，大小高低其实难分，只因时间不同、心绪不一，而去领略和欣赏时的主体精神才是先决条件。所以，杏花春雨小桥流水，与大漠孤烟古道残阳，于我都是一种外在的客体。此处与彼处，或许区别不是太明显。所以，景点上的人文历史，是让我等甚为在意的，当然，得有确凿根据，是信史才可。比方，沁阳的神农山，说是远古遗存似的一座山峰，因了神农氏的传说，让山的韵味有了别样的情怀；比如这茱萸峰，说是因为王维当年的千古绝唱“遍插茱萸少一人”在此咏出，地名因此而来，为世人瞩目；又比如，云台山的百家岩，因为“竹林七贤”的隐居，也不同凡响。固然“山不在高，有仙则名”，或者从管理者的角度，有良好的愿望，根据历史的某些记载，哪怕是片断的，进行推理，我以为对于提升自然的形象不无好处，只是，这些景点因为时间的关系，没能亲历现场，尤其是，“竹林七贤”的那片茂密的竹林。不知道1700多年前，这个文学史上一桩具个性化的史料，为后人敬仰，他们既有同气相求的和善，又有孤绝清流似的耿介，又有惺惺相惜的友情，嵇康与山巨源，刘伶与向秀，他们生活过的这方大自然，当年的遗存何在？传世的文字，流芳千古的人文佳话，对于时下人文风气以至社会风习，也许都有一个警示与借鉴。可惜，没有去成。听说，山涛与向秀是今武修县籍人士，也没有太多东西留世。这是当下众多旅游景点遇到的同样问题，缺少史料，难以明证，可是，既有的资源不利用也太可惜。于是，挖掘历史痕迹，越老越古的越好。当然，投入多了，也不一定讨好，匆匆到此一游的大众游心态，有谁在乎那些久远的、在普通游客看来何苦浪费时间的那些人（古人）那些事（没有太多故事的事）呢？

无论如何，焦作的景观丰富博雅别致，不论自然景观还是人文风华都成规模，这里还没有说到唐代文宗韩愈的陵墓“韩园”，祖籍沁源的唐代大诗人李商隐的故居。而且，由过去的煤城，到如今的现代旅游城市，管理者们的善为能为，也是一大优势。大的不说，就细节上也多有亮点。比如，在云台山这么大的风景点上，火种看管极严，提示牌随处可见，为了让烟民有个过渡，进得景区就设有一个宽大的吸烟室，内有各种手机的充电插头，有沙发式的坐垫，透着舒适和细致。我曾与同好老聂在进出之时都到此光顾过，令同行的女士们羡慕好奇，非烟民的张女士夏女士也体验了一下内中的舒适。最是难忘有细节，仅此一点，让游人会有不同于别处的印象。

2014年10月

酒之魂

德州好风日，我来寻佳醇；悠悠运河水，绵绵古贝春；一杯一陶然，数杯见性情；微醺又复醉，飘飘欲仙神。

大野尽葱茏，平地涌酒泉。初闻酒馥香，再闻诗味浓；诗碑立大道，书法百家众。企业诚信先，文化酿酒魂。.

这是壬辰年夏天我在山东德州古贝春酒厂参观后的即兴口占。

因了身体的血管之虞，平生前半辈妄说“诗酒趁年华”，有那么点意思，而壮年之后，对这酒也有所收敛警惕。记得在青葱岁月，缺少吃穿年代，酒更是一个稀罕物，当年为给奶奶解馋，听说镇子上卖酒，便起早排长队用暖壶打回点如葡萄汁似的酸不酸甜不甜的液体，急火火的回家路上，有时偷偷地抿上一口，那个滋味至今仍没法形容，那感觉就是人生的第一次监守自盗，然而从此有了酒的心得。后来，“文革”中“革命大串联”，学会了人生的大事是抽烟喝酒，及至马齿渐长，酒没少碰，可多是在场面上的趁兴和娱乐而已，可以放个大话，虽喝了不少年的酒，至今是没有大醉的。不是量大，是胆小。人生半百后，江湖酒肆出来混，心脑血管不争气，胆更不复当年，每每场面上是以水代之，不少次被人讥为女性同胞一类只配喝饮料。现在的身份是不喝之徒，所以，一个对酒有点警惕的人，一个对酒的牌子名气不太关心的人，一个多年习惯于酒桌上当看客的人，在鲁北的武城古贝春酒厂，禁不住主人的美意，体味了多年没有的酒酣耳热之感觉，这一举杯我说是把多年的量都给完成了，当然，这个酒的酿造地和与酒有着更多故事的地方，让我也有了新的感受，见识了什么是品酒，什么是酒文化，什么是酒的世界、酒王国。于是，有了这口占的打油。

没有想到这样的场面，与酒和酒事关联。从德州火车站出来，大巴在鲁北平原疾行，玉米地、瓜果林，再是高楼大厦房地产项目，没有细问目的地酒厂有多远，未几就在一个庄稼地包围的绿树丛中，透过围墙看到了偌大的厂区，大排的车间和厂房。到了，这名为古贝春的酒业公司掩隐在一个宽敞的平地上，没有高大的建筑，没有奢华的门面，大隐隐于野，朴素得让你想到与这个特别名称相关的风格和国企的做派。虽不古，却也不洋，不露山显水，可是，就在这纯朴闲情之时，就闻到了浓郁的酒香。套用句俗话，想到过酒厂的味道，没有想到有这等醉人的酒香，这味道也把那灿烂的阳光和绿树秋果们比了下去。

也许是文人的臭毛病，就问这名称何来。是啊，从没听说过一个叫古贝春的企业，是人名还是地名？以至在聊天中我戏称这个名字是一个很好的形象代言人，或可拟为“古贝春小姐”形象。其实，武城为古代贝州的范围，酒名沿用多年，而酒厂也有六十多年历史，几经变革沉浮，特别是十多年来一番拳打脚踢，而今，终成正果，牌子成了远近闻名的市场号召力，只是我们这些平素与酒有点隔膜者，孤陋寡闻，误把铭牌当作名字，以至于戏言露怯。关于其生产成绩，已是声名远扬，成功的标志有众多硬指标量化，特别是一些奖牌荣誉。我们在企业的博物馆里看到了众多的荣誉，即使近几年其业绩甚为可观：三十八度古贝春酒获2005年全国浓香型白酒质量第一名，五十二度的酒获第二名，其古贝春商标为中国驰名商标；企业还先后获得中国公认名牌、中国文化名酒、中国著名品牌、巴拿马国际金奖，而公司集团的董事长周晓峰当选为全国人大代表。

当然，酒的好坏由喝酒的人们去品、由市场、买家们去说，而我更感兴趣的是，产生了这等效应、获得这些殊荣的缘由是什么。或者，为何在这样的一个不起眼的地方—— 一个平原上的普通的地理区位中，有了这样一个响亮的名字？一般而言，南方多名酒佳酿是因为水，因为气候，而北方霜冻期长，在水质与水源没有南方优越的条件下，能够叫响，打开市场，奥秘何在？

答案可以多个，比如武城地处古运河，多年来的酿酒工艺创新，对于现代技术的借鉴，网罗高端人才，营销细致到位，等等等等，然而，我感兴趣的是，他们对于文化的深入理解，一种有创意的利用。

进入厂区，眼前一亮的是一片诗苑碑园，大小、圆方，各形各态的石头上刻有诗作，在一大块绿树红花中或立或卧，如一个诗的王国，或者是诗的雕塑园。细看诗作，多是乡土和亲情的内容，句式凝炼简朴，刻镌字迹不一，但多是朱红配色，或许这是对文化的一种具象的展示，一种文明的表达。酒，这个来自于谷物泥土中的人间饮品，与诗这来自于大地乡土的精灵，都是大自然馈赠，有着亲缘，才有了这诗与酒的结合。古代文人与酒的亲近已有众多佳话，有诗有酒，相谐相处，自然合拍，诗酒竞风流，为人生一大快事。我们也享受着古人的快意人生。正值秋意十分，在绿树和花草丛中，数十尊诗碑成为一个亮丽的景点，而充于味觉的是酒香，这酒与诗的“配对”，让来访者情怀触动。而不远处，在通往车间的道路上，有千米“诗酒大道”，更是深度地立体地展示了酒文化的内涵，令人叹为观止。

恰是企业休息日，厂区安静，更增添了这诗酒大道的宁静。诗的大道，也是书法的大道。几分古雅，几多文气，让人不得不驻足。细细看来，在千米长道上，用暗褐色花岗石砌成一溜约高半米、宽二米的台阶，两侧镌有历代文人关于酒的名篇佳句。早期的有李白的“兰陵美酒郁金香”“且就洞庭赊月色”，苏轼的“诗酒趁年华”“把酒问青天”，也有杜甫、李清照以及近代名人的诗作达百余首。诗是名句，书写也是佳品，每首诗以不同的字体书写，或篆或楷，或隶书或行草，风格各擅其妙，名句并书法，意味无穷，岂是一个诗的大道所能概括的。与之协调的是，在两旁矗立着四十位对酒文化发展有过影响的中国历史人物雕像，从黄帝开始，有政治家也有文人。雕像古朴，栩栩如生，为这诗的大道平添了几分庄重与神圣。

诗酒大道的尽头就是古贝春的酒仙山。山上有亭翼然，阁楼上置美酒，陈列有关于酒的书画。那天，正是中秋前夜，月上柳枝，一行中有作家数人，周、朱、徐、邱几位当红的小说家，加上“王姓三人”共七位，刚从住地酒桌上下来，没有主人相陪，沿诗酒大道登临此山。月华如水，酒意阑珊，倚傍山上“和谐亭”的栏杆处，众人随意畅谈。说到酒，说到中秋，又说到酒仙山。日月倏忽，人世纷杂，不禁感事抒怀，现实的喧闹，文学的沉寂，友情的可贵，还有，脚下的酒世界里的文化品位，于是，博大文化中的诗文酒话，生活中的中秋国庆“双节”，间或近期的国家大事等，宏大叙事与个人情怀，遂成为秋夜寂中酒仙山上的不尽话题，想象中古代文人墨客诗酒人生的快意也无非如此。

于是又说到了古贝春的酒文化内容。厂区里的白酒文化博物馆颇具创意。那里不只存有各类酒品实物，展现了一个酒业兴盛的历程，更主要的是把中国酒文化历史勾勒得清晰、明彻，展品有图片、有实物，还有名人配制的专题画作，以不同的艺术形式阐述了酒文化的历史。那些先民始祖们如何发现酒，如何酿造酒等，形象的展现，打开了对酒文化研究的一些思路。

晚上，在宾馆与同行朋友谈天，说起白天见闻，都说到文化在这里比酒味还浓，没有怎么去看这酒如何配制，如何勾兑，其企业的营销手段如何，企业的当家人们也没有刻意讲述，摆亮点，然而，企业的文化味，是让我们闻出了特别之点。文化几乎无所不有，且是多侧面、多层次的覆盖。朋友也说，这里的文化不是搞附会，是切实地进行整理，渗透在对企业的提升与发展的理念中。比如，多年来，积累了一些领导者包括国家政要的题词，一些专家们的勉励诗文，还有广泛收集客户对于酒的感言期望。这些不只是对一个品牌的肯定，更多的是对酒文化的开掘，从酒说人生，从酒感知生活，从文化解读物质文明的发展面貌。还有，在宾馆走廊，在地下酒窖，都有关于酒的图片、格言、历史故事画图等。这不是简单的装饰，不是一个形式。往大里说，是源于对历史和文化的尊重和敬畏，是对社会和历史的一种负责。

作为社会的财富，酒文化是国粹，要有很好的开掘，而一个有名气的厂家，发扬光大酒文化，让诗酒文化成为人类文明的财富，或许不同于一个企业的广告包装，对于企业发展，文化是一个引擎，是灵魂。

后来听说，古贝春的文化建设得到各方认可，这里是向社会开放的一个企业文化的参观点。每年都有大批人来参观博物馆和诗酒文化。酒文化的适用和开掘，超越了一个品牌的意义。

2013年10月

我眼中的必胜老师

李佩红

因了文字，结识不少文友，也因为工作，与文坛诸家们有笔墨之缘，其中，就有王必胜老师。2010年秋，他应《中国作家》主编艾克拜尔·米吉提的邀请，来塔里木油田，有幸一路陪同。三天采风，行程匆匆，也只是去了塔克拉玛干沙漠腹地的塔中油田。在塔中那一日，他早早起床读了放在油田宾馆里的书。那些是本单位青年作者写下的小感悟、小文章。与他这位大家的水平有天壤之别。可是，他却读得非常认真，回到北京没多久，在上海《新民晚报》发表了一个版的散文《塔中一日》。后来，万余字的文章又在《中国作家》上发表。他以敏锐的目光和独特的视角，写了对沙漠和石油人生活的理解。他从青年们的座谈会上，捕捉到了石油战线一代新人们不凡的情怀，也对生命禁区中建设者们的贡献，予以真诚而热情的称颂。

之后，我常在QQ上问安，有时遇到写作上的困惑向他求教。我像刚入校的小学生，基本功还没练扎实，功力深厚的必胜老师那是文学武林中的高手。我写的这种小儿科文章，他只需吹一口气，便命中我要害。他自有办法，从不伤及我的面子，不是作直言批评，而是，隔些日子寄来一本散文书，有他的著作，也有他主编的选集。我能领会他的意思。他是至诚至真之人，用书来指点我，既不伤我自尊，又可收到老师教学生的效果。“书传递着同好的友情，一本散发着油墨香味的新书，飘然而至，虽然寥寥几字的签名，那份情谊，那份心绪，尽在不言中。”这是摘抄必胜老师《读书之惑》里的话。是的，每次收到他寄来的书时，我感受到那份浓浓的情谊，也如同兄长对小妹，师长对学生似的关心和呵护。

必胜老师赠我的书真不少。有《邓拓评传》《东鳞西爪集》《浮生札记》《闲笔杂说》和他主编的《中国最佳散文》等，除了更早的《雪泥鸿爪》《缪斯情结》和《梦中的风景 》几近全了。赠书题款多写佩红方家。他这样称我，我哪里配得上是“大方之家”，更谈不上道术修养，反而让我觉得自己像个出“家”的尼姑，有点受之惶恐。

2012年底，去南疆一偏远小乡克尔古提采风。克尔古提隐于天山深处的峡谷之中，全乡三百多户蒙古族牧民，千余人口，人均年收入不到两千元。乡党委书记李文忠是全乡唯一的汉人。他拿出有限的资金，腾出乡政府办公地，创建新疆第一个文学艺术创作基地，立志用文化的力量推动旅游业，发展生态农业，把克尔古提带上富裕之路。他们的行动和精神感动了我，写了一篇文章《克尔古提人的大境界》，发给必胜老师，随文说明此文章对克尔古提人的重要。我知道这样做有些强他所难，但是，当时没有想那么多，一心想着如何能尽我之微力助克尔古提人一把。过后，我心里忐忑不安。他每天有那么多的稿件，一是你文章质量平平，再是全国贫困地区多了去了，与必胜老师何干。两个月后一天，突然收到他发的信息：“文章有所修改，明日见报24版副刊。”没有多余的语言，却令我感动。我知道那不是我的文章如何，或是那里的工作如何好，是他对于老少边穷、民族地区，一种心心相通的情怀。文章见报后，李书记他们觉得自己的工作得到了上面的认可，有了一种无形的激励。

必胜老师是写文学评论的，也写了不少散文，看重的是人生情怀和友情。他写领导和同事（见《朋友许中田》《老田》《何期泪洒江南雨》等），也是从他们为人和修为上，把他们当做朋友来看的。可以想象一个很早就在底层历练的人，一个经历了众多世事、文场风雨的人，其思想情感的基本脉络是接地气，看重个人的品行和操守。与他短暂接触，觉得他恭谦修德，重情重义，崇尚文人间的君子之交。“友情，是人生的催化剂，滚滚红尘，皇皇人生，友情是最有意思的。”这样的文字，在他多篇文章中都有所表现，他的《写给他们——一本书和一组作家书信》，是由二十多年前他与著名的小说家的通信手稿，整理出来的一篇长达四万字的文章。1993年，为了编辑一本当代小说名家的散文，他与作家们通信联系，四十多封信，他都完好地保留，足见他是多么地珍视友情。他的《病中日记》字里行间留露出来的真情、友情、亲情，让我看得几度流泪。这篇文章2009年曾获得《芳草》杂志最佳情感散文奖。在命悬一线之际，他对待生命乐观豁达的态度，对友情的珍视，以及朋友间无私情谊，令人感动。必胜老师写友情的可贵，写平凡人生中的高情大义。蒋子龙先生评论他的文章时也说，“随意自然，真挚而温暖”，在当下文坛缺少这样真挚善意的文字。

天天围困在书城的人，易患书痴，必胜老师可不是书呆子。他不虚伪，不做作。他的文字讲究，有浓浓的人生况味和烟火味，坚持“善对文学，美写情怀”（见他的一篇文章题目），保持着自己的个性。从网上查到，他的《婺源看村》《霍金的分量》《生态美文之魂》等散文随笔，曾作为高中应试的参考题，在福建和山东的某中学应试中选入，可见一斑。“他的理论、随笔或评论文字，既保持他作为理论工作者的坚守和执著，又表达了他的独立思考，以及文风的朴实和幽默。”（见缪俊杰先生的《挥毫落笔总关情》一文）即便是世俗化、低俗化的文化转型期，他也能葆有清醒而纯真的为人为事，特别在经受生死大难之后，更有一种清静冲淡之心，自适其闲。文字萧散自然，以一种平和的眼光，看取世态和做人为文。

必胜老师是知名的文学评论家，他着力于散文的编辑和研究，曾有十几年编辑年度散文。每年都写出类似总结性的年度观察，成为他的散文研究系列，这在他的随笔集《东鳞西爪集》中得到披露。他的散文，有真诚的情怀，爱憎分明地感悟人生，书写生活的众多世相。他写“朋友”们的友情，写“单位”的是非曲直，写“电脑的苦乐”，写“学车”的是是非非，写“足球世界杯”的观感(以上引号内均为他文章题目)，关注生活的平凡真情，注重的是真实与生气，也写出文化人率真的性情。他写有朋友间麻将桌上的“牌局”，从中看取人生世态和友情性情。在《牌局》中写道：“你确实想一帮兄弟们，老大不小的平时里关照爱护又河水井水不犯的，有段时间就琢磨着见个面的，说点新闻说点轶事，骂几句文坛讨厌的事，笑几下圈里圈外的可笑之人。某某的行状做派，某某的蝇营狗苟，虽不是牌桌上的正餐，但是在紧张的牌局中，调剂了情绪，宣泄了郁积，来几句国骂，编几个段子，虽小酌小餐，也不亦乐乎。”朋友间娱乐逍遥，跃然而出。

我从网上看到还有刘庆邦、贺绍俊、陈先义、徐虹、古耜等人对必胜老师为人为文的评价，其中，徐坤老师写得生动传神，妙不可言。可是，徐坤老师写的“两条骚长腿，一把豹子腰，大背头”，这两句，我不以为然。在我眼中，他面带祥云，身材修拔，机智儒雅，玉树临风，风度翩然。五十岁的时候他在《五十断想》一文中感慨：“朝如青丝暮成雪，就那么些日子，不经意间，成了一个在别人眼里为老者朽者的了”，文字中透着对时间的无力感。六十岁后的必胜老师进入了人生另一个阶段，风霜中更洞悉了人生，多了一份坦然和平和。他曾赋诗一首：“浮生悠悠六十春，烟火风云一望中，煮字蠹书平常事，未敢诗酒误虚名。”所谓“什么都是浮云”，把一切都看淡的他，抛却什么名誉、地位、单位、金钱，只保留下最珍贵的，亲情和友情。退休赋闲的他，不用再看谁的脸，想出门抬步走，睡觉睡到自然醒，餐后来杯茶，“燃起那可爱的尼古丁，吞云吐雾”，闲来编编书，练练字，写写文章。“无丝竹之乱耳，无案牍之劳形。”悠闲自在，这样的日子岂是人人都能修得的？

2014年6月6日晚，我们在北京相见。约好时间地点，站在路边的我，望着必胜老师从自驾车里开门下车，头顶先从车里冒出，我看到他的白发较两年前见面时多了许多。因送我的司机急着赶路，必胜老师上前对司机说，我们聊两分钟啊。他永远都是那么的体贴周到。必胜老师从车里拿出一本《2013年中国最佳散文》赠与我。时间匆忙，站在路边的我一时不知说啥。这时，他从手机里翻出他孙女的照片给我看。佩红，你看，两年未见，我都是爷爷辈的人了。一句话，说得我兀自伤感。

回宾馆的路上，想起几年来必胜老师对我一次次的帮助，突然落下泪来。想起一句名言：“没有人无缘故出现在你的生命里，每一个人的出现都有原因，都值得感激。”在宾馆，辗转无法入眠，已是深夜，干脆起床拿笔，说说我心中的必胜老师。也许，他本不愿意别人去写他，我也就自做主张一回。

写于2014年7月

图书在版编目（CIP）数据

散简 / 王必胜 著. -- 北京：作家出版社，2016. 1
ISBN 978-7-5063-8466-7

Ⅰ. ①散… Ⅱ. ①王… Ⅲ. ①散文集－中国－当代
Ⅳ. ①I267

中国版本图书馆CIP数据核字（2015）第278454号

散　简

作　　者：王必胜
责任编辑：宋辰辰
装帧设计：罗雪村　田　天
出版发行：作家出版社
社　　址：北京农展馆南里10号　　　邮　　编：100125
电话传真：86-10-65930756（出版发行部）
86-10-65004079（总编室）
86-10-65015116（邮购部）
E-mail:zuojia@zuojia.net.cn
http://www.haozuojia.com（作家在线）
印　　刷：三河市北燕印装有限公司
成品尺寸：152×230
字　　数：199千
印　　张：16.5
版　　次：2016年1月第1版
印　　次：2016年1月第1次印刷
ISBN 978-7-5063-8466-7
定　　价：30.00元